Martes Verlangen

Cat T. Mad

Mühlenweg 13, 29456 Hitzacker

www.catthemad.de

Bildmaterial Cover:

© Knut Wiarda/Fotolia.com

ISBN: 150047701X
ISBN-13: 978-1500477011

August 2014/1. Auflage

Korrektorat:
Stefanie Rick & Brigitte Melchers

Sämtliche Personen und Handlungen sind frei erfunden. Es handelt sich um eine ***pseudohistorische*** *Geschichte!*

Martes Verlangen enthält explizite homoerotische Beschreibungen und ist daher nur für volljährige Leser geeignet.

Für
Bernd Frielingsdorf

Mut steht am Anfang des Handelns,

Glück am Ende.

Demokrit

KAPITEL 1

»Das ist nicht dein ernst, Vater!« Martes Stimme überschlug sich.
»Nicht in diesem Ton, mein Sohn«, fuhr Richard ihn nicht weniger harsch an. »Für mich ist es genauso überraschend, dass ich vor zwanzig Jahren ein weiteres Kind gezeugt habe.«
»Fremde Schöße beglücken ist eine Sache, Vater, aber das Balg anzuerkennen eine ganz andere! Wer weiß, vielleicht will man dir auch ein fremdes Kind unterjubeln?!«
Richard von Berlen schüttelte den Kopf. »Wenn du ihn siehst, wirst du wissen, dass ich sein Vater bin.«
Marte schnaufte ungehalten, hob hilflos die Hände in die Höhe und ging dann auf das Fenster zu. Er schaute hinaus auf den großen Hof der Burg, betrachtete das fleißige Gesinde und die Ritter, die gerade durch das riesige Tor hineingeritten kamen.
»Er wird keinerlei Rechte haben, Marte. Ich will ihm lediglich ein einigermaßen sorgenfreies Leben bieten.«
»Warum jetzt? Wo war er die letzten zwanzig Jahre? Warum ist sie nicht gleich zu dir gekommen?«, knurrte er ungehalten ohne sich seinem Vater zuzuwenden.
»Seine Mutter ist gestorben. Klara.«
»Klara? Du erinnerst dich sogar noch an ihren Namen?«
Sein Vater schwieg.
»Der Junge muss irgendwas gelernt haben, dann braucht er uns doch nicht auf der Tasche liegen?«
»Schmied. Ein ehrenwerter Beruf, aber alles, was die Familie besaß, ist bei einem Feuer zerstört worden. Die ganze Sippe ist dabei umgekommen.«
Marte schnaufte und versuchte kein Mitleid für das neue

Familienmitglied zu empfinden, um das er nicht gebeten hatte. »Dann soll er alles wieder aufbauen, statt hier bei uns herumzulungern!«
»Ich habe ihm angeboten zu bleiben, Marte. Wir nennen so viele Pferde unser eigen, dass ein weiterer Schmied von nutzen ist. Außerdem kann Franz dann ruhiger treten, das Alter macht auch um ihn keinen Bogen.«
Marte drehte sich um und seine dunklen Iriden blitzten vor Wut. »Um dich ebenso wenig. Du bist weich geworden, Vater«, spie er aus.

Er zuckte nicht mal mit den Wimpern, als Richard von Berlen mit voller Wucht auf den Tisch schlug. »Das merke ich selbst, sonst wärst du schon längst verheiratet und würdest dich mir gegenüber nicht so aufführen!«
Statt seinem Vater eine Antwort zu geben, ging Marte mit großen Schritten zur Tür des Arbeitszimmers und ließ sie anschließend mit einem lauten Knall hinter sich zufallen.
»Ein Bastard«, fluchte er leise. »In anderen Familien hätte man so ein Kind gleich ertränkt!«
Ein Diener kam ihm entgegen und stellte sich zügig mit dem Rücken an die Steinmauer, um Marte nicht im Weg zu stehen.
»Felix soll auf mein Zimmer kommen«, knurrte er im Vorbeigehen.
»Ich gebe ihm Bescheid, Herr«, erklang es leise mit bebender Stimme.

Marte wusste, dass die Dienerschaft ihn fürchtete, wenn er schlechte Laune hatte. Er war bekannt für seine Wutanfälle, ebenso für seinen Jähzorn, und es war schon mehr als einmal vorgekommen, dass er darauf lauerte, jemanden bestrafen zu können. Er stieß die Tür zu seinem Zimmer auf und ließ diese wenige Sekunden

später genauso laut zuknallen wie bereits die des Arbeitszimmers.
»Ein Bastard«, fauchte er wütend. »Muss man seine Fehltritte auch noch allen Leuten vor Augen führen?« Mit zittrigen Händen goss Marte sich einen Becher Wein ein und führte ihn an die Lippen. Immerhin sollte der Junge nicht mit am selben Tisch sitzen, geschweige denn in den Adel eingeführt werden. Wenn es sich um einen Schmied handelte, dann würde die Sache vielleicht nicht ganz so große Wellen schlagen und es würde sich nicht herumsprechen, dass der Mann sein Halbbruder ist. Halbbruder. Allein das Wort sorgte für Unwillen in ihm.
Ein Klopfen riss ihn aus seinen Gedanken und der angeforderte Diener betrat den Raum. »Ihr wünscht mich zu sehen, Herr?«, brachte der Junge, der den Raum betrat, leise hervor.
»Verriegel die Tür von innen«, forderte Marte. Kaum war dies geschehen, erklärte er mit kalter Stimme: »Ich muss mich abreagieren.«
Als die Worte ausgesprochen waren, genoss er die Mimik des anderen und die bebenden Finger, mit denen der Knabe seine einfache Kleidung vom schmalen Körper streifte.
»Knie dich hin, Felix«, befahl er.
Während der Diener sich darum bemühte das Glied mit den Lippen und der Zunge hart zu bekommen, dachte Marte, dass er eindeutig noch keine Frau brauchte. Felix' Kehrseite fesselte ihn seit knapp einem Jahr, erst, wenn er an diesem keinen Gefallen mehr finden würde, wäre es an der Zeit der Aufforderung seines Vaters nachzukommen. Er selbst sorgte zumindest hinter verschlossenen Türen dafür, dass der Ruf der Familie rein blieb - im Gegensatz zu seinem Vater.

KAPITEL 2

»Du bist heute unkonzentriert, mein Freund!«, keuchte Simon und presste ihm das Holzschwert an die Kehle.
Martes Atem ging ebenso schwer. »Mein alter Herr liegt mir mal wieder mit dem Thema Hochzeit in den Ohren«, redete er sich heraus.
Sein Gegenüber lachte leise und erhob sich ächzend. Anschließend streckte sich Marte eine Hand entgegen, die er umgehend ergriff. Achtlos warf er das eigene Schwert beiseite, stand auf und stützte seine Hände nach Luft schnappend auf den Oberschenkeln ab.
Simon klopfte ihm feixend auf den Rücken. »Du keuchst wie ein Greis, vielleicht solltest du wirklich langsam an ein Eheweib denken. Zumindest, solange du noch in der Lage bist ein Kind zu zeugen.«

Marte knurrte und schlug freundschaftlich nach Simon. Sie kannten sich von klein auf, daher konnte er seinem besten Freund kaum etwas übel nehmen, auch derartige Neckereien nicht. Sie hatten normalerweise keine Geheimnisse voreinander, sodass Marte sich in dieser Sekunde wie ein Lügner vorkam. Mit Simon konnte er seit jeher über alles sprechen. Es bestand zwischen ihnen nicht einmal das Tabu, dass Marte sich regelmäßig seinen jungen Diener vornahm. Simon hatte damals lediglich mit den Schultern gezuckt und erklärt, dass er ab und an ebenso mit Männern vorlieb nahm. Miteinander hatten sie es allerdings nie versucht, denn sie waren beide nicht der Typ, der den Hintern hinhielt und etwas anderes kam für sie nicht infrage.
»Lass uns noch ausreiten«, schlug Marte vor, denn er wollte eine ungestörte Umgebung, dort konnte er Simon in aller Ruhe von dem Bastard berichten.

Dreißig Minuten später ritten sie gemächlich einen Feldweg entlang und es war Simon, der das Gespräch begann. »Deine schlechte Laune und die mangelnde Konzentration hat nicht zufällig etwas mit dem neuen Schmied zu tun?«
Marte sah ihn überrascht an. »Woher weißt du davon?«
»Er sieht deinem Vater ähnlich, Marte. Du kommst sehr nach deiner Mutter, er hingegen ist ein Tier von einem Mann, allerdings mit dem gleichen kantigen Kinn und den blauen Augen wie dein alter Herr.«

Marte knurrte ungehalten. Das frisch erhaltene Wissen schlug ihm auf den Magen, sodass dieser schmerzte. Er selbst hasste sein Aussehen in manchen Momenten. Rabenschwarze Haare, ebenso dunkle Augen und nur die vielen Kampfübungen hatten dafür gesorgt, dass sein Körper Muskeln aufwies, aber schlank sowie recht klein war er dennoch geblieben. Sein Vater hingegen war ein blonder Hüne, zumindest ehe das Grau auf seinem Kopf Einzug gehalten hatte. Während sein eigenes Gesicht ihm trotz Stoppeln oft zu feminin erschien, war das seines Vaters markant. Früher hätte man seinen Erzeuger durchaus als anziehenden und charismatischen Mann bezeichnen können, inzwischen bewies dessen Äußeres allerdings die Völlerei, die seit Jahren betrieben wurde.
»Ein Bastard auf Burg Berlen«, zischte Marte ungehalten.
»Ignorier ihn einfach, Marte. Die Schmiede befindet sich schließlich hinter der Burg und du wirst nie etwas mit ihm zu tun haben, wenn du es nicht selbst willst. Soweit ich weiß, hat er ein kleines, leer stehendes, Haus bekommen, er wird also nicht mal in der Burg wohnen.«
»Er hätte dem Bastard auch einfach Geld geben können, damit der die alte Schmiede wieder hochzieht, aber nein, mein Herr Vater war der Meinung, ihn bei uns behalten zu müssen.«

»Ein guter Schmied schadet nie.«
»Jetzt fang du nicht auch noch an«, bellte Marte umgehend zurück.
»Worum sorgst du dich? Du bist der Erbe, Marte. Selbst, wenn du morgen im Kampf fallen solltest, kann die Burg nicht an ihn gehen, sondern an die Söhne deines Onkels.«
»Als wenn das besser wäre!«
Simon stöhnte ungehalten. »Marte, dann heirate und zeuge Erben, damit lösen sich viele Probleme in Luft auf.«
Er brummte nur barsch, statt etwas zu erwidern.
»Was ist nur los mit dir?«
»Keine Ahnung, in letzter Zeit scheint mir gar nichts mehr zu passen. Entschuldige«, brachte Marte mürrisch, aber frei von Ironie, hervor, denn es entsprach der Wahrheit. Alles nervte ihn, nichts ließ ihn glücklich sein und sein Dasein war seit Wochen von Unzufriedenheit geprägt. Er wusste nicht, woran es lag, aber der Bastard erschien ihm gerade wie der Tropfen, der ein Fass bis zum Rand füllte, sodass es drohte überzulaufen.
»Ich meine es ernst, Marte. Auch wenn du von dem Gedanken nicht sonderlich angetan sein magst, sieh dich nach einer Frau um, dir du dir zumindest als Burgherrin an deiner Seite vorstellen kannst, und sorge für Nachkommen. Das dürfte auf jeden Fall ein paar deiner Probleme beseitigen. Dein Vater würde endlich Ruhe geben und das Erbe wäre gesichert.«
»Warum klingt das nur so vernünftig?«
»Weil es das ist, Marte. Hör‘ ausnahmsweise mal auf mich und mach dich nicht noch unglücklicher, als du es schon bist.«

KAPITEL 3

Martes Schädel brummte ohne Unterlass und er wagte es nicht, die Augen zu öffnen. Träge zog durch seine Gedanken, wie er gestern mit seinem Vater einen Becher Wein nach dem anderen getrunken hatte. Sein alter Herr war vor Freude außer sich gewesen, als er erklärte, dass es vielleicht doch an der Zeit war, eine Frau zu nehmen. Während Richard von Berlen von einem großen Fest schwärmte, damit Marte alle Kandidatinnen kennenlernen konnte, wurden die Becher immer wieder gefüllt.

Marte stöhnte leise und war in diesem Moment dankbar, dass er sich zumindest nicht noch mit diesem fettigen Zeug vollgestopft hatte, dem sein Vater so zugetan gewesen war. Sonst würde heute früh womöglich nicht nur sein Kopf, sondern auch sein Magen leiden. Er versuchte seine Gedankengänge abzustellen und weiter zu schlafen, doch es gelang ihm nicht. Ein angenehmer Windhauch strich über sein Bett, sodass Marte den Kopf drehte und langsam die Augen öffnete. Sein Fenster war geöffnet, morgendliche Sommerluft kam herein und da es letzte Nacht geregnet haben musste, roch diese ausgesprochen gut. Die Sonne war gerade im Begriff aufzugehen. Diese Erkenntnis rang Marte ein leises Stöhnen ab, denn es war eindeutig zu früh, um aufzustehen. Kein Geräusch drang an seine Ohren, also war noch nicht einmal das Gesinde auf den Beinen, um den täglichen Arbeiten nach zu gehen. Marte ließ seine Lider wieder zuklappen und versuchte erneut in den Schlaf abzudriften, doch bereits einen kleinen Moment später störte ihn seine pelzige Zunge und der abartige Geschmack des reichlichen Weinkonsums. Er gab einen Laut des Angewidertseins von sich, stöhnte noch einmal und richtete dann behutsam seinen Oberkörper auf. An Schlaf war wirklich nicht mehr zu denken. Mühsam schwang er seine Beine aus dem Bett und tappte auf die große Schüssel zu. Nachdem er sich Wasser eingefüllt hatte, wusch er sich mehr schlecht als recht, worauf er jedoch wert legte, war, sich wenige Momente später mit einem kleinen Tuch sorgfältig über die Zähne zu wischen. Anschließend versuchte er mit reichlich Wasser, den widerlichen Geschmack aus dem Mund zu vertreiben. Ob es seinem Vater jeden Morgen so ging? Er schüttelte sich. Ein unvorstellbarer Gedanke für ihn, sich täglich derart zuzuschütten.

Marte schlüpfte in seine Kleidung und machte sich wenige Minuten später auf den Weg in die Burgküche. Es schien wirklich kaum jemand auf den Beinen zu sein, denn die Gänge wurden noch durch Fackeln beleuchtet, trotz des von außen eindringenden Lichts. Er beschloss, dass er zumindest den Vormittag am See verbringen würde. Sein Körper wäre wohl dankbar für ein Bad und vielleicht konnte er dort ein wenig die Augen schließen.

In der Burgküche traf er immerhin bereits einen Diener sowie die Köchin an, die ihn im ersten Moment entsetzt ansahen. Marte brummte die beiden nur an, nahm sich einen Apfel und ließ sich etwas zu Essen einpacken, dann stapfte er hinaus auf den noch immer stillen Hof. Er steuerte den Stall an, als er ein leises Geräusch vernahm. Marte blieb stehen und es brauchte ein paar Sekunden, bis er den Laut als gleichmäßiges Schlagen eines Hammers identifizieren konnte. Die Schmiede. War Franz etwa schon wach? Er wagte es zu bezweifeln, denn der alte Mann war selten mit dem ersten Hahnenschrei auf den Beinen. Blieb nur der Neue, der bereits arbeitete. Der Bastard. Marte stellte fest, dass in seinem verschlafenen Verstand kein Groll entstand. Dafür schien es zu früh oder er noch zu besoffen zu sein. Statt Wut spürte er einen Funken Neugier glimmen. Sah der Mann seinem Vater wirklich so ähnlich? Langsam und zögernd ging Marte am Stall vorbei, der gerade noch sein eigentliches Ziel gewesen war, schritt weiter an der Burg entlang und blieb an der Ecke stehen. Er versuchte sich daran zu erinnern, ob man ihn von der Schmiede aus sehen konnte, wenn er nun weiterging, dann zuckte er jedoch die Schultern.

Das gleichmäßige Hämmern deutete daraufhin, dass der Bastard nicht die Zeit hatte, sich umzuschauen, außerdem war er der Sohn des Burgherren, es gab also keinen Grund sich zu verstecken. Dennoch spähte er um die Ecke, als wäre er ein Dieb, der sich nach einem Fluchtweg umsah. Marte klemmte sich eine schwarze Haarsträhne hinter das Ohr, die sich aus dem Zopf befreit hatte. Wahrscheinlich sah er auch aus wie ein Dieb. Die Haare ungekämmt, leicht struppig, Stoppeln im Gesicht und Kleidung, die wahrlich nicht standesgemäß war. Aber er wollte ja schließlich auch nur an den See, seinen Kater fortspülen. Er konnte lediglich den großen Schornstein und den aufsteigenden Rauch sehen, der Blick in die Schmiede blieb ihm durch einen kleinen Schuppen verwehrt. Marte zögerte. Sollte er nun weitergehen und seine Neugier befriedigen oder aber umkehren und seinem eigentlichen Ziel folgen? Seine Beine gaben ihm Antwort, in dem sie langsam weitergingen und so dem Geräusch folgten. Marte drückte sich etwas näher an die Burgmauer heran und schlich weiter. Der Schuppen verschwand aus seinem Sichtfeld, dafür konnte er zusehends besser in das Innere der Schmiede blicken.

»Himmel«, keuchte er leise, als er dann den fremden Mann erblickte. Das war kein Hüne, das war ein Baum, dem er höchstens bis zur Brust ging. Der nackten Brust, die lediglich durch eine dicke lederne Schürze geschützt wurde. Marte blickte kurz auf einen seiner Oberarme, anschließend wieder auf den hammerschwingenden Riesen. Nun sah er auf seine eigenen Oberschenkel. Der Umfang käme wohl mit den Muskeln hin, die das schwere Gerät niedersausen ließen. Obwohl er noch ein gutes Stück entfernt stand, glaubte er den Glanz von Schweiß auf dem breiten Rücken zu erkennen. Dann glitt sein Blick höher und blieb auf den blonden Haaren hängen, die, ebenso wie seine, zu einem Zopf gebunden waren. Die Farbe war ohne Frage die gleiche wie sein Vater sie vor Jahren hatte. Ob das Gesicht seinem alten Herren wirklich so ähnlich war?
Eine Antwort würde er aus seiner jetzigen Position nicht bekommen, so wie der Schmied stand. Trotz Neugier schüttelte Marte seinen noch immer schmerzenden Kopf und zuckte mit den Schultern. Er würde eindeutig nicht näher herangehen, geschweige denn sich irgendwo hinstellen, wo auch er gesehen werden konnte, oder? Marte starrte kurz auf den Boden und bezwang den dummen Gedanken, sich noch weiter an den Mann heranzuschleichen. In diesem Moment stoppte das monotone Geräusch. Überrascht blickte er hoch und keuchte. Der Bastard war seinem Vater wirklich ähnlich. Konzentriert wirkende, blaue Augen senkten ein Stück Metall in einen großen Bottich. Es zischte und trotz des aufkommenden Nebels konnte Marte das markante Kinn sehen. Die Lippen schienen voller zu sein als bei seinem Vater, nicht so verkniffen. Auch die Nase unterschied sich, sie war kleiner, passte dennoch in das kantige Gesicht. Es gab keinen Zweifel, wer dieses Kind gezeugt hatte, auch in Martes Augen nicht. Er verharrte noch eine Sekunde,

nahm die Gestalt als Ganzes wahr und schnaufte, als er daran dachte, wie er den Bastard als Jungen bezeichnet hatte.

Er empfand weder Groll noch Wut, sondern ihm saß tatsächlich so etwas wie ein Schreck in den Knochen, weil der Mann niemals ein Betrüger hätte sein können. Der Riese war ohne Wenn und Aber sein Halbbruder. Mit dieser Erkenntnis drehte Marte sich um und sah für den Bruchteil von Sekunden, dass er nicht unentdeckt geblieben war, denn er glaubte aus den Augenwinkeln gesehen zu haben, wie der Schmied ihn beobachtete. Er verdrängte das Gefühl, ertappt worden zu sein und ging zielstrebig auf den Stall zu. Sollte der Kerl doch denken was er wollte.

KAPITEL 4

Der Vormittag plätscherte dahin, ebenso wie das Wasser, aus dem er gerade zum dritten Mal herauskam. Es war erstaunlich warm geworden und Marte war froh, dass seine Kopfschmerzen sich verflüchtigt hatten. Seinen Verstand malträtierten inzwischen jedoch andere Dinge. Er nagte an seiner Unterlippe, als er sich mit dem Bauch auf das Gras legte, und barg das Gesicht auf den Unterarmen, die er verschränkt hatte. Er spürte das erste Mal in seinem Leben Eifersucht. Eifersucht auf einen Bastard, der in einer Schmiede den Hammer schwang. In der burgeigenen Schmiede des Mannes, dem der Riese so glich. Die physische Präsenz und die Ähnlichkeiten schmeichelten seinem Vater bestimmt. Ein Sohn, der mehr wie Richard von Berlen aussah, als derjenige, der seit einundzwanzig Jahren neben ihm stand. Ein Bastard, der wohl mit einem Schwerthieb einen Kopf abtrennen konnte, während er selbst jahrelanges Training gebraucht hatte, um überhaupt die passende Muskulatur zu entwickeln. Er hatte einen Bruder bekommen, der eigentlich keine Konkurrenz sein durfte, dennoch fühlte es sich in seinem Herzen ganz anders an.

»Ich hab geahnt, dass du hier bist.«

Martes Kopf ruckte hoch und er entdeckte Simon. »Hab dich nicht gehört«, brummte er leise.

»Das habe ich gemerkt«, erwiderte sein Freund grinsend.

Ihm entging nicht, dass Simons Augen nur kurz auf seinem Gesicht verweilten, dann glitten sie gemächlich über seinen nackten Körper und blieben auf seinem Hintern hängen.

»Dein alter Herr sucht nach dir«, erklärte Simon sein Erscheinen, den Blick weiterhin auf seine Kehrseite gerichtet.

Marte stöhnte ungehalten.
»Er flattert schon seit Stunden aufgeregt durch die Burg und schmiedet wilde Pläne für eine Feier. Du hast meinen Ratschlag also angenommen?« Simon kam langsam auf ihn zu und setzte sich anschließend direkt neben ihn in das Gras.
»Habe ich. Er hat gestern das Dreifache von mir gesoffen, wie kann er da um diese Uhrzeit bereits alle aufscheuchen?« Marte schloss die Augen und brachte seinen Kopf wieder in eine bequemere Position.
»Er ist, im Gegensatz zu dir, den reichlichen Wein gewohnt.«
Marte zuckte kurz, als er eine Berührung an seinem Rücken spürte. Simons Finger glitt eine Spur an seiner Schulter entlang. Er wusste, was Simon dort sah und berührte.
»Dein Vater hat uns nach der Aktion einen Monat nicht miteinander spielen lassen und die Waffenkammer wird seither abgeschlossen.«
»Immerhin gab es danach Holzschwerter, auch wenn wir uns dann ewig nicht mehr wie richtige Ritter gefühlt haben«, erwiderte Marte lächelnd.

Die Narbe hatte er als Andenken aus der Zeit behalten, als sie der Meinung waren, sich im Kämpfen üben zu müssen. Doch statt zu Stöcken zu greifen, bedienten sie sich damals im Alter von acht an den Kurzschwertern in der Waffenkammer. Martes Brauen zogen sich leicht zusammen, als er spürte, dass Simon mit seinem Finger die Spur der Vergangenheit verließ und sacht über die warme Haut seines Rückens glitt. Eine Berührung, die in diesem Moment ausgesprochen intim und für ihr Verhältnis unpassend schien, dennoch fühlte es sich überraschend gut an. Aus einem Finger wurden zwei, dann

streichelte auf einmal Simons ganze Hand behutsam seine Wirbelsäule entlang.
»Du wirst dich in der prallen Sonne verbrennen«, flüsterte Simon.
Marte schnaufte. »Du weißt genau, dass das nicht wahr ist. Dafür bin ich von Natur aus zu dunkel.«
»Stimmt. Der erste Sonnenstrahl des Jahres lässt dich schon nach Kurzem ausgesprochen gesund und frisch aussehen.«
Marte erwiderte nichts, sondern konzentrierte sich ganz auf die Hand, die sich langsam hinabbewegte. Es fehlten nur noch wenige Zentimeter und Simon würde den Ansatz seines Hinterns erreichen. Er war verblüfft, wie gut sich diese Berührungen anfühlten. Wann hatte ihn jemals jemand auf diese Art und Weise angefasst? Niemals. Er kannte Schulterklopfen, freundschaftliche Umarmungen, die von kurzer Dauer waren und das Gefühl, wenn er seinen Schwanz in Felix hineinschob, dessen Hüften dabei haltend. Doch Zärtlichkeiten, wie sie ihm in dieser Sekunde zuteilwurden, waren ihm gänzlich fremd.

Marte war fast enttäuscht, als die Fingerspitzen ihren Weg änderten. Doch dann durchfuhr ihn ein wohliges Kribbeln, als sie an seiner Hüfte entlangglitten und ihr Ziel an einem der Grübchen fanden, die die Seiten seines Hinterns prägten. Wie es sich wohl anfühlen würde, in den Arm genommen zu werden? Sich an warme, nackte Haut zu schmiegen und die Augen zu schließen? Marte hasste die Sehnsüchte, die sich gerade durch seine Venen bahnten, und fluchte innerlich, ob er nun zum Weib mutierte.
»Was für ein verlockender Anblick. Sei froh, dass du mein bester Freund bist«, feixte Simon und unterbrach Martes Gedankengänge.

Er keuchte, als er Lippen auf seinem Hintern spürte und knurrte überrascht: »Hey!«
Simon lachte und entschärfte die Situation, indem er ihm einen kräftigen Klaps darauf gab. »Los, hoch mit dir! Sonst rücken hier womöglich gleich noch mehr Leute an, die nach dir suchen und bekommen diesen fantastischen Körper ohne Kleidung zu sehen!«
»Sklaventreiber!«
»Oh, bist du mein Sklave, wenn du mich so nennst?«, lachte Simon und tätschelte seinen Hintern, als wäre es der Hals eines Pferdes.
Marte rappelte sich etwas auf und stieß Simon spielerisch beiseite. »Träumer!«, entgegnete er grinsend und schnappte sein Oberteil. Als er es sich übergestreift hatte, stellte er sich hin und schlüpfte anschließend in seine Hose. Er spürte Simons Blick auf sich und war das erste Mal, seit sie sich kannten, dankbar dafür, dass sein Hemd eine gewisse Länge aufwies. Er zog sich noch die Schuhe an, griff den Beutel, in dem sich noch Essen befand und ging auf seinen grasenden Hengst zu. Als er bemerkte, dass Simon ihm nicht folgte, blieb er stehen und drehte sich um. »Wo bleibst du, hm? Erst treibst du mich an und dann bewegst du dich nicht?«
Sein Freund hatte bis eben ins Leere gestarrt und wachte nun aus seinen Gedanken auf. Ein Blick traf ihn, den er nicht zu deuten wusste, doch dann wich dieser dem altbekannten Grinsen. »Ich lasse dir nur einen Vorsprung, weil meine Stute schneller ist, als dein klappriger Hengst!«
Marte schnaufte nur, doch wenige Minuten später lieferten sich ihre Pferde ein kleines Duell.

KAPITEL 5

Marte wusste, dass er trödelte, doch nach einem Zusammentreffen mit seinem Vater stand ihm gerade nicht der Sinn, denn es würde nur das Thema Hochzeit geben. Er trug noch die Kleidung, die er heute früh zum Baden angezogen hatte, wahrlich nicht standesgemäß, doch es war ihm egal. Vielleicht hatte er Glück und sein Vater würde ihn dann zügig wieder fortschicken.

»Genau so habe ich mir das vorgestellt«, erklang Richard von Berlens Stimme durch die geöffneten Türen. »Die Bögen sollen noch größer und imposanter sein!«

Himmel, sein Vater schien wirklich enthusiastisch zu sein.

»Schaffst du das in der Zeit?«

»Natürlich.«

Die zweite Stimme war ihm fremd. Sie klang tief und fest. Zu Martes Verwunderung vermittelte sich ihm sofort ein angenehmes Gefühl von Ruhe. Er betrat den großen Saal, blieb dann aber schlagartig stehen, als er wusste, wer seinem Vater geantwortet hatte. Der Bastard.

»Drei Kronleuchter über der ersten Tischreihe, drei über der gegenüberliegenden und am Haupttisch einer, der die anderen überragt. Schaffst du das in der kurzen Zeit, Lukas?«

»Sicher.«

Lukas. Der Fehlschuss seines Vaters hieß also Lukas. Im Gegensatz zu heute früh trug der Riese ein weißes Hemd und eine schlichte Leinenhose umschmeichelte die Schenkel, deren Umfang Marte nur schätzen konnte. Der Mann überragte seinen Vater sogar noch ein Stück. Zwar sah Lukas anders aus, als sein Vater, aber dennoch glichen sich markante Züge und sei es auch nur das Grübchen am Kinn, das die gleiche Abstammung bewies.

»Das klingt gut!«, rief sein Vater freudig aus und klopfte dem anderen freundlich auf die Schulter.
Martes Zähne pressten sich aufeinander und Kälte breitete sich in seinem Magen aus. Eine simple Geste verband diese Männer gerade, ebenso wie ihr Aussehen und er selbst fühlte sich fehl am Platz. Wann hatte sein Vater ihn das letzte Mal so angesehen? War es stolz, der in den Augen seines alten Herren glitzerte? Ihm war das gestern Abend nur durch den reichlichen Weinkonsum seitens seines Vaters zuteilgeworden.
Ein Räuspern erklang hinter Marte und riss ihn aus der Starre. Ein Diener mit einem Tablett stand im Eingang und wollte vorbei. Im gleichen Moment drehten sich die beiden Männer, die ihn bis dahin nicht bemerkt hatten um.
»Marte! Da bist du ja endlich! Wo hast du dich wieder rumgetrieben? Die Zeit der Müßiggängerei ist vorbei, es gibt eine Menge zu organisieren!«, tönte ihm sein Vater unfreundlich entgegen.
Müßiggang? Marte glaubte, sich verhört zu haben. Hatte der Alte seinen Verstand versoffen? Er kümmerte sich seit Jahren um viele Belange auf der Burg, vor allem um die Pächter sowie die Ritter und Truppen, die von Berlen sein Eigen nannte. Nun stand der Mann, der ihn gezeugt hatte, neben dem Bastard und sprach von Müßiggängerei. Wollte er ihn vor seinem Halbbruder abwerten?
»Das, mein Sohn, ist übrigens Lukas. Ich glaube, ich muss dir nicht erklären, wer er ist. Das sieht man sofort, nicht wahr?«

Da war er wieder, der Stolz in der Stimme seines Vaters, der für einen eisigen Klumpen in seinem Magen sorgte. Statt der Geste seines alten Herrn zu folgen und Lukas Aufmerksamkeit zu schenken, betrachtete Marte neutral Richards aufgedunsenes Gesicht. Er hatte nicht vor seine

Gefühle zu offenbaren, weder vor seinem Vater noch vor diesem Eindringling.
»Willst du deinen Bruder nicht begrüßen?«
Marte schluckte den Zorn hinab, der seine Speiseröhre hinauf kroch. Er hatte den Bastard als »Bruder« bezeichnet. Das schlug dem Fass den Boden aus. Seine Augen glitten nur für Sekunden zu dem blonden Riesen. Dieser nickte ihm zu, doch er zeigte keinerlei Regung und konzentrierte sich wieder auf Richard.
»Was wolltest du mit mir besprechen?«, fragte er seinen Vater mit einer Kälte in der Stimme, die selbst in seinen Ohren befremdlich klang.
»Lukas wird neue Kronleuchter machen. Die alten geben nicht mehr viel her und wir müssen Eindruck hinterlassen!« Sein Vater öffnete die Arme und drehte sich kurz im Kreis. »Es muss eine imposante Veranstaltung werden, die allen im Gedächtnis bleibt!«
Marte konnte nicht vermeiden, dass seine Augenbrauen zweifelnd nach oben rutschen. Ob der Verstand seines Vaters durch den vielen Wein schwand?
»Wildschwein, Fasan und Reh gehört auf die Tafeln«, sinnierte sein Vater laut.
Martes Brauen, die gerade noch erhoben waren, zogen sich zusammen. Als sein Blick für ein weiteres Mal kurz zu dem Schmied glitt, sah er, dass dessen Mundwinkel verräterisch zuckten. Eine Geste, die zu Martes Unwillen sympathisch war.
»Gespickter Hasenrücken und vielleicht auch noch Lammfleisch ...«
»Solltest du das nicht lieber mit der Köchin besprechen?«, unterbrach Marte seinen Vater und richtete den Blick wieder auf den untersetzten Mann.
»Ich muss vorher noch die Weine probieren, damit wir unseren Gästen nur edle Tropfen anbieten.«
Hörte der Alte ihm eigentlich zu? »Vater. Warum hast du

mich rufen lassen?«
Richard von Berlen griff sich einen der Weinbecher, die der Diener abgestellt hatte, und trank einen großen Schluck.
»Ach ja. Wir hatten schon eine Weile keine Ritterturniere mehr. Kümmere dich darum, damit unsere Gäste Unterhaltung haben, während sie auf der Burg sind. Mir ist klar, dass die Zeit recht knapp bemessen ist, aber wenn Lukas es schafft, in dieser Zeit alle Kronleuchter zu erneuern, wirst du ja wohl auch Boten auf den Weg bringen und ein paar Ritter organisieren können.«
Sein Vater drehte sich zu dem Schmied, klopfte diesem erneut auf die Schulter und forderte gutmütig: »Dann an die Arbeit, mein Junge.« Anschließend wandte Richard sich an den Diener: »Schickt mir die Köchin ins Arbeitszimmer!«

Marte wurde nur mit einem kurzen Nicken bedacht, dann stapfte der Burgherr durch einen anderen Ausgang aus dem Saal. Er schaute ihm sprachlos hinterher und glaubte, jeden Moment vor Wut platzen zu müssen. Marte tat es seinem Vater gleich, drehte sich auf dem Absatz um und wollte dem Diener folgen, der gerade den Saal verlassen hatte.
»Marte?«
Der Tag geriet immer mehr aus den Fugen. Simon hatte ihn gestreichelt, sein Vater ihn wie der letzte Dreck behandelt und nun wagte es der Bastard noch, nach ihm zu rufen. Trotz seiner gefährlichen Laune blieb Marte stehen und drehte sich zu dem Mann um, denn die Neugier überwog den Groll. Lukas kam mit großen, aber ruhigen Schritten auf ihn zu und hielt eine Armeslänge vor ihm. Er bereute den Entschluss stehen zu bleiben in der Sekunde, in der er hinaufschauen musste, um dem Hünen überhaupt ins Gesicht blicken zu können.

»Ich ... ich bin nicht freiwillig hier. Das Land, auf dem die alte Schmiede stand, gehört deinem Vater. Ich bin nur hergekommen, um zu fragen, ob ich dort eine neue aufbauen darf. Schließlich hat er es meiner Mutter zur Verfügung gestellt.«
Die Form der Augen war der seines Vaters ähnlich, doch das Blau war ein anderes, dunkler und Marte war über den ausgesprochen sanften Ausdruck der Iriden erstaunt.
»Er hat mir gesagt, dass ich hier in der Schmiede bleiben soll. Was hätte ich machen sollen?«
Er wusste nichts zu erwidern, schwieg daher und erlaubte sich das andere Gesicht noch einen Moment zu mustern. Die Nase war wirklich kleiner, passender, als der Zinken seines Vaters, der Gott sei Dank auch ihm erspart geblieben war. Die vollen Lippen, die er beim ersten Mal glaubte gesehen zu haben, waren nun deutlich zu erkennen. Die Oberlippe war etwas schmaler, dennoch fein geschwungen und ohne verbissenen Zug. In der Sekunde, wo sein Verstand ihm erklärte, dass der Bastard ein ausgesprochen schönes Gesicht hatte, drehte er sich um und wollte den Saal verlassen. Er spürte eine Berührung an seiner Schulter und große Finger nahmen diese ein, sodass er glaubte, ein winziges Kreuz zu haben.
»Marte.« Der Tonfall war leise, warm und sanft. »Ich bin nicht hergekommen, um einen Keil zwischen dich und deinen Vater zu treiben. Ich hatte die letzten zwanzig Jahre einen anderen Mann als Vater und das wird er immer bleiben, auch wenn er inzwischen tot ist. Ich möchte nur hinter dem Amboss stehen und arbeiten, so, wie ich es die vergangenen Jahre gemacht habe, nicht mehr und nicht weniger. Es ist nicht in meinem Sinne Zwietracht zu säen oder deinen Zorn auf mich zu ziehen.«
Sein Kopf ruckte kurz herum und Marte erhaschte einen Blick auf Augen, die ihn mit entblößender Ehrlichkeit ansahen. Er glaubte ihm. Die Hand ruhte noch immer auf

seiner Schulter, strahlte eine Hitze aus, die sich in seinem Körper verteilen und ihm überraschender Weise die Wut nehmen wollte. Marte nickte nur knapp, wandte sich wieder dem Ausgang zu und verließ schnellen Schrittes den Saal. Dieses Mal wurde er nicht aufgehalten, sodass ihm ein erleichtertes Aufatmen entwischte. Dass sein Diener Felix in dieser Sekunde den Gang betrat, schien ihm wie ein Wink des Schicksals, um den Tag doch noch in andere Bahnen zu lenken.
»In mein Zimmer«, knurrte er ihn an.
»Ja, Herr«, kam mit bebender Stimme zurück.
Marte ging zielstrebig voran und spürte, dass Felix ihm wie ein Schatten folgte. Die Zimmertür schloss sich hinter ihm und ohne dass er es befohlen hatte, wurde der Riegel von innen vorgeschoben. Er drehte sich um und betrachtete den Jungen, der auf den Boden starrte. Er konnte Felix‘ Anspannung fast schmecken und sah das ängstliche Beben des Körpers, wie schon so oft. Doch in dieser Sekunde fühlte es sich anders an, als all die Male zuvor, in denen er sich an dem schmächtigen Diener vergriffen hatte. Die Berührungen, die Simon ihm am See zuteilwerden lassen hatte, kamen ihm in den Sinn. Das sanfte Streicheln und die Sehnsucht, die er dabei verspürt hatte. Die Angst des anderen, die er sonst ignoriert oder gar genossen hatte, saß nun wie ein spitzer Dorn in seiner Haut und trieb sich schmerzlich hinein. Sein sonst so aufbrausendes Gemüt rückte zur Seite und gleich einer harten Schelle überfiel ihn die Erkenntnis, wie viel Gewalt er Felix angetan hatte, seit er sein persönlicher Diener und Prellbock für alle Launen geworden war.

Marte drehte sich abrupt um und ging auf das Fenster zu. Schweigend blickte er hinaus und ignorierte Felix einen Moment. Es genügte, wenn seine Gedanken sich mit seinem Verhalten gegenüber dem Diener beschäftigten.

»Gib Simon Bescheid, dass wir knapp zwanzig Boten benötigen. In zwei Monaten finden Ritterturniere auf Burg Berlen statt und wir müssen die Einladungen dazu so schnell wie möglich überbringen. Besorg mir einen Schreiber und etwas zu essen. Anschließend siehst du dir mit mir das Gelände an, auf dem die Zelte stehen sollen und den Platz für die Spiele. Wir brauchen den Tischler.« Marte erhielt keine Antwort. »Hast du mich verstanden, Felix?«
»Ja, Herr.«
Martes Mundwinkel zuckten, denn die Überraschung war aus Felix' Stimme herauszuhören. »Gut, warum stehst du hier dann noch rum?« Er hörte, wie die Tür entriegelt wurde, einen Augenblick später wurde sie leise von außen geschlossen.

Marte ließ seinen Gedanken freien Lauf, hielt sich die Situation mit Simon ein weiteres Mal vor Augen und dachte anschließend an seinen jungen Diener. Er wusste, dass Felix die ganze Zeit Stillschweigen über das bewahrt hatte, was in diesem Zimmer stattfand. Das Gesinde hatte lediglich Furcht vor seinen Launen, aber nichts wies darauf hin, dass der Junge davon berichtet hatte, was sein Herr ihm hinter verschlossenen Türen antat. Wenn Felix klaglos all das hingenommen hatte, dann würde er wohl auch kaum entsetzt sein, wenn ... Marte unterbrach den Gedanken, denn er konnte sich nicht vorstellen, dass der schmächtige Kerl ihn streichelte und liebkoste. Er nahm den Jungen, um Druck abzubauen, nicht um Dinge ins Spiel zu bringen, die unter Männern nichts zu suchen hatten. Er sollte keine Gefühlsregungen einbringen, die normalerweise Frauen zugesagt wurden, dennoch war seit heute Vormittag eine kleine Flamme der Sehnsucht in seinem Brustkorb aufgetaucht, die sich nicht löschen lassen wollte. Das Gefühl, gestreichelt zu werden, sanfte

Berührungen, die neue Sinne ansprachen, als das Eindringen in einen engen Arsch.
Marte schnaufte leise, wahrscheinlich würde Felix über ihn spotten, wenn auch nur in Gedanken, falls seine Hände auf einmal anders mit ihm umgingen, aber dachte er hämisch an Simon? Nein, sein Freund hatte weder an Wert noch an Ansehen verloren, weil er ihn so berührt hatte. Er sah in ihm keine weiblichen Züge, trotz des Verhaltens, aber Simon war schließlich ein stattliches Exemplar von Mann, nicht so, wie er selbst.
Ein Klopfen holte ihn aus den Tiefen empor und als Marte sich der Tür zuwandte, betrat jener den Raum, an den er gerade gedacht hatte.
»Ritterturniere?«, fragte Simon ohne eine weitere Begrüßung und schob die Tür hinter sich zu.
»Ja, damit die Gäste nicht nur im Sinn haben, mir ihre Tochter schmackhaft zu machen, sondern auch noch Unterhaltung bekommen«, erklärte er lieblos und drehte sich wieder zum Fenster.
»Das wird verdammt knapp, aber trotzdem werden bestimmt viele Zusagen kommen. Dein Vater hat dir die Organisation übertragen?«
Marte nickte nur, ohne etwas zu erwidern.
»Was hat dir den Vormittag so verhagelt? Vorhin war deine Laune um einiges besser, mein Freund«, stellte Simon nachdenklich fest.
Marte spürte, wie der Mann direkt hinter ihn trat. Dann landete Simons Hand auf seiner Schulter. Eine Berührung, die ihn umgehend an Lukas denken ließ. Es fühlte sich gut an, auch wenn die Finger seines Halbbruders wesentlich mehr Wärme mit sich gebracht hatten.
»Lass mich überlegen. Vielleicht war es das Zusammentreffen mit meinem Halbbruder, dass meine Laune getrübt hat? Nein, ich glaube nicht, das Benehmen meines Vaters könnte mehr Schuld tragen, denn schließlich hat

er Lukas angesehen wie das Kind, das er sich schon immer gewünscht hat. Obendrein, zwischen dem Luftholen und Schwärmereien von der geplanten Tafel, hat er mich des Müßiggangs beschuldigt und dem fleißigen Schmied auf die Schulter geklopft. Weißt du, einziger Wermutstropfen ist, dass der Kerl die Situation ebenso unangenehm fand wie ich. Lediglich der Alte schien aufzublühen wie eine Pflanze, die ewig unter Trockenheit zu leiden hatte.«

Aus der eben noch so festen Berührung wurde eine gleitende. Simon strich ihm über die Schultern, als wolle er ihm Trost spenden. Trost weil ... »Himmel, hau mir eins aufs Maul, Simon. Ich jammere wie ein Weib.«

Das Lachen, das er zur Antwort bekam, sorgte dafür, dass er sich kurz anspannte, dann realisierte er jedoch, dass er nicht ausgelacht wurde.

»Blödsinn, Marte. Wie kommst du auf solche Gedanken? Weißt du ...« Simon trat so dicht an ihn heran, dass er deutlich dessen Körper an seinem Rücken spüren konnte. »Das hier ...« Finger strichen über seine Brust und brachten die kleinen Erhebungen zum Hartwerden. »Fühlt sich eindeutig nicht nach Frau an, Marte.«

Die Berührung sorgte für eine Gänsehaut und die Sehnsucht, sich an Simon zu lehnen, nahm ihn für einen Moment ganz ein.

»Genauso wenig, wie der Rest von dir. Nur weil man Gedanken manchmal offen ausspricht und sich Luft verschafft, braucht man sich nicht gleich als Weib bezeichnen. Gerade unter Freunden nicht.«

Simons Finger strichen nach wie vor über sein dünnes Hemd und in Marte brannte der Wunsch, Arme zu spüren, dich sich um ihn schlossen.

Ein Klopfen an der Tür sorgte allerdings für ein jähes Ende der Situation. Simon trat automatisch zurück und stellte sich dann neben ihn, jedoch mit dem Rücken zum

Fenster.
»Ihr habt nach mir rufen lassen, Herr?«, krächzte der alte Schreiber.
»Ja, wir haben Einladungen zu versenden«, ließ Marte den Mann wissen. Er schob alle Gedanken beiseite, die ihn zuvor beschäftigt hatten, und begann einen Text zu diktieren.

KAPITEL 6

Der Tischler verabschiedete sich mit einer Verbeugung von ihm und Marte wusste, dass der Mann die nächsten Wochen mehr als genug zu tun haben würde. Der Nachmittag und frühe Abend verlief effektiv. Aufgaben waren verteilt worden und er würde in den kommenden Tagen nur noch den Ablauf und die einzelnen Disziplinen mit Simon besprechen müssen. Marte betrat gemeinsam mit Felix die Burg und nicht zum ersten Mal stellte er fest, dass der Diener wesentlich entspannter neben ihm wirkte. Dies war ihm bereits in den vergangenen Stunden aufgefallen. Felix war aufmerksam, höflich doch nicht so von Furcht getrieben, wie in den Momenten, wenn sie sich allein in seinem Zimmer befanden.
»Braucht Ihr mich heute noch, Herr?«
Marte zögerte. Er wusste, dass Felix' Tag wohl perfekt wäre, wenn er ihn nun entließe, doch ihm stand der Sinn nach ganz anderen Dingen.
»Ja. Komm mit in meine Räume.« Kaum hatte er diesen Satz ausgesprochen, spannte der Diener sich an und fort war die Gelassenheit, die Felix in den letzten Stunden zum Begleiter geworden war. Der Junge trottete hinter ihm her und Marte drehte kurz den Kopf, um einen Blick auf das Gesicht zu erhaschen. Felix hatte den Kopf gesenkt, jedoch entging Marte nicht, wie dieser nervös auf seiner Unterlippe kaute. Der Diener wirkte verloren und bedrückt. Es prallte nicht an Marte ab, wie all die Male zuvor.

Felix verriegelte die Tür von innen, krallte seine Finger in den breiten Saum seines Hemdes und wartete anschließend auf einen Befehl von ihm.

Marte setzte sich auf die Kante seines Bettes und betrachtete den Jungen in aller Ruhe. Mit jeder Sekunde, die verstrich, schien die Anspannung in dem schmalen Körper zuzunehmen. Erst waren es nur die Finger, die merklich zitterten, doch inzwischen bebten die Arme ebenso.
»Zieh dich aus, Felix«, forderte Marte, doch nicht so harsch, wie er es sonst tat.
Wenige Sekunden später stand der junge Mann nackt im Raum und Marte wusste, dass er nur auf den Befehl wartete, sich hinzuknien. Ein wiederkehrendes Ritual für ihn. Hinknien, seinen Schwanz solange mit dem Mund bearbeiten, bis er hart war und dann vorbeugen, damit er in ihn stoßen konnte.
»Komm näher«, befahl er leise, denn Felix stand noch immer direkt vor der Tür.
Zögernd setzte der Diener einen Fuß vor den anderen.
»Das genügt«, stellte Marte fest, als sie knapp zwei Armlängen trennten. Seine Augen glitten über die schmächtige Statur, nahmen jedes Detail wahr, das ihn im vergangenen Jahr nicht interessiert hatte. Ob Felix' Brustwarzen ebenso hart wurden, wenn man sie berührte?
»Du warst immer verschwiegen, was meinen Umgang mit dir betrifft, Felix. Kann ich mich darauf verlassen, dass es so bleiben wird?« Ihm entging nicht, dass sich der Kehlkopf des Dieners unter einem Schlucken bewegte, das Zittern des Jungen nahm zu. Hatte er Angst, was folgen würde, wenn er ihn extra auf die Diskretion hinwies?
»Natürlich, Herr.«
»Das ist gut. Es geht niemanden etwas an, was hier stattfindet«, erklärte Marte leise und fachte damit das Beben von Felix' Körper an.

Er stand langsam auf, ging auf Felix zu und blieb unmittelbar vor dem Jungen stehen. Zögernd streckte er die Finger aus und wagte sich, über die rosafarbene Warze zu streicheln. Die umgehend erfolgende Reaktion sorgte für ein Zucken seiner Mundwinkel. Felix Körper reagierte genauso, wie seiner es vorhin bei Simon getan hatte. Er strich auch über die andere Seite und sah zu, wie auch hier eine kleine harte Knospe entstand. Dann erlaubte er seinen Fingern langsam über den Bauch des Dieners zu fahren, umkreiste den Nabel und folgte anschließend der schmalen Linie aus dunklen Haaren, die ihn weiter hinab lotste. Er hatte Felix' Geschlecht nie Aufmerksamkeit geschenkt. Nun betrachtete er es mit einer Neugier und streichelte es, wie er es an manchen Morgen im Halbschlaf bei sich selber tat. Auch hier erfolgte eine Reaktion, die ihm erneut ein Lächeln auf die Lippen zauberte, eines, was bestehen blieb. Sein Blick wanderte hinauf und fing sich auf Felix' geröteten Wangen. Schämte sich der Junge für die Reaktion seines Körpers? Ihm ginge es wohl ähnlich, wenn ihn ein Mann auf diese Art und Weise anfassen würde. Wenn Felix vor ihm niederkniete, seinen Schwanz blies, dann konnten er immer noch in dem Glauben bleiben, eine Frau in Gedanken zu haben. Selbst den Akt konnte man sich mit Ausreden zurechtlegen, doch das hier war etwas Neues und ließ auch ihn nicht gleichgültig. Seine Hose wurde zusehends enger, während Felix' Glied unter seinen Berührungen anschwoll.

Seine freie Hand glitt unter Felix' Kinn und hob es an. Hellbraune Iriden sahen ihn verwirrt und unsicher an. Martes Blick wanderte über die sich dunkler färbenden Wangen, die langen Wimpern, die ebenso schwarz waren, wie die Haare des Dieners. Seine Betrachtung stoppte bei den Lippen, die nach wie vor bebten, wenn auch nur noch leicht. Er hatte noch nie jemanden geküsst. Man sollte nur den Mund der eigenen Frau mit seinem berühren. Eigentlich, wenn überhaupt. Felix würde ihn nicht verraten, aber vielleicht auslachen? Nein, das würde er als Diener nicht wagen. Er wagte einen kleinen Vorstoß, kam mit dem Gesicht näher und ehe sein Verstand dafür sorgte, dass er sich aus Scham zurückzog, legte er seine Lippen vorsichtig auf seine. Felix zuckte kurz, zog seinen Kopf jedoch nicht fort. Marte kam sich unbeholfen vor. Einen Schwanz hatte er des Öfteren in der Hand gehabt, wenn auch nur seinen eigenen, ein fremder Mund auf seinem war allerdings gänzlich unbekanntes Terrain. Behutsame scheue Küsse folgten, die ihm zunehmend mehr gefielen, gerade, da Felix sich darauf einließ, wenn wohl auch nur, weil er sein Herr war.

Seine eigene Erregung war bereits reichlich angefacht und seinem Gegenüber schien es nicht anders zu gehen, denn dessen Härte ragte ihm entgegen und schwerer Atem quittierte die Striche seiner Finger. Martes Zunge schnellte gierig hervor. Er wollte über die weichen warmen Lippen lecken, doch im gleichen Moment öffnete Felix den Mund und ließ ihn ein. Marte stöhnte überrascht, doch zog er sich nicht zurück, sondern nahm das Angebot an, sich mit Felix' Zunge ein erregendes Gefecht zu liefern.

Atemlos ließ er geraume Zeit später von dem Diener ab und versuchte mit fahrigen Handbewegungen sein Hemd loszuwerden. Er spürte Felix' Hände auf seiner erhitzten Haut, dann ließ er sich von ihm helfen. Es fühlte sich so viel besser an als alles, was er bisher erlebt hatte. Das bestätigte sich erst recht, als er aus seiner Hose schlüpfte und der Diener seine Härte mit der Zunge umspielte. Felix hatte seinen Schwanz schon oft im Mund gehabt,

doch dieses Mal war alles anderes. Keine groben Bewegungen, kein simples Öffnen des Mundes, sondern die Zunge spielte geschickt und lockte Tropfen der Vorfreude heraus. Der Blick war nicht gesenkt, stattdessen schauten braune Augen zu ihm empor und verschafften ihm noch mehr Lust.
Als er spürte, dass er sich langsam aber sicher seinem Orgasmus näherte, raunte Marte: »Ich will deinen Arsch, Felix.«
Der Diener nickte nur, löste sich von ihm und krabbelte anschließend auf das Bett und bot sich ihm so an. Marte wollte schon automatisch nach den Hüften greifen, doch dann dachte er an den verklärten Blick, der ihm vor wenigen Sekunden noch geschenkt worden war. »Dreh dich um und leg dich auf den Rücken«, forderte er leise.
Dankbar, dass Felix nicht zögerte, sah er zu, wie dieser sich hinlegte und anschließend einladend die Beine spreizte. Dessen Augen spiegelten nach wie vor Lust, obwohl er, nach Martes Empfinden, wie eine Frau gebettet war. Er krabbelte zwischen die Schenkel, strich mit den Händen die weiche Haut der Innenseiten entlang und wagte dann einen Vorstoß zu der Stelle, in der sein Schwanz jeden Moment ein Zuhause finden würde. Einer seiner Finger drang ein, entlockte Felix ein leises Stöhnen und ihm die Erkenntnis, dass der Eingang eindeutig mit irgendetwas Fettigem vorbereitet war. Er grübelte eine Sekunde, dann sprach er aus, was er dachte: »Ganz zu Beginn ist es schwer gewesen in dich einzudringen, seit einer Weile ist es einfach. Du nimmst etwas dafür? Damit ... damit ich besser reinkomme?«
»Ja, Herr. Ich ... ich habe mir Fett aus der Sattlerei abgezweigt. Es ...«
»Es?«
»Es schmerzt sonst so unerträglich«, erwiderte Felix und blickte beschämt zur Seite.

Marte ging nicht weiter darauf ein, um Felix nicht noch mehr in Verlegenheit zu bringen. Stattdessen griff er nach seinem Schwanz, brachte ihn direkt zur einladenden Öffnung und schob sich wenige Zentimeter hinein. Anschließend beugte er sich vor, stützte sich mit den Ellenbogen ab, umfing mit den Händen das Gesicht des anderen und begann ihn erneut zu küssen. Er bewegte die Hüften behutsam, zog sich immer wieder ein Stück heraus, um dann tiefer in den Leib einzudringen. Felix' Stöhnen ließ ihn wissen, dass es nicht mit Schmerz, sondern mit Lust verbunden war, ebenso, wie für ihn selbst. Er stockte, als er die Fingerspitzen des Jungen auf seinen Oberarmen spürte.
»Verzeiht, Herr«, flüsterte dieser umgehend an seine Lippen und nahm die Hände fort.
»Hör nicht auf«, war das Einzige, um was Marte bitten konnte, denn es befriedigte die Sehnsucht, die in ihm loderte. Er wollte berührt werden und auch wenn er nicht Trost suchend in Felix` Armen liegen würde, es war mehr, als er sich vorgestellt hatte.

Hände streichelten ihn, dann schlossen sich Beine um seine Hüften und gingen den Rhythmus mit, den er vorgab. Er zwang sich zu einem langsamen Takt, wollte jede Sekunde ausschöpfen und die Gefühle aufsaugen, die ihn das erste Mal so in Beschlag nahmen. Nicht nur er schien um Beherrschung zu ringen, denn es dauerte nicht lange, bis Felix statt stöhnen wimmernde Laute von sich gab.
»Bitte, Herr«, wurde er angefleht.
»Um was bittest du?«, fragte er, auch wenn ihm die Antwort klar war.
»Fester, bitte!«
Ihm war nicht entgangen, wie Felix' Schwanz hart an der Bauchdecke rieb und vor allem nicht, wie die kleinen aber reichlich fließenden Tropfen dafür gesorgt hatten,

dass es feucht wurde. Zur Unterstützung seiner Bitte, legte Felix mehr Kraft auf seine Waden, versuchte ihn so hinabzudrücken und drängte sich Marte gleichzeitig entgegen. Marte hob seinen Oberkörper an und griff nach Felix Beinen, um sie sich über die Schultern zu legen. Als er sah, dass Felix sich an den Schwanz greifen wollte, schob er dessen Hand fort und schloss die Finger fest um die pralle Erektion. Als Felix ruckartig in seine Faust stieß und berauschend stöhnte, gab es für Marte kein Halten mehr.

Als Felix sich zehn Minuten später aus dem Bett bewegen wollte, hielt Marte ihn auf. »Bleib liegen«, bat er.
»Seid Ihr Euch sicher, Herr?«
»Zweifelst du an mir?«
»Natürlich nicht, Herr«, stammelte Felix sofort.
»Gut, dann bleib liegen und mach die Augen zu. Es ist schon spät.«
Felix gab keine Antwort mehr, stattdessen legte dieser sich tatsächlich auf die Seite und schien es sich bequem zu machen. Marte spürte mit aller Macht, dass er bereits seit Stunden wach war und tat das, was er zuvor noch Felix nahegelegt hatte, er schloss die Augen.
»Danke«, hörte er leise.
Finger strichen über seinen Rücken, liebkosten ihn zärtlich und schenkten ihm ein gutes Gefühl. Er schämte sich. Felix bedankte sich bei ihm und es klang nicht danach, als wenn der Junge nur das im Bett bleiben meinte, sondern auch, dass es dieses Mal kein Akt der Gewalt war. Eigentlich hätte es an ihm sein sollen, sich zu entschuldigen und zwar für ein langes Jahr, dem Felix standgehalten hatte. Doch ehe er seine Gedanken sortieren konnte, dämmerte er weg.

KAPITEL 7

Marte stöhnte ungehalten, als er die Augen aufschlug. Weniger wegen des Umstands, dass sich ein schmächtiger Körper um seinen gewickelt hatte, mehr darüber, dass die Sonne gerade erst im Begriff war aufzugehen. Ein weiterer Morgen, an dem überall Stille herrschte und wahrscheinlich selbst der Hahn noch verschlafen auf dem Mist döste. Marte blickte an sich hinab. Felix hatte einen Arm um seine Taille geschlungen, den Kopf auf seine Brust gebettet und obendrein lag ein Bein quer über seinen. Er musste grinsen. Das war also das Ergebnis, wenn man andere nachts nicht vor die Tür setzte? Es fühlte sich nicht schlecht an. Ein Teil von ihm hätte die Positionen jedoch gern anders herum, aber nach wie vor konnte er sich nicht mal im Ansatz vorstellen, sich an Felix schmächtige Brust zu schmiegen. Er schüttelte den Kopf bei diesem Gedanken und versuchte sich behutsam aus der Umklammerung zu befreien.

Der Diener wurde trotzdem wach.

»Verzeiht, Herr. Ich stehe sofort auf«, presste Felix hektisch hervor.

Ehe der Junge sich jedoch aufrichten konnte, legte Marte beruhigend seine Hand auf dessen Schulter. »Schlaf weiter, Felix. Es ist alles in Ordnung. Ich bin gestern auch schon so früh wach geworden.«

Felix schien nicht überzeugt von seinen Worten. »Soll ich Euch frisches Wasser ...«

Marte unterbrach ihn einfach, indem er ihm seine Lippen auf den Mund drückte und zärtlich küsste. »Weiterschlafen, Felix. Mach dir keine Gedanken, ich werde mich eh gleich an den See verdrücken und bin erst mittags wieder hier, verstanden?«

Es folgte ein zaghaftes Nicken und er konnte nicht

widerstehen der Nase des Jungen einen kleinen Kuss aufzudrücken, ehe er aufstand. Nachdem er, wie am Morgen zuvor, die Katzenwäsche abgeschlossen und die Zähne gereinigt hatte, war Felix schon wieder eingeschlafen.
Marte schlüpfte in die einfache Kleidung vom Vortag, entriegelte leise die Tür und machte sich auf den Weg hinab in die Küche. Als er am großen Saal vorbei kam, sah er, dass die Flügeltüren weit geöffnet waren und Fackeln für Licht sorgten. Neugierig spähte er hinein und entdeckte Lukas, der auf einem der Tische stand und mit einer Schnur einen der Leuchter abmaß.
»Du kennst auch keinen Schlaf, oder?«, rutschte es Marte heraus. Sein Tonfall war nicht unfreundlich, er war lediglich erstaunt, den Schmied um diese Zeit hier herumturnen zu sehen und nach der Nacht konnte seine Laune nicht getrübt werden.

Lukas drehte sich überrascht in seine Richtung, sah ihn dann perplex an und grinste. »Das fragt der Richtige, du ja anscheinend auch nicht, oder? Hast du schon mal etwas von diesem neuen Getränk gehört, das gerade überall auftaucht? Kaffee.«
»Kaffee? Ich glaube, Vater hat so etwas mal erwähnt, aber er ist sowieso nur dem Wein zuträglich, alles andere interessiert ihn nicht.«
»Ein Teil der Sachen in der abgebrannten Schmiede waren noch zu gebrauchen. Ein Händler hat sie mir abgenommen und mir neben Münzen auch einen kleinen Sack davon überlassen. Willst du ihn mal probieren?«
»Gern«, erwiderte Marte und stellte fest, dass er sich über diese Einladung merkwürdigerweise tatsächlich freute. Lukas Worte hatten gestern mehr Eindruck auf ihn gemacht, als er es sich wohl eingestehen wollte. Der Mann war wohl wirklich nicht hier um Zwist zu verbreiten.

»Gib mir noch einen Moment, ja? Ich muss noch fertig messen.«
»Ich wollte sowieso kurz in die Küche, mir etwas zu Essen organisieren, das ich mit an den See nehmen kann.«
»See?«, fragte Lukas überrascht nach.
Martes Laune verfinsterte sich, wenn auch nur ein wenig. »Komm mir jetzt nicht mit dem Wort Müßiggang, ja? Ich nutze lediglich den Sommer. Im Winter kann man nicht ständig in warme Zuber springen, um sich richtig zu waschen. Außerdem ist es noch so früh, dass alle schlafen, die ich scheuchen könnte«, rechtfertigte er sich weiter.
Der Schmied schenkte ihm einen ernsten Blick. »Ich würde mir niemals herausnehmen über deinen Tagesablauf zu urteilen, Marte. Das lag mir mit meiner Frage fern. Ich bin nur überrascht, dass es hier einen See gibt. Ich kenne lediglich den Brunnen auf dem Hof und den Zuber in dem Haus, das ich bezogen habe. Es dauert ewig, ihn mit Wasser zu füllen.«
»Oh ... ähm ... ja. Südlich der Burg ist ein recht großer. Mit dem Pferd braucht man nicht lange.« Marte zögerte einen Moment. »Soll ich ihn dir zeigen?«
Lukas grübelte und erklärte anschließend: »Heute früh und tagsüber habe ich wenig Zeit, aber es gibt keinen, der dankbarer für einen See ist, als ein Schmied nach einem harten Arbeitstag. Hast du vielleicht die Zeit, mir heute Abend einfach die Richtung zu zeigen? Oder nach dem Kaffee? Ich muss eh zu Fuß gehen, weil ich kein Pferd habe.«
Marte schnaufte belustigt. »Mach dir darüber mal keinen Kopf. Wenn es auf dieser Burg etwas gibt, dann sind es Pferde, Lukas. Da wird sich auch eines finden, dass einen Riesen wie dich tragen kann. Ich reite zwar gleich zum See, heute Abend aber gern noch mal. Ich werde tagsüber

ebenso ins Schwitzen kommen. Ich besorge etwas zu Essen aus der Küche und bin gleich zurück, ja?«
Er nahm gerade mal noch das Nicken des perplex dreinschauenden Hünen zur Kenntnis, dann stapfte Marte fröhlich pfeifend in die Küche.

Heute war die Köchin nicht so überrascht und kurze Zeit später stand er mit einem prall gefüllten Beutel wieder im Saal der Burg. Lukas wartete bereits auf ihn und gemeinsam machten sie sich auf den Weg in die Schmiede. Es störte ihn nicht, dass sie auf dem Weg dorthin schwiegen, die Stille war angenehm.
Kaum waren sie in der Schmiede angekommen, da hängte Lukas einen Kessel Wasser über die Glut und schnappte sich einen Leinensack aus einem der Regale. »Hier, schau mal rein. So sehen die Bohnen aus«, erklärte der Mann.
Marte steckt seine Nase in den Beutel, bemerkte einen dezenten aber kaum wahrnehmbaren Geruch und beäugte die komischen braunen Dinger. »Was macht man damit?«
»Mahlen und anschließend mit heißem Wasser übergießen.«
»Und das soll schmecken?«, fragte er skeptisch.
»Ein wenig bitter, aber ich mag den Geschmack und das Zeug macht lebendiger als jeder Tee, den ich kenne.«
Lukas nahm eine Handvoll Bohnen heraus, marschierte damit zu einem Gegenstand aus Holz und füllte sie dort ein. Anschließend drehte er eine Kurbel. Marte sah ihn fragend an.
»Hat mir der Händler dazugegeben. Ist wie eine Mühle für Mehl, nur wesentlich winziger, wie du siehst.«
»Was es alles gibt«, brachte Marte erstaunt hervor.
Schlagartig setzte das hölzerne Ding einen Geruch frei, der all seine Sinne ansprach. Seine Nasenflügel weiteten

sich. Verdammt, das roch gut. Hoffentlich schmeckte das Zeug auch so. Während Lukas das dunkle Pulver in zwei Becher füllte, fiel Marte ein, dass er aus der Küche Essen für sie beide organisiert hatte. Er hob den Beutel auf, den er achtlos beiseitegestellt hatte, ging auf eine sauber erscheinende Arbeitsfläche zu und legte dort die Sachen hin. »Ich hab für uns beide Frühstück besorgt oder hast du schon?«

Ihm entging nicht, wie Lukas mit großen Augen auf all die Dinge starrte, die er mitgebracht hatte. Frisches Obst, Schinken, noch warmes Brot aus dem Ofen, Käse, Eier ... die Köchin hatte sich nicht lumpen lassen.

»Nur eine Kleinigkeit«, erwiderte Lukas einen Moment später leise. »Isst du so etwas jeden Tag?«

Marte stutzte über die Frage und blickte auf das aufgereihte Essen. Ehe er aber mit einem ‚Sicher' antworten konnte, fiel ihm ein, dass Lukas aus einfachen Verhältnissen stammte. Dort war eine derartige Auswahl an Speisen für den täglichen Bedarf kaum denkbar.

»Du kannst dich durch unsere Küche mitversorgen lassen, Lukas.«

Der Angesprochene schüttelte sofort den Kopf. »Ich will nicht den Eindruck hinterlassen, dass ich es ausnutze, von deinem Vater gezeugt worden zu sein, Marte. Für mich muss niemand sorgen, das bekomme ich gut alleine hin.«

Marte ahnte, dass es den Stolz des Mannes verletzen würde, wenn er weiter auf dem Thema beharrte, daher sagte er besänftigend: »Aber du wirst meine Einladung jetzt nicht abschlagen, oder? Dann wäre ich nämlich beleidigt.«

Lukas schnaufte belustigt. »Beleidigt?«

»Ja«, erwiderte Marte sofort, verschränkte die Arme vor der Brust und ließ die Unterlippe vorschnellen.

Erst als Lukas Augenbrauen nach oben gingen und der

Hüne sich das Lachen verkneifen musste, realisierte Marte, was für ein Bild er abgeben dürfte. Eines war klar, sein Verhalten entsprach gerade eindeutig weder seinem Alter noch seinem Geschlecht. Umgehend ließ er die Arme fallen, entspannte seine Gesichtszüge. »Ich hab Hunger, besorg ein Messer.«

KAPITEL 8

»Was für ein Teufelszeug«, brummte Marte ungehalten und drehte sich auf den Rücken. Sein Herz hämmerte zu schnell in der Brust und er war derart unruhig, dass es ihn selbst schon nervte. Seit geraumer Zeit spekulierte er, dass er die gleiche Menge wie Lukas getrunken hatte, sein Körper aber wesentlich kleiner war und daher anders mit diesem schwarzen Trank umging. Er würde keinen Kaffee mehr anrühren, nie wieder! Marte drehte sich wieder auf den Bauch, stöhnte genervt und stand anschließend auf. Es half alles nichts. In der Sonne liegen und sich entspannen war undenkbar, also blieb ihm nur seinem Tatendrang anders Luft zu verschaffen. Waffentraining, die Ausrüstungen für die Turniere überprüfen, die Knappen scheuchen ... ja, den Tag würde er ohne Probleme über die Runden bringen und dann würde er, zwei Stunden vor Sonnenuntergang, Lukas abholen, so, wie sie es vereinbart hatten.

Marte grinste. Dafür, dass er den Mann gestern noch als Feind angesehen hatte, nahm ihn heute reichlich Vorfreude ein, den Abend mit ihm zu verbringen. Lukas' ruhiges und dennoch humorvolles Gemüt hatte ihn in Beschlag genommen. Jedoch ahnte er, dass der Hüne wohl auch ganz anders konnte, wenn man ihn verärgerte.

Mit seinem Hengst und einem riesigen Hannoveraner im Schlepptau steuerte Marte die Schmiede an. Über dem Rücken seines Pferdes befanden sich zwei Ledertaschen,

die mit Köstlichkeiten gefüllt waren. Er hoffte, dass Lukas ihm eine weitere Verköstigung nicht übel nehmen würde. Ein Geräusch ließ ihn wissen, dass Lukas noch arbeitete. Marte machte die Tiere an einem in der Nähe befindlichen Holzbalken fest und ging dann langsam auf das einseitig offene Gebäude zu.
Wie schon am Morgen zuvor war er von dem Muskelspiel des Mannes gefesselt, jedoch sah er jetzt von weiteren Vergleichen mit seiner eigenen Statur ab. Lukas stand seitlich zu ihm und hatte ihn noch nicht bemerkt. Immer wieder schlug der Hammer auf den Amboss und brachte das Metall in die gewünschte Form. Anschließend musterte Lukas sein Werk, nickte zufrieden, drehte sich und tauchte das glühende Objekt in den Bottich.
Heute stand Marte näher dran als gestern, sodass er den feuchten Schweiß eindeutig glänzen sah. Eine Haarsträhne hatte sich aus dem blonden Zopf gelöst und lockte sich leicht unter dem entstandenen Wasserdampf. Lukas entdeckte ihn und lächelte ihn an. Martes Lippen verzogen sich ebenso.
»Ich bin fertig für heute.«
»Gut.« Mehr wusste er nicht zu erwidern.
»Du hast heute früh das restliche Essen hier vergessen. Wollen wir es mitnehmen? Ich habe Hunger und es dürfte noch mal für uns beide reichen.«
Marte scharrte nervös mit seinem Fuß über den Boden und betrachtete das Muster, das er dort hinterließ. »Ähm ...«, er hob das Kinn und sah sein Gegenüber möglichst unschuldig an.
»Du hast schon gegessen?«
»Nein, nein. Ich hab auch Hunger und nicht daran gedacht, dass noch etwas da ist. Ich hab wieder was mitgebracht. Die Sachen von heute früh halten sich länger, vielleicht hebst du sie fürs Frühstück morgen auf?«
Lukas sah ihn einen Moment nachdenklich an, nickte

dann jedoch nur, ohne seine Gedanken preiszugeben. Er bedeckte die vorhandene Glut in der Schmiede sorgfältig mit Steinen, nahm sich die Schürze ab und sah sich nach seiner Oberbekleidung um. Marte verkniff sich den zischenden Laut, der ihm entkommen wollte. Der Rücken des Mannes war schon imposant, doch die Vorderfront stand dem in nichts nach. Muskeln, soweit die Sicht gegeben war. Vielleicht war es eine schlechte Idee mit Lukas schwimmen zu gehen? Am See würde er den Rest des Körpers zu sehen bekommen und sich selbst wohl noch weniger akzeptieren, als es bereits der Fall war.
Lukas‘ kam gemächlich auf ihn zu.
»Ich hab das größte Pferd besorgt, das in unserem Stall steht. Die Stute ist ausgesprochen ruhig und ausgeglichen«, erklärte Marte und deutete auf die zwei angebundenen Tiere.
Lukas nickte, ging auf das braune Pferd zu und tätschelte dessen Hals. Anschließend hob er einen Huf nach dem anderen.
»Was machst du?«
Lukas drehte den Kopf und sah ihn überrascht an. »Die Eisen kontrollieren?«
»Ähm, wir wollen zum See reiten, keine Pferde beschlagen lassen«, merkte er schmunzelnd an.
»Stimmt«, erwiderte Lukas und grinste schief. »Macht wohl die Gewohnheit.«
Dennoch ließ sich der Schmied nicht davon abhalten, auch die Hufeisen seines Hengstes zu kontrollieren. »Sieht gut aus«, brummte Lukas zufrieden und tätschelte Martes Rappen ebenso den Hals. Dann schwang sich der Hüne in den Sattel der Stute.
Marte tat es ihm gleich und sie verließen das Burggelände.
»Morgen bringst du nichts zu essen mit, verstanden? Sonst zeige ich dir, wie ich aussehe, wenn ich beleidigt

bin und das ist bei Weitem nicht so unterhaltsam wie dein Anblick, Marte von Berlen.« Lukas Tonfall klang zwar freundlich, jedoch bestimmt.
Er holte Luft, wusste nicht recht, was er antworten sollte und schloss den Mund wieder.
»Verstanden, Marte?«
»Ja ... aber ... ich meine, du arbeitest den ganzen Tag hart ... und du bist groß ... und du musst schließlich bei Kräften bleiben ... und so«, eierte Marte herum.
Lukas stoppte sein Pferd, sodass auch Marte seinen Hengst anhalten ließ. Dann brach der Schmied in amüsiertes Lachen aus. Marte guckte verwirrt. Was war so lustig an dem, was er gesagt hatte?
Als Lukas schwer atmend wieder sprechen konnte, bekam er seine Antwort. »Marte, mache ich den Eindruck, als wenn ich die letzten Jahre meine Kräfte nicht hätte erhalten können? Wirf einen Blick auf meine Oberarme.«
»Nein ... so war das natürlich nicht gemeint.«
»Ich sagte dir doch heute früh schon, dass ich für mich alleine sorgen kann.«
»Ja, aber weißt du, ... das Essen wird doch sowieso gekocht und Vater lässt immer derartige Unmengen zubereiten, dass jeder Bauch auf dieser Burg satt wird. Mir ist klar, dass du dich selbst versorgen kannst, aber wieso darf ich nichts mitbringen? Soll ich den Schweinebraten verkommen lassen?«
»Schweinebraten?«
»Ja und gegrilltes Huhn ... eingelegtes Gemüse ... den Fisch nicht zu vergessen und diese kleinen süßen Teile, die unsere Köchin mit viel Honig zubereitet ... ach ja, Met habe ich auch dabei.«
Lukas sah ihn so fassungslos an, dass es nun an Marte war, amüsiert zu lachen. »Also soll ich das Essen hier jetzt irgendwo auf die Wiese werfen oder lässt du es dir mit mir schmecken?«

Es dauerte nicht lange, bis sie den See erreichten. Marte breitete das Tuch aus, dass die Köchin ihm mitgegeben hatte, und begann die Sachen auszupacken. Ein in der Nähe landendes Hemd ließ ihn wissen, dass Lukas sich bereits auszog. Marte konzentrierte sich intensiver auf den Inhalt der Taschen, als es zuvor der Fall war. Nein, er wollte Lukas nicht angaffen und dieses Risiko bestand eindeutig.
»Kommst du auch noch mit rein?«
Automatisch hob er den Kopf. Sein Blick landete auf Knien und arbeitete sich muskulöse Oberschenkel hinauf. Dann versuchte Marte, die Augen nicht weit aufzureißen. Nicht nur Lukas war groß und imposant, nein, wirklich alles an ihm war riesig. Alles.
»Äh ... ja, gleich. Ich packe nur noch weiter aus«, stammelte er und zwang seinen Blick umgehend wieder auf die Tischdecke.
»Gut.«
Er schloss die Lider und unterdrückte das aufkommende Stöhnen. Verdammt, hatte er Lukas tatsächlich unverhohlen auf den Schwanz gestarrt? Ja. Hatte er. Eindeutig. Was sollte er jetzt von ihm denken? Sein Tonfall gerade klang normal. Es kam kein Spruch und kein Lachen. Vielleicht war es ja nur ein winzig kleiner Moment, den er so geglotzt hatte und dieser erschien ihm jetzt viel länger?
»Trödel nicht, Marte, und schwing deinen Hintern ins Wasser. Sonst fange ich vor dir mit dem Essen an und für dich wird nichts übrig bleiben.«
Marte seufzte, kramte den Trinkschlauch mit Met hervor und stand anschließend auf. Als er einen Blick auf den See riskierte, stellte er dankbar fest, dass Lukas gerade dabei war, ein Stück hinauszuschwimmen. Mit einer Geschwindigkeit, die ihm sonst fremd war, rupfte er sich die Kleidung vom Leib und folgte ihm zügig. Als bereits seine

Hüften vom Wasser bedeckt waren, löste er das Band aus den Haaren, wickelte es um sein Handgelenk und verschnürte es. Dann tauchte er unter und genoss es, vom Schweiß des Tages befreit zu werden. Als er wieder hochkam, stellte er fest, dass Lukas bereits auf dem Rückweg war. Seine Haare waren ebenso nass und die Mimik spiegelte eine Zufriedenheit, die Marte lächeln ließ.
»Himmel, tut das gut«, brummte Lukas und hatte ihn mit wenigen Schwimmzügen erreicht.
»Früh morgens ist es noch schöner. Das Wasser kühlt nachts etwas ab.«
»Vielleicht mal an einem Sonntag, wenn die Arbeit ruht.«
Ehe Marte sich versah, schwamm der Mann an ihm vorbei. Dann hatte Lukas Grund unter den Füßen und ging langsam aus dem See heraus.
»Der Hunger treibt mich schon raus«, stellte der Schmied unzufrieden fest.

Martes Augen führten ein weiteres Mal ein Eigenleben. Kaum war der Hintern des anderen nicht mehr mit Wasser bedeckt, wurden sie sofort angezogen und blieben daran haften, wie eine Fliege auf Rübensirup. Lukas wrang sich die Haare aus, betrat den schmalen Streifen Sand und ging dann über das Gras, direkt auf seine Kleidung zu. Der Hüne beugte sich vor, hob seine Hose auf und zog sie über seine nasse Haut. Anschließend setzte er sich bequem neben das Tuch und betrachtete die ausgebreiteten Esswaren.
Martes Herzschlag wurde schneller, denn er realisierte, dass er noch im Wasser war. Nackt. Lukas hingegen saß bereits angezogen auf der Wiese und würde nun sein Zuschauer sein, wenn er den See verließ. »Fang ruhig schon an«, schlug Marte nicht ganz uneigennützig vor.

Wenn Lukas sich aufs Essen konzentrierte, dann bestünde die Möglichkeit, dass er keiner Musterung unterzogen wurde. Zufrieden sah er, wie der Mann die mitgebrachten Speisen genauer unter die Lupe nahm und wagte sich näher an das Ufer heran. Er fand Halt unter den Füßen, war dankbar, dass Lukas ihn noch immer nicht beachtete und kam aus dem Wasser heraus. Just in dem Moment, wo er jedoch den ersten Schritt auf den Sand machte, hatte der Schmied sich eine Hähnchenkeule geschnappt, knabberte daran und ließ die Augen dabei über seinen wesentlich schlankeren Körper gleiten. Marte entging nicht, dass anscheinend kein Stück Haut seiner Front ausgelassen wurde und er versuchte, sich nichts anmerken zu lassen. Immerhin ließ sich weder Belustigung, noch Angewidertsein in Lukas' Mimik erkennen, der Blick erschien ihm neutral.

Möglichst gelassen steuerte Marte seine Kleidung an und schlüpfte ebenfalls in die Hose. Seine Augen hafteten dabei auf dem Stoff, denn er hatte nicht das Bedürfnis festzustellen, wie Lukas seinen wesentlich kleineren Arsch musterte.
»Deine Mutter muss eine schöne Frau gewesen sein, Marte.«
Er blickte Lukas erstaunt von der Seite an. War das etwa Anerkennung, was er in dessen Miene entdeckte? »Ähm ... klein, zierlich, dunkle Haare, dunkle Augen. Du hast es mit Vaters Erbe besser getroffen, glaub mir, Lukas.«
»Ich bin einfach nur groß und kräftig«, gluckste der Schmied. »Du hingegen dürftest wohl wesentlich wendiger und schneller als ich sein.«
»Deine Statur hinterlässt jedoch Eindruck und man hat sofort Respekt.« Marte zögerte, offenbarte dann allerdings: »Selbst unser Vater.«
»Worauf ich keinen Wert lege, wie du weißt.«

Marte nickte, setzte sich ebenfalls ins Gras und nahm sich etwas zu essen.
»Aber dass du wie deine Mutter aussiehst, lässt ihn dich doch bestimmt ebenso lieben, wie sie einst?«
Marte lachte leise. »Liebe? Lukas, er hat meine Mutter geheiratet, um Herr von alledem zu werden.« Er machte eine ausschweigende Geste über das Land um sie herum. »Da waren niemals Gefühle. Hab und Gut waren die Basis der Eheschließung, so, wie es üblich ist.«
»Du wirst aus dem gleichen Grund die Brautschau antreten?«
Marte nickte. »Er liegt mir seit Jahren in den Ohren. Ganz unrecht hat er nicht, die meisten heiraten wesentlich früher, um das Erbe zu sichern. Sein ausschweifendes Leben hat ihn das manchmal vergessen lassen, zu meinem Glück. Aber nun heirate ich letztendlich doch, um ihn zufriedenzustellen und um einen Erben zu zeugen, mehr nicht. Ich teile mein Leben eigentlich lieber mit Freunden, statt mich einem Weib zu verpflichten.«
Marte behagte der Gedanke nicht, neben einer Frau liegen zu müssen, daher wechselte er schlagartig das Thema. »Probier noch den Fisch, der ist ausgezeichnet.«
»Wenn du mir sagst, dass du dein Leben mit deinen Freunden teilst, dann hast du recht viele davon?«
Marte schnaufte. »Es gibt wohl eine Menge, die sich gern einen Freund nennen würden, immer an meiner Seite ist jedoch nur Simon.«
»Simon?«
»Simon von Wart. Ich weiß nicht, ob du ihn schon gesehen hast. Er ist einen Kopf kleiner als du, aber hat gleichfalls ein Kreuz, hinter dem ich mich verstecken kann. Er hat ebenso blonde Haare wie du, allerdings braune Augen. Er ist der Befehlshaber unserer Truppen. Ich bin mit ihm aufgewachsen. Sein Vater hat früher unsere Armee geführt und als er im Kampf gefallen ist,

hat unser alter Herr ihn aufgenommen.«
Lukas sah ihn interessiert an, sodass Marte begann, von ihrer gemeinsamen Kindheit und Jugend zu erzählen. Der Schmied war ein aufmerksamer Zuhörer, lachte viel über die Anekdoten, die Marte zu berichten hatte und unwillig brachen sie mit einkehrender Dunkelheit ihr Lager ab.

KAPITEL 9

»Sich mit dem Feind zu verbünden, ist ein kluger Zug, Marte.«
Der Angesprochene parierte den Schlag. »Lukas ist kein Feind. Wider meinen Erwartungen, ist er ausgesprochen nett, unterhaltsam und hat keinerlei Interesse an den Vorteilen, die das Blut in seinen Adern mit sich bringen könnte.«
»Nett? Du redest aber schon von dem Mann, den du als Bastard beschimpft hast?«
Marte sprang beiseite, ehe das Übungsschwert ihn am Arm zu treffen vermochte.
»Ich habe meine Meinung eben geändert!«, keuchte er und begann Simon anzugreifen.
»Und jetzt bin ich abgeschrieben?«, knurrte es in unbekanntem Tonfall.
Marte blieb stehen und sah seinen Freund verblüfft an.
»Du bist tot!«, stellte Simon fest und drückte ihm die stumpfe Spitze des Schwertes direkt auf die Brust.
»Und du ein Trottel, wenn du mich allen Ernstes fragst, ob du abgeschrieben bist.«
»Du hast seit fünf Tagen nicht mehr mit mir gefrühstückt, geschweige denn abends zusammengesessen, Marte. Du bist vorm ersten Ruf des Hahns in der Schmiede und kaum neigt sich der Tag dem Ende, verschwindest du in die gleiche Richtung. Schätzt du meine Gegenwart nicht mehr?«
Marte schnappte nach Luft. »Natürlich tue ich das, wie kommst du auf so etwas?«
»Ich wollte mich nur vergewissern, mein Freund«, erwiderte Simon noch immer recht ernst, schlug ihm dann aber freundschaftlich auf die Schulter.
»Vielleicht solltest du Lukas mal kennenlernen, ihr ver-

steht euch bestimmt gut. Dann wirst du wissen, warum ich gern Zeit mit ihm verbringe«, lenkte Marte ein.
Simon schnaufte. »Als wenn ich zu nachtschlafender Zeit aufstehen wollen würde.«
»Dann schließ dich uns abends an, wenn wir zusammen an den See reiten.«
»Mal sehen«, brummte Simon und stapfte in Richtung Waffenkammer davon.
Marte schüttelte den Kopf über das Verhalten seines Freundes, während ein Bruchteil seines Verstandes bereute, die Einladung ausgesprochen zu haben. Die Abende mit Lukas waren entspannt. Sie gingen freundschaftlich miteinander um, erzählten sich viel, schwammen gemeinsam durch den See und ließen den Tag ausklingen. Würde es in Simons Gegenwart ebenso sein? Hätte er Lukas vielleicht vorher lieber fragen sollen, statt ihn einfach einzuladen?
Marte raufte sich kurz die Haare und machte sich auf den Weg in die Schmiede. Es wäre wohl besser, Lukas vorzuwarnen.

Das Geräusch des Hammers, der auf den Amboss traf, hatte auf ihn inzwischen eine ausgesprochen beruhigende Wirkung, ebenso wie der Anblick seines Halbbruders. Ohne Umschweife betrat Marte die Schmiede und setzte sich auf eine der hölzernen Werkbänke. Er beobachtete Lukas, während seine Beine in der Luft hin- und herschwangen. Dann legte der Schmied das Stück Metall in die Glut zurück und schenkte ihm endlich Beachtung.
»Was führt dich denn um diese Zeit her?«
»Sag mal, Lukas, würde es dich stören, wenn Simon uns mal einen Abend zum See begleitet? Er hat mich heute angepflaumt, dass er neuerdings zu kurz kommt und ... na

ja ... da habe ich ihm vorgeschlagen, dass er uns begleiten und dich kennenlernen kann.« Marte studierte Lukas‘ Mimik genau, um eine Reaktion erkennen zu können.
»Das stört mich überhaupt nicht, im Gegenteil. Er ist dein bester Freund und ich gebe zu, dass ich neugierig auf ihn bin.«
Marte lächelte und war dankbar, dass Lukas die Sache so unkompliziert sah. Nun hoffte er nur noch, dass die beiden Männer miteinander zurechtkommen würden.

KAPITEL 10

Marte war auf dem Weg in sein Zimmer, da er frische Kleidung mit zum See nehmen wollte. Seine haftete durch den Tag und die Temperaturen bereits wie eine zweite Haut auf seinem Leib und fühlte sich unangenehm an. Gerade als er in den Gang einbog, sah er Felix. Der Junge guckte schnell auf den Boden und versuchte die Richtung zu ändern.

»Felix?«

Sein Diener blieb stehen, drehte sich allerdings nicht um. Martes Stirn legte sich in Falten. Warum benahm er sich so? Ihr Verhältnis war inzwischen so gut, dass keinerlei Grund bestand, sich so zu verhalten. Sie hatten die letzten Nächte das Bett geteilt und eigentlich war alles bestens?

»Felix? Was ist los?«

Zögernd drehte der Diener sich um und blickte hinab auf den Boden. Auch wenn Marte nicht alles vom Gesicht sehen konnte, das angeschwollene Auge sowie die aufgeplatzte Braue entgingen ihm dennoch nicht. Er keuchte entsetzt und ging einen Schritt schneller, um Felix zu erreichen. Der Junge hatte die Arme um seinen Oberkörper geschlungen, als versuchte er, sich damit zu schützen.

Behutsam legte Marte seine Hand unter das Kinn und hob Felix‘ Kopf an. Das rechte Auge sah eindeutig danach aus, als wäre es von einer Faust getroffen worden und nicht nur die Braue war aufgeplatzt, sondern ebenso die Lippe. Sein Magen zog sich bei dem Anblick zusammen, sein Brustkorb gleichfalls, als er in die glasigen Augen des Jungen sah. »Felix, wer war das und warum?«, fragte er besorgt.

Felix schüttelte den Kopf, statt etwas zu erwidern.

»Sag mir jetzt auf der Stelle, was passiert ist!«, forderte Marte strenger. Behutsam schob er Felix in Richtung

seines Zimmers. Ihm entging nicht, wie er unter der Berührung am Rücken zuckte und leise stöhnte. Anscheinend hatte nicht nur das Gesicht etwas abbekommen.
Marte schloss die Tür und baute sich vor Felix auf. »Du bist mein persönlicher Diener. Niemand, wirklich niemand in dieser verdammten Burg hat das Recht, so etwas zu tun, Felix. Rede mit mir!« Martes Tonfall war eindringlich, dennoch warmherzig.
»Ich ... es ist aufgefallen«, stammelte der Junge.
»Was ist aufgefallen?«
»Ich teile mir mit zwei weiteren Dienern und zwei Stalljungen ein Gesindezimmer. Die Jungs aus dem Stall ... ich hab die letzten Nächte nicht wie üblich dort geschlafen, sondern bei Euch ... sie haben mich aufgezogen und dann angefangen mich zu schubsen, mich beschimpft als ...« Felix' zitternde Stimme brach ab, dann legte er die Hände vor das Gesicht und fing an zu weinen.
Marte wusste im ersten Moment nicht, wie er reagieren sollte. Sein Magen war zu einer wütenden Faust geballt, doch der Anblick des Dieners schmerzte ihn. Behutsam schloss er die Arme um den schmalen Körper.
»Ich ... ich hab ihnen gesagt, dass Ihr verlangt, dass ich vor Eurem Bett schlafe, aber sie haben mich nur ausgelacht und verspottet ... ich ... Ihr würdet mit mir üben, damit ... damit Ihr Eure Zukünftige glücklich machen könnt ... ich ... Herr, ich habe versucht ihnen zu sagen, dass das nicht stimmt. Sie haben auf mich eingeschlagen und nach mir getreten«, presste Felix unter Tränen an seiner Schulter heraus.

Martes Zorn stieg ins Unermessliche. Nur Felix zuliebe unterdrückte er den Wunsch, sofort aus dem Zimmer zu stürzen und die beiden zur Rechenschaft zu ziehen. Der

Diener klammerte sich wie ein Ertrinkender an ihn und schluchzte bitterlich. Er strich ihm beruhigend über den Rücken. »Ich kümmere mich um die zwei, Felix«, versprach er leise.
»Aber ... aber dann werden sie vielleicht versuchen, Euch zu schaden und mich noch mehr verprügeln?«
Marte hätte beinahe erwidert, dass ihm der Sinn danach stand, den Stalljungen die Zunge herauszuschneiden, damit nie wieder ein Wort von ihnen zu hören war. Stattdessen sagte er jedoch beruhigend: »Dazu bekommen sie keine Gelegenheit, Felix. Die zwei waren den letzten Tag auf der Berlenburg, glaub mir.«
Felix hob den Kopf, sodass er in die geröteten Augen blicken konnte. Er entließ ihn aus der Umarmung, ging auf ein kleines Schränkchen zu und reichte Felix anschließend ein Taschentuch. Während er sich die Tränen fortwischte, bat Marte: »Komm mit und zeig mir die beiden.«
Felix nickte zaghaft. Unbehagen war ihm anzusehen, dennoch war er es, der die Tür zuerst öffnete und das Zimmer verließ. Kurz darauf schritten sie über den Hof der Burg. »Da vorne, sie gehen gerade in den Stall hinein«, flüsterte Felix.
Marte sah die schlaksigen Jungen. Der eine hatte eine Schubkarre dabei, der andere trug einen Sack über der Schulter. Er ging zielstrebig auf die Stallgasse zu. »Warte hier«, forderte Marte.
Felix blieb stehen, während er selbst den breiten Gang betrat. Die zwei Jungen machten sich an einer Box zu schaffen, des Weiteren war noch ein Knecht sowie der Stallmeister anwesend. Er steuerte Letzteren an und sein Erscheinen war nicht unbemerkt geblieben.
»Herr, Eure Pferde sind gleich fertig«, erklärte Hans.
»Deshalb bin ich nicht hier«, knurrte er den Stallmeister an.

»Sieh zu, dass diese zwei dort ihre Sachen packen und dann von der Berlenburg verschwinden. Sofort!«
»Herr?« Der Stallmeister blickte auf die Jungen, denen man eindeutig ansah, dass sie etwas ausgefressen hatten.
Marte fixierte die beiden und ging langsam auf die Box zu. In ihm loderte Wut. »Ihr habt Glück, dass ich euch nur der Burg verweise. Eigentlich würde ich euch lieber die Zunge herausschneiden.« Sein Tonfall ließ keinen Zweifel daran, dass er es ernst meinte. Sein Blick haftete noch einen Moment auf den zu Boden blickenden Gestalten, dann drehte Marte sich um und sagte zu dem Stallmeister: »Rauswerfen. Jetzt. Ehe ich mich vergesse, Hans.«
»Ja, Herr.« Hans deutete den beiden Stalljungen, aus der Box herauszukommen.
»Ihr habt unseren Herrn gehört. Sachen packen.«
Marte drehte sich um und war im Begriff den Stall zu verlassen, als einer der Jungs herablassend fluchte: »Es war klar, dass seine Hure petzt. Ich habe es dir ja gleich gesagt, Utz!«
Innerhalb von Sekunden fand sich der Junge, der die Worte ausgesprochen hatte, mit dem Rücken gegen die Tür einer Box gedrückt. Marte hatte ein Jagdmesser gezogen, das er immer bei sich führte. Seine Hand hatte sich um die Kehle des Burschen geschlossen, während das Metall gefährlich in der Nähe des Gesichts funkelte.
»So, so. Du willst also deine Zunge verlieren?«, fragte er mit kalter Stimme.
»N ... nein, Herr«, krächzte der in Bedrängnis geratene und versuchte den Kopf zu schütteln, doch Martes Griff war so fest, dass lediglich ein ängstliches Röcheln folgte.
Er brachte das Messer ins Sichtfeld des anderen. Die weit aufgerissenen Augen und die Mimik des Stalljungen ließen ihn wissen, dass seine Drohung ernst genommen wurde. »Sieh zu, dass du hier verschwindest«, knurrte er,

löste seine Hand und steckte das Messer wieder ein. Berthold, der Knecht, tat so, als hätte er weder Augen noch Ohren und zog sich aus der Gefahrenzone zurück, indem er die große braune Stute und seinen Hengst an ihm vorbei aus dem Stall heraus führte. Die beiden Stalljungen, die soeben ihre Anstellung verloren hatten, folgten ihm langsam. Marte wandte sich dem Stallmeister zu.
»Ich habe nichts gehört oder gesehen, Herr.«
Marte nickte zufrieden. »Der Müller hat vier Söhne und kann nur zwei von ihnen als Hilfe in der Mühle gebrauchen. Reite zu ihm und erkundige dich, ob die beiden anderen noch Arbeit suchen ...« Marte brachte seinen Satz nicht zu Ende, denn er hörte am Stallausgang ein Flüstern. Er drehte sich um, sah, wie einer der Stalljungen vor Felix auf den Boden spuckte und ihn verächtlich anfunkelte. Doch ehe er dazwischengehen konnte, setzte der Junge sich in Bewegung und verschwand mit seinem Raufkumpanen. Dann fiel Martes Blick auf eine Gestalt, die in der Nähe stand. Lukas. Dieser sah den Burschen mit zusammengezogenen Brauen nach, anschließend starrte er Felix an. Marte spürte, wie sein Herzschlag schneller wurde. Was hatte der eine Stalljunge zu seinem Diener gesagt? Was hatte Lukas gehört? Ein unangenehmes Gefühl breitete sich in ihm aus, dass die Wut verdrängte.
Marte straffte die Schultern und ging langsam auf den Ausgang zu. Er versuchte, sich seine Gefühlsregungen nicht anmerken zu lassen. Lukas sah ihn kommen, doch in dessen Mimik ließ sich kein Gedankengang erkennen.
»Ich hole nur die Satteltaschen«, erklärte Marte dem Schmied mit fester Stimme.
Lukas nickte lediglich, drehte sich um und steuerte die angebundenen Pferde an.
»Komm, Felix«, forderte Marte auf.

Der Junge ging neben ihm her. Kaum waren sie außer Hörweite, flüsterte Marte: »Was hat der Bursche eben zu dir gesagt, Felix?«
»Er sagte, dass mein Schwanz abfallen würde, wenn ich weiterhin die Beine für euch wie eine Frau spreize, Herr«, stammelte der Diener leise.
Martes Hände ballten sich zu Fäusten. »Der Schmied hat es gehört, oder?«
»Ich ... wahrscheinlich, Herr.«
Martes Finger entspannten sich, dann rieb er sich fahrig über die Augen. »Verdammt«, fluchte er verhalten. Das erklärte den Blick, den Lukas den Stalljungen hinterhergeworfen hatte und den anschließenden auf Felix. Was sollte er jetzt bloß machen? Was würde Lukas von ihm denken? Die Gedanken kreisten, aber wollten keine Antwort offenbaren.
Sie betraten gemeinsam die Burg und Marte fasste dem Jungen an die Schulter. »Oben, am Ende des Ganges, in dem sich mein Zimmer befindet, ist noch eine Kammer. Sie ist nicht groß, aber es steht das Notwendigste drin. Ich bringe dich dort offiziell unter, dann wird niemand mehr mitbekommen, ob du nachts in deinem oder meinem Bett schläfst.«
Felix sah ihn überrascht an. »Da ... Danke, Herr«, stotterte er leise.
»Räum deine Sachen zusammen, Felix. Ich reite noch an den See«, brummte Marte.
Ihre Wege trennten sich an der Küche. Marte nahm sich die bereits gepackten Taschen und kehrte dann langsamen Schrittes zurück, denn er scheute sich davor, Lukas ins Gesicht blicken zu müssen. Ob sein Halbbruder Fragen stellen würde? Was sollte er antworten? Marte stöhnte leise.
Als er den Burghof betrat, sah er Simon, der sich mit zwei anderen Männern unterhielt. Marte schindete Zeit, indem

er sich zu ihm gesellte und fragte: »Willst du mitkommen, Simon?«
Dieser schüttelte den Kopf und grinste verschmitzt. »Heute nicht, aber danke, dass du gefragt hast.«
Marte nickte nur, brachte ein schiefes Lächeln zustande und machte dann kehrt, um zum Stall zu gehen. Sein Herz puckerte unruhig in der Brust und seine Handinnenflächen wurden zusehends feuchter.
Lukas stand neben seiner Stute, starrte ins Leere und strich dabei gedankenverloren über das Fell des Tieres. Marte räusperte sich, legte die Taschen über den Pferderücken und warf nur einen kurzen Blick auf Lukas, dann konzentrierte er sich ganz darauf, seinen Hengst loszubinden. »Wollen wir?«
Der Schmied brummte nur zustimmend und machte sein Pferd ebenso los. Als sie anschließend das Burggelände verließen, empfand Marte das Schweigen zwischen ihnen das erste Mal als unerträglich. Keinem von ihnen kam ein Laut von den Lippen, auch nicht, als sie am See ankamen und Marte, wie üblich, die Speisen auspackte, während Lukas sich schon aus der Kleidung schälte. Er folgte ihm kurze Zeit später ins Wasser und auch dort herrschte unangenehme Stille, die er gerne beseitigt hätte, doch er wusste nicht wie. Marte kühlte sich nur kurz ab, strich sich anschließend die Rinnsale von der Haut und zog sich die Hosen wieder an. Dann setzte er sich neben die bestückte Decke und linste zum See. Er sah Lukas herauskommen und konzentrierte sich umgehend ganz unverfänglich auf das Essen. Auch als der Schmied sich gegenüber hinsetzte, wagte er es nicht, den Blick zu heben.
Aus der Ferne drang tiefes Grollen zu ihnen herüber. Marte hob den Kopf und sah in die Richtung, aus der das Geräusch kam. Am Horizont zogen dunkle Wolken auf. Ein Gewitter, passend zur Situation, wie Marte fand.
»Hast du den Jungen so zugerichtet?«

Marte sah den anderen überrascht an. »Nein, natürlich nicht, was glaubst du denn von mir?«
Lukas schnaufte abfällig und funkelte ihn an. »Was soll ich denn von dir glauben, Marte? Der Junge wird nicht freiwillig bei dir liegen und ist eindeutig verprügelt worden!«
»Er ist sehr wohl freiwillig bei mir, Lukas! Es waren die zwei Stalljungen, die ihn so zugerichtet haben, weil er nachts bei mir gelegen hat, statt im eigenen Bett.« Ihm waren Halbwahrheiten über die Lippen gekommen, doch ihm stand wahrlich nicht der Sinn danach, Lukas' Wut noch weitere Nahrung zu bieten. Ohne Frage hatte er Felix lange gezwungen, ihm auch auf diese Art und Weise zu dienen, doch in den letzten Tagen hatte sich ihr Verhältnis zueinander eindeutig geändert.
»Freiwillig? Warum sollten Männer aus freien Stücken beieinanderliegen? Warum sollte ein Diener freiwillig seinem Herren so zur Verfügung stehen wollen? Bist du nicht Manns genug, es einem Weib zu besorgen?«
Der letzte Satz verschaffte Marte das Gefühl, als hätte man ihm einen Dolch in den Magen gerammt. Er stand abrupt auf, griff sich Hemd und Schuhe und spie zornig aus: »Untersteh dich zu mutmaßen, was Felix freiwillig macht und was nicht! Du hast doch keine Ahnung, wovon du sprichst! Ich bin durchaus in der Lage, ein Weib zu nehmen, aber meinst du, diese Familie braucht noch mehr Bastarde?« Marte stapfte vor Wut brodelnd auf seinen Hengst zu. Sich in der Mähne festhaltend schlüpfte er in seine Schuhe und schwang sich anschließend auf den Rücken des Tieres.
»Marte!« Lukas Tonfall klang bei Weitem nicht mehr so zornig, wie gerade eben, doch er ignorierte den Ruf und trieb stattdessen sein Pferd zur Eile an.
Er fühlte sich derart gedemütigt, verletzt und verachtet, dass er sofort Rückschlüsse auf seinen Vater zog. An-

scheinend waren es nicht nur leichte äußerliche Ähnlichkeiten, die sie miteinander verbanden, sondern auch Charaktereigenschaften, die Marte verabscheute. Ein guter Freund - und er dachte bis vor Kurzem noch, dass Lukas zu einem geworden war - hätte ihn nicht mit Vorwürfen konfrontiert und beschimpft. Ein Freund hätte sich die Situation erklären lassen. Marte kniff die Augen zusammen, denn ein Tränenschleier nahm ihm die Sicht. Er fluchte über diese Reaktion, bezwang das Bedürfnis, seinen Gefühlen durch Weinen Luft zu verschaffen und ritt wenige Minuten später, zumindest äußerlich wesentlich gefasster, auf den Hof. Er ging anschließend auf sein Zimmer, ohne sein Umfeld groß zu beachten. Ihm stand nicht der Sinn danach, noch mit irgendwem belanglose Worte auszutauschen, er wollte seine Ruhe haben.

Er starrte aus dem Fenster und betrachtete die zusehends dunkler werdenden Wolken, während seine Gedanken um Lukas kreisten. Einerseits flüsterte ihm eine sachliche Stimme, dass er nicht so verletzt sein sollte, denn der Schmied kannte ihn schließlich noch nicht lange, andererseits hallte immer wieder der Satz nach, den Lukas ihm an den Kopf geworfen hatte. War er überhaupt in der Lage, bei einem Weib zu liegen? Vorstellen konnte er es sich nicht, aber gezweifelt hatte er nie daran, seinen Pflichten als Ehemann nachkommen zu können. Was, wenn es nicht an dem wäre, wenn er versagen würde? Vielleicht sollte er mit einer der Mägde? Marte verwarf den Gedanken und schnaufte ungehalten. Was scherte er sich um die Worte des Bastards. Er wusste, dass er Lukas gedemütigt hatte, aber der Mann hatte ihn nicht weniger verletzt, im Gegenteil.

Es fing an zu regnen. Große schwere Tropfen, die erst

vereinzelt auf die Scheibe trafen, dann öffnete der Himmel seine Schleusen, sodass Marte nicht mehr durch das Fenster sehen konnte. Er seufzte. Das Wetter passte eindeutig zu seiner Stimmung. Er zog sich die Schuhe aus und setzte sich auf die Bettkante. Dann beugte er sich vor, stützte die Ellenbogen auf den Schenkeln ab und barg den Kopf in den Händen. Es klopfte leise, doch Marte sah sich nicht in der Lage, seine Haltung aufzugeben. Als jemand das Zimmer betrat, linste er nur kurz zur Seite. Es war Felix, der hereingekommen war.
»Herr?«, fragte der Diener schüchtern, ging zögernd auf ihn zu und blieb dann unmittelbar vor ihm stehen. »Kann ich ... kann ich etwas für Euch tun?«
Er hob den Kopf und sah hinauf. Felix' Mimik spiegelte Sorge, ein Ausdruck, der Marte in diesem Moment guttat. Er spreizte die Beine, legte seine Hände auf die schmalen Hüften des anderen und zog ihn in die entstandene Lücke. Statt etwas zu erwidern, gab er dem Bedürfnis nach, die Arme um Felix' Taille zu schlingen und das Gesicht an dessen Bauch zu drücken. Die Tränen, die er während des Ritts verdrängt hatte, versuchten sich ein weiteres Mal den Weg an die Oberfläche zu bahnen. Marte war bemüht sie hinabzuschlucken. Er sollte vor dem Jungen nicht noch mehr Schwäche zeigen, dass tat er durch diese Geste bereits genug. Gerade als Marte beschloss sich zurückzuziehen, legten sich Felix' Arme um seine Schultern und eine Hand strich tröstend über seinen Rücken.
»Wird der Schmied Euch schaden können, Herr?«
Marte stöhnte geplagt. Diese Frage hatte er sich noch gar nicht gestellt. »Können sicher, ob er es tun wird, weiß ich nicht«, flüsterte er.
»Es tut mir ...« Felix' begonnener Satz wurde durch ein Klopfen unterbrochen.
Ehe die zwei auseinanderfahren konnten, wurde die Tür

bereits geöffnet und Lukas blickte sie an. Der Junge trat umgehend einen schnellen Schritt zurück und starrte auf den Boden, doch Marte war klar, dass Lukas mitbekommen hatte, wie sie zuvor gestanden hatten. Er hätte beinahe aufgelacht, denn so hatte sein Halbbruder wohl zumindest die Erkenntnis, dass er Felix nicht zu dieser Umarmung gezwungen hatte. Schließlich war er es gewesen, der sich kläglich an den Diener geklammert hatte.
Der Schmied sah nervös von einem zum anderen und räusperte sich. »Es tut mir leid, Marte. Ich wollte das alles vorhin nicht sagen. Ich hab einfach nicht nachgedacht.« Ohne eine Antwort abzuwarten, drehte der Hüne sich um und verließ das Zimmer.
Auch wenn Marte ein Stück weit erleichtert war über diese Entschuldigung, der Streit hallte noch immer in ihm nach. Er war aufgewühlt und wusste nicht, ob das Verhältnis zu Lukas wieder wie zuvor werden würde.
Während er in seinen Gedanken versunken war, ging Felix zur Tür und verriegelte diese von innen. Anschließend kam er zurück zu Marte, stellte sich zwischen die nach wie vor geöffneten Beine und beugte sich hinab. Die Hände des Dieners legten sich auf seine Wangen. Marte blickte Felix erstaunt an.
»Lasst mich Euch ein wenig Trost spenden.« Mit dem letzten geflüsterten Wort spürte Marte zärtliche Küsse auf seinem Gesicht.
Der Junge war in den vergangenen Tagen mutiger geworden und Marte hatte in dieser Sekunde die Erkenntnis, dass er an dem neu erlangten Selbstbewusstsein seines Dieners Gefallen fand.

KAPITEL 11

Der permanente Regen nagte an ihm, fast genauso wie der Umstand, dass zwischen ihm und Lukas seit nunmehr fünf Tagen schweigen herrschte. Mal waren die Tropfen groß, dann wieder winzig, doch regnen tat es konstant. Warm und nass. So sehr ihm das Plattern auf den Geist ging, die Bauern freuten sich und prophezeiten gute Ernten.

Marte war, wie bereits die letzten zwei Tage, in der Waffenkammer zugange. Felix saß ihm gegenüber und mit stoischer Gelassenheit polierte der Junge die Schwerter, ebenso wie er es tat. Marte hatte die Flucht angetreten und sich hier unten verschanzt. Sein alter Herr entwickelte stündliche neue Pläne für die Feierlichkeiten, verkostete mehr Wein als eine Armee und stopfte sich derart mit Essen voll, dass Marte allein der Anblick Übelkeit bereitete. Genauso wie all die Gesellen, die mit dabei saßen und von seinem Vater als ‚gute Freunde' bezeichnet wurden. Reine Nutznießer, wie er wusste. Der ganze Haufen war ihm zuwider. Nicht einmal Simon konnte ihn ablenken, denn dieser hatte vor drei Tagen mit einem Trupp Soldaten die Burg verlassen, um weiteren Besuch zu eskortieren, der sich bei ihnen einnisten würde.

Er spähte kurz zu dem Diener hinüber und lächelte. Felix hatte noch immer den nötigen Respekt vor ihm, aber ihr Verhältnis war in den letzten Tagen sehr freundschaftlich geworden. Sie teilten weiterhin jede Nacht das Bett, doch auch da hatte sich ihr Umgang miteinander verändert. Schmunzelnd dachte er daran, wie Felix sich vergangene

Nacht auf ihn gesetzt und geritten hatte, bis er es war, der um Erlösung bettelte. Dann glitten Martes Gedanken auf Abwege und landeten bei Lukas, so wie ständig, seit der Mann aus seinem Zimmer verschwunden war. Wäre das Wetter schön gewesen, so hätte er einen Grund gehabt in der Schmiede vorbeizusehen und einen ersten Schritt auf Lukas zuzumachen, nachdem er sich schließlich entschuldigt hatte. Die Idee, nur für ein Gespräch dort aufzutauchen, ließ ihn jedoch nervös werden und behagte ihm nicht. Was, wenn Lukas es sich inzwischen anders überlegt hatte und seine Entschuldigung womöglich bereute?

»Ihr seid schweigsam, Herr.«

Marte brummte nur.

»Was beschäftigt Euch?«

Er sagte nichts und bezweifelte, dass Felix der richtige Ansprechpartner für seine Gedanken war. Mit Simon hätte er ebenso wenig über das Thema sprechen können. Ohne es mitzubekommen, seufzte er leise.

»Herr, was bedrückt Euch? Ihr wisst, dass ich verschwiegener bin, als die Fische im Dorfteich.«

Marte schnaufte amüsiert.

»Ich seh' Euch lieber lächelnd und zufrieden.«

»Ich mich auch.«

»Also, was liegt Euch auf dem Herzen?«

»Der Streit mit dem Schmied.«

»Aber er hat sich doch bei Euch entschuldigt?«

»Ich mich aber noch nicht bei ihm und ich weiß nicht, wie ich es am besten anstellen soll, Felix.« Marte knabberte kurz unbeholfen auf seiner Unterlippe und erklärte dann: »Wenn ich einfach so zu ihm gehe ... weißt du, wenn das Wetter schön wäre, könnte ich wie immer in der Tür stehen und ihn fragen, ob er mit mir zum See kommt. Wenn er noch Groll gegen mich hegt, dann würde er mir wohl eine Abfuhr erteilen, aber selbst das wäre eine

Basis, um mit ihm zu sprechen. Mir ist klar, dass es Grund genug sein sollte bei ihm aufzutauchen, weil ich mich entschuldigen muss, aber ... ich hätte gleich am nächsten Tag hingehen sollen ...« Marte beendete sein Gestammel mit einem hilflosen Schulterzucken.
»Euch liegt viel an ihm, nicht wahr?«
»Er ist ein netter Kerl.«
Felix grinste von einem Ohr zum anderen, sodass Marte stutzig wurde. »Mir liegt an ihm, aber nicht so, wie du gerade denkst!«, stellte er empört klar.
Felix lachte leise.
»Wirklich.«
Der Junge griente ihn immer noch unverschämt an.
»Felix, das was wir zwei haben, darf schon nicht laut ausgesprochen werden, ein Gedanke in diese Richtung käme für mich niemals infrage! Ich mag Lukas. Seine Gegenwart ist angenehm, man kann sich gut mit ihm unterhalten und er ist ein feiner Kerl. Mehr ist da nicht.«
»Und warum geht ihr dann nicht einfach zu ihm und entschuldigt Euch, sondern seid so nervös?«
»Weil ich nicht gerade Sehnsucht danach habe, dass er mich in den Boden starrt und mir die kalte Schulter zeigt, während ich rumstammle und nach Worten suche.«
Felix schmunzelte noch immer frech, sodass Marte sich fragte, ob es ein kluger Schachzug war, dem Jungen gegenüber so offen zu sein. Dann stand der Diener mit dem Schwert in der Hand auf.
»Ihr braucht also einen Grund, um in die Schmiede zu gehen, einen glaubwürdigen?«
Marte konzentrierte sich auf die Klinge, die er polierte und brummte nur zustimmend. Dann ertönte ein lautes Geräusch, das ihn zucken und zusammenfahren ließ. »Verdammt, was ...« Er blickte hoch und sah, wie Felix ein weiteres Mal mit einem Schwert gegen eine Steinkante schlug. »FELIX!«

Der Junge grinste ihn an und betrachtete anschließend die an den Rändern eingebeulte Klinge. »Ich glaube, das Schwert sollte der Schmied richten, was meint Ihr?«

KAPITEL 12

Das erste Mal seit Tagen war er froh, dass es regnete, denn so war kein Betrieb auf dem Hof. Niemand konnte sehen, wie er nervös auf der Unterlippe kauend, mit Schwert und Korb bewaffnet über den Hof dackelte. Er blieb stehen, drehte sich um, fragte sich, ob er wirklich zu Lukas gehen sollte, holte tief Luft und stapfte dann mutig weiter. Der Regen hatte sein Hemd an den Schultern durchweicht und er war dankbar, dass das Essen abgedeckt war. Lukas hatte sich, obwohl Marte es ihm neulich angeboten hatte, nicht in der Küche blicken lassen, sondern sich die letzten Tage selbst versorgt. Kopfschüttelnd dachte er daran, dass der Mann wahrscheinlich nur von irgendwelcher Getreidegrütze gelebt hatte, so, wie es in den einfachen Familien üblich war.

Er bog um die Ecke und hörte über den Regen hinweg ein Geräusch, das er vermisst hatte. Das gleichmäßige Aufschlagen des Hammers auf den Amboss. Die fallenden Tropfen sorgten dafür, dass Marte nicht sonderlich viel sehen konnte, dennoch wurden seine Schritte zögerlicher, als er dem Gebäude näherkam. Er blieb stehen und betrachtete Lukas bei der Arbeit. Marte sah das gewohnte Muskelspiel des Mannes und dachte an die gemeinsamen Stunden, die sie trotz ihrer jungen Freundschaft bereits zusammen verbracht hatten. Das angenehme Schweigen, kleine Anekdoten, herzliches Lachen und ernste Momente. Marte vermisste es und hoffte, dass seine Entschuldigung die Dinge wieder richten würde.
Er hatte nicht bemerkt, dass Lukas das Eisen zum Kühlen in den Bottich gesteckt hatte und ihn ansah. »Du bist kein Baum, der bei Regen noch wachsen könnte, Marte.«

Marte erwachte aus seiner Starre. »Oh ... ich ... Schwert.« Er stammelte genau so, wie er es befürchtet hatte.
»Willst du nicht erst einmal reinkommen?«
»Ja, natürlich«, krächzte er leise und betrat anschließend die Schmiede.
Lukas legte seine Arbeitswerkzeuge beiseite, verschränkte die Arme vor der Brust und musterte ihn mit unergründlicher Miene. Marte blickte kurz auf den Boden und betrachtete die Tropfen, die er dort hinterließ. Er holte tief Luft, räusperte sich, hob den Kopf und erklärte: »Ich habe ein Schwert, das bei Gelegenheit ausgebessert werden müsste.«
Lukas Blick glitt Martes Arm hinab und blieb an dem Gegenstand hängen, von dem er gerade sprach. Der Schmied streckte die Hand aus und deutete, dass er das Schwert haben wollte. Marte reichte es ihm und betete, dass das Zittern seiner Finger dabei nicht auffiel.
Lukas betrachtete mit zusammengezogenen Brauen die Klinge. »Was hast du gemacht? Gegen einen Stein gekämpft?«
Marte schüttelte sofort den Kopf und hoffte, dass sich keine verräterische Röte in sein Gesicht schlich. »Bin dabei die Waffenkammer aufzuräumen.«
»Aha. Kann ein paar Tage dauern, bis es fertig ist.«
Er nickte nur und spürte, dass sie jede Sekunde in Schweigen verfallen würden - in eines der unangenehmen Sorte. Marte stellte den Korb ab und deutete darauf. »Ich hab ein wenig was aus der Küche mitgebracht ... falls du noch nicht gegessen hast.«
Im Gesicht des ihn deutlich überragenden Mannes zeigte sich keinerlei Regung, nicht einmal dem Korb wurde Beachtung geschenkt. Es entstand genau die Situation, vor der Marte sich gefürchtet hatte. Der Moment wäre wohl noch schlimmer gewesen, wenn er nicht das Schwert für seinen Besuch hätte vorschieben können. Entweder er

hatte zu viel Zeit verstreichen lassen oder Lukas bereute vielleicht seine Entschuldigung? Er wusste es nicht, dennoch nahm er sich trotz der unangenehmen Stille vor, zumindest seine Worte loszuwerden.
»Es tut mir leid, dass ich das mit ...« Er geriet ins Stocken. »Du kannst nichts für den Fehltritt meines Vaters. Es war nicht recht von mir, entschuldige.« Er wollte Lukas nicht länger in das ausdruckslose Gesicht schauen, eines, das ihm bis zu ihrem Streit immer freundlich gesonnen war, daher drehte er sich um. »Ich wünsche dir einen schönen Abend, Lukas.«
Er setzte sich in Bewegung, doch ehe er hinaus in den Regen gehen konnte, hörte er ein: »Lauf nicht gleich wieder weg, Kleiner.«
Marte hielt an und wandte sich erstaunt um. ‚Kleiner' hatte ihn Lukas noch nie genannt. War das jetzt ein gutes, oder ein schlechtes Zeichen? Ein Mundwinkel des Schmiedes deutete ein Lächeln an, wenn auch ein winziges.
»Bist du dir sicher, dass das mit dem Regen und Wachsen nicht klappt? Ich könnte es versuchen«, scherzte Marte nervös.
»Hast du schon was gegessen?«
Marte schüttelte den Kopf.
»Willst du mir dann Gesellschaft leisten? Du hast doch bestimmt wieder für eine fünfköpfige Familie einpacken lassen.«
»Soll schließlich reichen«, erwiderte Marte ertappt.
»Möchtest du mit zu mir kommen? Ich muss dich aber vorwarnen, dass es nicht so gemütlich wie am See ist.«
Marte nickte glücklich und betrachtete den Mann beim Abdecken der Glut. Anschließend band Lukas die Lederschürze ab und schlüpfte in sein Hemd. Der Schmied griff den Korb von der Holzplatte. »Lass uns gehen.«
Marte folgte ihm erleichtert, aber dennoch war ein Rest

Nervosität vorhanden. Würde Lukas ihn noch mal auf sein Verhältnis zu Felix ansprechen oder darüber reden wollen, dass er seinem Diener statt eines Weibes den Vorzug gab?

Das kleine, von Lukas bewohnte Haus war schnell erreicht. Marte musste schmunzeln, als sich der Hüne duckte, um sich am niedrig gehaltenen Eingang nicht den Kopf zu stoßen. Durch die Tür trat man direkt in eine Küche, die lediglich mit dem Nötigsten ausgestattet war. Lukas blieb vor dem Tisch stehen, nahm das vom Regen nass gewordene Leder vom Korb und begann, die Sachen auf die Holzplatte zu legen.
»Setz dich«, forderte der Schmied auf.
Während er auf einem Holzschemel Platz genommen hatte, stellte Lukas zwei Becher auf den Tisch. Es fühlte sich komisch an, dass sein Halbbruder ihn bediente, denn normalerweise war er es, der am See immer alles ausgepackt hatte. Marte schnappte sich den Weinschlauch und füllte die Becher, um wenigstens etwas zu tun zu haben.
»Wer soll die Mengen essen?«, brummte Lukas leise.
»Wir?«
Der Schmied schnaufte. »Du hast wieder so viel einpacken lassen, damit mir für die nächsten Tage noch genug bleibt.« Es klang kein Vorwurf aus Lukas' Stimme heraus.
»Kennst mich doch«, erwiderte Marte daher schulterzuckend mit einem Lächeln. Er bemerkte sofort, dass Lukas Mimik sich wandelte und nachdenklicher wurde.
»Dennoch hast du mich sehr überrascht, Marte.«
Und da war es, das Thema, vor dem er sich fürchtete.
»Hätte ich vielleicht einen Abend am See zufällig erwähnen sollen, dass ich das Bett mit meinem Diener teile? Ich denke, so etwas erzählt niemand freimütig

heraus.«
»Aber du hättest dir doch schon vor Jahren ein Eheweib nehmen können?« Lukas nahm ebenso Platz und sie begannen zu essen.
»Als mein Vater mir das erste Mal nahelegte, dass es an der Zeit wäre zu heiraten, hatte ich andere Interessen. Neben den Belangen für die Burg, um die ich mich gekümmert habe, war ich viel jagen und hab mein Schwert als Geliebte angesehen. Einem Rock oder breiten Hüften habe ich nicht nachgesehen. Doch jetzt geht es nicht mehr um persönliche Interessen, ob es mir recht ist oder nicht.«
»Und das mit dir und dem Jungen? Ich meine ... hat dich wirklich der Gedanke abgehalten, dir ein Weib zu suchen, weil es sonst ... Bastarde mit sich hätte bringen können?«
Marte schluckte und schüttelte den Kopf. »Das mit Felix hat sich ... hat sich so ergeben und lässt mich zufrieden sein.« Er hoffte, dass Lukas diese Aussage schlucken würde, ohne weiter nachzufragen, doch vorsichtshalber beschloss er den Spieß umzudrehen: »Du hast auch kein Eheweib, Lukas.«
Die Miene seines Gegenübers wandelte sich schlagartig, schien für einen Moment sehr ernst, dann wurde sie traurig. »Ich hatte eine Frau und zwei Söhne, Marte. Das Feuer hat mir alles genommen.«
»Das ... ich wusste nicht ... es tut mir leid, Lukas.« Die Offenbarung schockierte ihn wirklich. Obwohl sie an den Abenden am See viel miteinander gesprochen hatten, der Verlust seiner Familie war nie ein Thema gewesen, ebenso wenig wie der Brand, der alles vernichtet hatte.
»Du weißt doch, es gibt Dinge, über die spricht man nicht freimütig, gerade wenn es ein sehr persönlicher Bereich ist. Ich denke nicht gern über den Verlust nach und dementsprechend rede ich auch nicht darüber.« Lukas starrte auf seine Finger und drehte gedankenverloren eine

Traube hin und her. »Ich möcht's einfach nur vergessen.«
Marte bemerkte, dass die Hände des Mannes zu zittern begannen und hatte den Wunsch, nach ihnen zu greifen, um Trost zu spenden, doch er wagte es nicht.
Ein bedrücktes Schweigen entstand. Marte wusste nicht, was er sagen sollte, denn alles erschien ihm in diesem Moment unpassend.
»Ich habe meine Frau nicht geliebt. Meine Eltern haben damals beschlossen, dass Irmel eine gute Partie ist. Eine Müllerstochter. Mir fehlen Jacob und Kasper. Jacob wäre nächsten Monat vier geworden, Kasper im Herbst zwei.«
Marte konnte es nicht verhindern, dass seine Augen glasig wurden und dass es Lukas ebenso ging, ließ ihn noch mehr Mitleid mit dem Mann fühlen.
»Kein gutes Thema für ein Abendessen«, flüsterte Lukas leise.
»Auch wenn sie niemals ersetzbar sein werden, Lukas. Du bist jung, du kannst ein weiteres Mal heiraten und Kinder haben.«
Der Schmied drehte sein Gesicht etwas von Marte weg und wischte sich verstohlen über die Augen. »Ich muss mir ein Weib nehmen und Kinder zeugen, Marte. Wer soll sich sonst im Alter um mich kümmern? Aber wollen tue ich es nicht. Der Gedanke, es könnte wieder ein Unglück geschehen ... Ich fürchte mich davor, kannst du das verstehen?«
Marte schluckte den Kloß hinab, der sich in seiner Kehle gebildet hatte, und räusperte sich leise, denn er traute seiner Stimme nicht. »Das kann ich, meine Freund, das kann ich.«
Erneut trat bedrückende, alles einnehmende Stille ein. Marte war dankbar, dass er noch keine schweren Verluste dieser Art hinnehmen musste. Selbst wenn sein Vater sterben würde, käme es dem nicht gleich, was Lukas erlitten hatte. Dieser machte den Eindruck, seine Söhne

über alles geliebt zu haben, ein Gefühl, das er seinem alten, inzwischen versoffenen Herrn nicht entgegenbrachte.
Er bemerkte, wie Lukas ein weiteres Mal über die Augen wischte. Trauer zu zeigen schien ihm für Marte nachvollziehbarerweise unangenehm zu sein, sodass er anbot: »Möchtest du lieber deine Ruhe haben?«
Der Schmied lächelte, doch es wirkte traurig. »Nein, bleib, aber ein fröhliches Thema wäre besser.«
Marte überlegte einen Moment, schmunzelte und fragte dann: »Habe ich dir schon von Helena Hakennase, Fronicka Fettbauch oder Dorell Düster erzählt?«
Innerhalb von Sekunden wandelte sich das Gesicht des Hünen. »Von wem?«
»Oh, ich muss dich bei Gelegenheit in die Burg schleppen. In den Keller, um genau zu sein, denn dort stehen Gemälde, die mir Väter von ihren Töchtern geschickt haben und das nun schon seit Jahren. Ich nenne es das Kabinett des Schreckens. Helena von Sortz, die Frau deren Nase einem Vogelschnabel Konkurrenz macht. Gräfin Fronicka von Amdrat ist eine Witwe und ich könnte wetten, ihr Mann ist erstickt, als er unter ihr gelegen hat. Himmel, ich frage mich noch immer, wie diese Frau auf das Bild gepasst hat und Dorell Düster heißt normalerweise Dorell von Serenz. Die Frau sieht beängstigend aus und da Gemaltes zumeist schöner ist als das Original, hoffe ich nur, dass diese Damen - und so manch andere - inzwischen schon verheiratet wurden.« Er rollte mit den Augen und seufzte theatralisch.
Sein Plan ging auf. Lukas' Mundwinkel zuckten erst, dann begann der Schmied leise zu lachen. »Helena Hakennase? Dorell Düster ...«
Marte unterbrach ihn. »Adelheit Apfelgesicht, Gerlinde Gram, oh ... und Brigitta Bärenfell, wie konnte ich die nur vergessen?!«

Lukas prustete und lief rot an.
»Brigitta trägt auf dem Bild ein Bärenfell. Die Tatzen auf den Brüsten drapiert, den großen Kopf des Tieres umfunktioniert zu einem Helm! Da braucht sich niemand wundern, dass ich meinen Diener ins Bett hole, oder?«
Marte erwartete keine Antwort auf seine Frage, daher erzählte er einfach weiter von Kuriositäten, die sich im Keller angesammelt hatten. Nun wurden es Lachtränen, die sich der Schmied aus den Augenwinkeln wischte.

KAPITEL 13

»Er war zu betrunken?«
»Ja und das am frühen Morgen. Somit hatte ich das Vergnügen, den ganzen Tag die Bittsteller zu empfangen.« Marte schob sich eine Traube in den Mund und blickte hinaus auf den See. Seine schlechte Laune hatte sich inzwischen gelegt, seit er hier mit Lukas lag.
Gestern hatte es endlich aufgehört zu regnen, sodass sie den ersten gemeinsamen Abend wieder am Wasser verbringen konnten.
»Er säuft sich noch um den Verstand«, brummte Marte leise und schüttelte gedankenverloren den Kopf. »Weißt du, früher habe ich immer zu ihm aufgeschaut, aber in den letzten Jahren hat er sich sehr verändert.«
»Woran liegt es?«
Er zuckte mit den Schultern. »Ich weiß es nicht. Es hat sich irgendwie eingeschlichen und ist nicht von heute auf morgen anders gewesen, aber vor fünf Jahren hättest du einen anderen Mann als deinen Vater kennengelernt, Lukas. Kein Bauch, der an ein hochschwangeres Weib erinnert, weder eine rote Nase, noch wulstige Finger.«
Das Geräusch eines herannahenden Pferdes unterbrach das Gespräch. Gerade als Marte sich weiter aufrichtete, um zu sehen wer dort kam, wurde das Tier gestoppt und Simon tauchte auf.
»Simon, du bist schon wieder da, ich habe erst morgen mit dir gerechnet«, rief Marte überrascht und gleichzeitig erfreut aus.
Sein Freund nickte und schenkte ihm ein erschöpftes Lächeln. »Ich hoffe, ich störe euch nicht?«
Sowohl Marte, wie auch Lukas schüttelten den Kopf. Marte entging nicht, wie neugierig Lukas den Hinzugekommenen ansah.

»Lukas, das ist Simon. Simon, das ist Lukas«, stellte er die zwei einander vor.
Sie musterten sich freundlich, nickten sich zu, dann kam Simon auf ihn zu und setzte sich neben ihn ins Gras.
»Ich wollte dich nur vorwarnen.« Simon rieb sich über das Gesicht und stöhnte geplagt. »Irgendwie muss Albrecht davon Wind bekommen haben, dass die Traufensteins mit einer Eskorte anreisen. Er hat die Gunst der Stunde genutzt und ist mitgekommen.«
»Oh nein!« Marte ließ sich rückwärts auf die Wiese fallen und bedeckte seine Augen mit den Händen.
»Albrecht?«, fragte Lukas neugierig.
Simon gab ein belustigtes Glucksen zum Besten. »Na, Marte, klärst du Lukas auf, oder soll ich das übernehmen.«
»Onkel Albrecht, einer der Brüder meines Vaters«, brummte Marte leise. »Der einzige Mann, den ich kenne, der mehr Puder im Gesicht hat, als jedes Weib im ganzen Land und immer nach Blumen riecht, als würde er sich davon ernähren.« Marte schwieg eine Sekunde und spähte dann zu Lukas hinüber. »Wenn du Glück hast, begegnest du ihm während seines Aufenthalts nicht, doch ich ahne, dass Vater ihm von dir erzählen wird. Falls du ihn triffst, schlag ihn nicht gleich zu Boden.«
Lukas runzelte die Stirn. »Warum sollte ich das tun?«
Simon räusperte sich und lachte anschließend amüsiert. »Onkel Albrecht hat eine Schwäche für große und vor allem muskulöse Männer, Lukas. Glaub mir, ich weiß wovon ich spreche. Er versucht einen ständig anzufassen und wenn man nicht aufpasst, tätschelt er einem schamlos den Hintern.«
»Wobei man auch, wenn man klein und schlank ist, nicht in seiner Nähe stehen sollte«, knurrte Marte ungehalten.
Lukas blickte entsetzt von einem zum anderen. »Ihr macht Scherze, oder?«

»Nein, leider nicht«, seufzte Simon. »Stört es euch, wenn ich ins Wasser springe? Mein letztes Bad ist geraume Zeit her.«
»Nur zu«, nuschelte Marte, der noch immer die Hände auf seinem Gesicht liegen hatte. »Was für ein Albtraum.«
»Wieso kann dein Onkel mit diesem Verhalten durchkommen?«, hakte Lukas neugierig nach.
»Er ist nur anstrengend, aber tut keinem so wirklich etwas, Lukas.« Marte zuckte mit den Schultern. »Nicht nur, dass er mein Onkel ist, er ist auch noch ein persönlicher Freund des Königs, daher hat er wesentlich mehr Freiheiten, als sich so manch anderer erlauben könnte.«
»Man munkelt, dass er mehr als nur ein guter Freund von König Leonhart ist«, warf Simon ein und ging langsam ins Wasser.
Marte nahm die Hand fort und blickte ihm nach. Seine Augen glitten automatisch an der ansehnlichen Statur hinab. »Wo hast du das denn her? Onkel Albrecht und der König?«
Simon blieb stehen und drehte sich etwas. »Die Traufensteins haben sich das Maul zerrissen, als klar war, dass Albrecht mitkommen würde.«
Martes Brauen zogen sich zusammen. »Albrecht ist Anfang vierzig, was soll der König mit einem derart alten Gespielen? Er ist doch wesentlich jünger?«
Simon zuckte mit den Schultern und grinste frech. »Es ist dein Onkel, nicht meiner. Wenn du es wissen willst, solltest du ihn fragen.« Dann ging sein Freund gemächlich ins Wasser hinein.
Marte schnaufte und winkte ab.
»Ist ...«, Lukas brach ab und schien zu überlegen, was er sagen wollte.
»Ist?«, hakte Marte nach.
Der Schmied warf einen Blick auf Simon. Als dieser ein Stück weit hinausgeschwommen war, begann Lukas

seinen Satz erneut. »Ist das in unserer Familie väterlicherseits eine Krankheit, Männer zu begehren, statt Frauen?«
Marte sah Lukas überrascht an, doch dann wurde sein Gesicht ernst. »Da habe ich, ehrlich gesagt, nie drüber nachgedacht. Aber bei Vater ist es eindeutig nicht der Fall, davon hätte ich etwas mitbekommen.« Marte zögerte einen Moment und fragte dann leise: »Ist es denn eine Krankheit?«
»Mann und Frau gehören zusammen, um Nachkommen zu zeugen, etwas, dass Männer untereinander wohl kaum zustande bekommen können. Es ist also gegen die Natur, meinst du nicht?«
»Was zieht ihr für Mienen?«
Weder Lukas noch Marte hatten mitbekommen, dass Simon langsam das Wasser verließ. Marte wandte sich ihm zu und warf einen anerkennenden Blick auf den nassen Körper, allerdings zwang er sich sofort, seinem Freund ins Gesicht zu sehen, statt neugierig unterhalb des Bauchnabels zu verweilen. »Ist es eine Krankheit, mit dem gleichen Geschlecht das Bett zu teilen, Simon?«
Sein Freund starrte erst Lukas perplex an, anschließend ihn. Er zuckte mit den Schultern. »Was weiß ich? Jedoch gibt es durchaus Schlimmeres. Ich habe schon so manchen Bauern gesehen, der in den Stall verschwunden ist, um seinen Druck abzubauen und glaubt mir, dort hat keine Magd gewartet.«
Lukas gab ein Geräusch des Angewidertseins von sich und auch Marte verzog das Gesicht.
Simon gluckste. »Seht ihr! Dann doch lieber das gleiche Geschlecht, vor allem, wenn beide ihr Vergnügen daran finden.«
»Aber ein Übel mit dem anderen vergleichen, ist auch nicht recht«, brummte Lukas.
»Kann man es denn als Übel bezeichnen, wenn zwei

Männer sich zueinander hingezogen fühlen?«, hakte Simon nach.
Marte hörte einen angriffslustigen Unterton heraus und hoffte, dass es zu keinem Eklat zwischen seinem besten Freund und seinem Halbbruder geben würde.
Simon strich sich das Wasser vom Körper und tat es den anderen gleich. Er schlüpfte lediglich in seine Hose und setzte sich wieder auf den Boden.
Lukas machte eine abwägende Bewegung mit dem Kopf und erklärte dann, wie schon Marte zuvor, mit Befangenheit. »Aber der Akt ist schließlich gedacht, um Nachkommen zu zeugen?«
Simon grinste. »Es gibt doch noch mehr, als nur die Pflichterfüllung, Lukas. Es geht auch ums Vergnügen. Davon mal abgesehen schließt das eine das andere nicht aus. Nehmen wir Onkel Albrecht, der eindeutig Männern den Vorzug gibt. Er ist verheiratet und hat zwei Kinder gezeugt. Nachdem er somit seine Pflicht erfüllt hat, wen interessiert es noch, wo er seinen Schwanz rein steckt. Oder sich einen reinstecken lässt?«
Marte schlug seinem Freund spielerisch gegen die Schulter, derweil Lukas über die offen gesprochenen Worte tatsächlich rote Wangen bekam.
»Na, ist doch so«, gluckste Simon belustigt. »Niemand kann Albrecht vorwerfen, er wäre seinen Pflichten nicht nachgekommen. Mal ehrlich, ich möchte auch mit niemandem, den ich nicht aus Begehren heirate, mehr als absolut notwendig das Bett teilen. Was glaubt ihr, wie viele Männer noch nachts neben dem Weib liegen, wenn es ein Glücksschuss gewesen ist und sie ein Kind in sich trägt? Ich glaube, falls es wirklich an dem ist und man weiterhin das Bett teilt, dann nur, weil mehr dahinter steckt, als die Pflichterfüllung. Und dieses ‚mehr' empfinden nun einmal nicht alle für ihre Ehefrauen, geschweige denn überhaupt für Frauen.«

Lukas brummte nachdenklich, erwiderte allerdings nichts. Simon hingegen schien aufzublühen. Er grinste noch immer schelmisch und stieß Marte mit der Schulter an. »Apropos Pflichterfüllung. Der alte Traufenstein hat seine zwei Töchter im Schlepptau. Ich habe selten etwas derart Hässliches gesehen!«
Marte stöhnte gequält. »Was für Aussichten.«
»Du sagst es. Sie werden eine Menge Zeit an deiner Seite verbringen wollen, bis das eigentliche Fest beginnt. Sie hegen bestimmt die Hoffnung, dass du dich bereits davor für eine von ihnen entscheidest, wobei es wohl der Wunsch des Vaters ist, der die beiden nicht an den Mann bringen kann.«
»Oh, ich fürchte, ich werde bis zum Fest so viel zu tun haben, dass ich den zweien leider meine kostbare Zeit nicht zur Verfügung stellen kann. Aber du kümmerst dich sicherlich gern um sie, nicht wahr, Simon?« Marte grinste gehässig zurück.
Simon schnaufte. »Vergiss es! Vielleicht sollten wir ihnen deinen attraktiven Halbbruder schmackhaft machen?«
Marte lachte, als der Schmied Weintrauben warf, statt etwas zu erwidern.

KAPITEL 14

»Marte!«

Er blieb stehen und schloss die Augen. Sein Plan, unbemerkt aufs Zimmer zu schleichen, löste sich gerade in Luft auf. Er öffnete die Lider, setzte ein Lächeln auf und drehte sich um. »Onkel Albrecht!« Er stutzte. Das letzte Mal, dass er seinen Onkel gesehen hatte, war knapp vier Jahre her, doch der Mann sah besser aus, als er es in Erinnerung hatte. Von den üblichen Puderschichten war nichts zu erkennen, ein Hauch von Blumen lag in der Luft, aber wesentlich dezenter als sonst, lediglich die edle Kleidung unterstrich, wie viel Wert der Mann auf sein Äußeres legte. Albrecht war ebenso groß wie sein Vater, jedoch schlanker. Die blonden, ordentlich frisierten Haare wiesen die ersten grauen Strähnen auf, doch es passte zu ihm.

Albrecht schien gleichfalls so perplex zu sein, wie er selbst. »Du bist erwachsen geworden«, stellte sein Onkel kopfschüttelnd fest.

Ehe Marte ausweichen konnte, fand er sich in einer Umarmung wieder. Kurz und ausgesprochen herzlich wurde er gedrückt, dann trat sein Angehöriger einen Schritt zurück und musterte ihn neugierig.

»Du siehst gut aus, Onkel«, bemerkte Marte anerkennend.

»Im Gegensatz zu deinem Vater. Was ist passiert? Ich habe einen Burgherrn erwartet, der durch seine Ausstrahlung alles in den Schatten stellt, doch das tut wohl nur sein Bauch - zumindest wenn er geradestehen kann! Ich glaube, er hat mich nicht mal erkannt und erst diese Gestalten, die da mit ihm am Tisch sitzen, was sind das für Leute?«

»Vater bezeichnet sie als seine Freunde«, erwiderte Marte schulterzuckend.

Albrecht schnaufte. »Wäre er ein junger Mann, würde ich ihm sagen, dass er den falschen Umgang hat. Ich habe selten solch verschlagene Augen gesehen, wie die der Gesellen, die dort zusammensitzen. Selbst Straßenräuber wären wohl vertrauenserweckender.«
Erneut zuckte Marte nur hilflos mit den Schultern. »Was soll ich tun? Ich bin nur sein Sohn, der diesbezüglich nichts zu sagen hat.«
Albrecht brummte nachdenklich. »Mal sehen, ob wir es gemeinsam gerichtet bekommen. Das ist ja kein Zustand.«
Martes Brauen zogen sich erstaunt hoch, doch Gegenworte leistete er keine. Er glaubte lediglich nicht daran, dass Albrecht irgendetwas an den Umständen ändern konnte.
»So und du willst heiraten?«, wechselte sein Onkel abrupt das Thema.
»Ist wohl langsam an der Zeit«, gab er wage zurück.
»Wenn Richard so weiter macht, wirst du das alles hier schneller übernehmen, als gedacht, Marte. Kinder sichern die Blutlinie.« Albrecht blickte sich kurz um, ob sie auf dem Flur alleine waren, beugte sich vor und flüsterte dann verschwörerisch: »Sieh nur zu, dass du einen Bogen um die Traufensteintöchter machst. Himmel, die zwei Mädchen sind mit ihrem Aussehen wirklich gestraft!«
Malte lachte leise. »So etwas sagte Simon schon. Ich hoffe, ich kann ihnen aus dem Weg gehen. Aber wer weiß, vielleicht ist der alte Traufenstein auch nicht mehr bereit seine Töchter herzugeben, so, wie mein Vater sich benimmt.«
»Als wenn ihn das abhalten würde!«
Sie hörten Schritte auf dem Flur und das Gespräch stockte sofort. Es war Felix, der auf sie zukam. Der Junge verbeugte sich vor ihnen und wandte sich dann Marte zu: »Herr, Lorentz von Traufenstein und seine Töchter

würden sich freuen euch heute noch zu sehen.« Felix schielte kurz zu Albrecht und sagte dann weiter: »Ich bin davon ausgegangen, dass Ihr bereits schlaft, so früh, wie Ihr zurzeit aufsteht, und habe es ihm auch so gesagt.«
Marte grinste zufrieden. »Danke, Felix. Du hörst mein Schnarchen gerade bestimmt bis auf den Flur hinaus, nicht wahr?«
Der Diener schmunzelte, während Albrecht leise lachte. Felix verbeugte sich ein weiteres Mal und machte sich auf den Weg.
»Ach, Felix?«
Der Junge blieb stehen, drehte sich um und schenkte Marte ein Lächeln, dass Wärme in seinem Brustkorb freisetzte. »Herr?«
»Lass dich von keinem einspannen. Hier gibt es genug Diener, die sich um alles kümmern können. Du bist nur für meine Belange zuständig.«
»Ja, Herr.«
Marte und Albrecht blickten Felix hinterher.
»Ein netter Junge«, stellte Albrecht leise fest. »Er mag dich.«
Marte glaubte einen Unterton herauszuhören, den er nicht zuordnen konnte, daher überging er den Kommentar seines Onkels. »Wie lange wirst du bei uns bleiben?«
Albrecht schmunzelte und Marte ahnte, dass sein abrupter Themenwechsel nicht unbemerkt geblieben war. »Eigentlich waren nur ein paar Tage angedacht, aber Richards Zustand veranlasst mich, darüber nachzudenken, ob ich nicht länger bleibe.« Albrecht tätschelte Marte die Schulter. »Ich werde mich für heute zurückziehen. Sehen wir uns morgen zum Frühstück, mein Junge?«
»Das wird sich bestimmt einrichten lassen«, erwiderte Marte mit einem schiefen Lächeln.

KAPITEL 15

»Entschuldige.«
»Sicher ist sicher«, murrte Felix, doch es klang nicht unfreundlich.
Als Marte sich flüchtig wusch, schlüpfte der Diener in seine Sachen. Er hatte beim Einschlafen mit dem Jungen besprochen, dass dieser früh morgens, wenn er aufstand, auf sein Zimmer gehen sollte. Jetzt, wo sein Onkel im Haus war, bestand jederzeit die Möglichkeit, dass dieser einfach in der Tür erschien, während Felix weiterschlief und Marte schon unterwegs war.

Marte gab Felix noch einen sanften Kuss auf die Wange, ehe er in dem kleinen Raum am Ende des Flurs verschwand, er hingegen stapfte hinab in die Küche. Die Köchin zwinkerte ihm kurz zu. Die Satteltaschen standen bereits gepackt auf dem Tisch. Mit einem »Danke, Gerlin«, machte er sich aus dem Staub und auf den Weg zur Schmiede. Völlig verblüfft stellte er fest, dass Lukas vor dem Stall wartete, statt bei der Arbeit war, wie sonst üblich.
»Guten Morgen, was machst du denn hier?«
»Die Eisenbrocken, auf die ich warte, kommen erst gegen Mittag. Nimmst du mich mit zum See?«
»Gern.« Marte strahlte über das Gesicht, öffnete den Stall und innerhalb kürzester Zeit saßen sie auf den Tieren.
»Ähm ... ehe ich es vergesse ...«, stotterte er herum. »Ich liege morgens nach dem Baden immer ... ähm, ohne Sachen am Wasser. Stört dich das?«
Der Schmied gluckste belustigt. »Ich habe mir so etwas schon gedacht, deine Haut ist recht gleichmäßig braun. Es macht mir nichts aus, mein Hintern könnte auch Sonne

vertragen.«
»Stimmt, der ist weiß wie Schnee«, feixte Marte.
Lukas setzte an und wollte eine Antwort geben, doch da grinste Marte bereits frech und gab seinem Pferd die Schenkel.

Eine Dreiviertelstunde später lagen die beiden Männer satt, nackt sowie zufrieden auf dem Bauch im Gras und genossen die Wärme auf der Haut. Behagliches Schweigen hatte sich ausgebreitet, das lediglich von den Geräuschen der Umgebung begleitet wurde.
»Marte?«
Der Angesprochene brummte nur und war zu faul ein ‚Ja' hervorzubringen.
»Darf ich dich etwas fragen?«
Martes Brauen hoben sich überrascht, denn Lukas klang ausgesprochen befangen und schüchtern. »Nur zu.«
»Wenn zwei Männer ... ich meine ... du und Felix, wenn ihr ...« Lukas brach sein Gestammel ab.
Marte wusste nicht recht, ob er nun belustigt oder ebenso peinlich berührt sein sollte, weil Lukas dieses Thema ansprach. Er entschloss sich für Ersteres. »Wenn wir das tun, was normalerweise Mann und Frau vorbehalten ist?«, neckte Marte seinen Halbbruder.
»Genau.«
Marte schmunzelte. »Und was wolltest du wissen?«
Lukas schwieg einen unendlich erscheinenden Moment, dann stellte er leise fest: »Ich ... ich kann mir nicht vorstellen, dass es für Felix schön ist. Es muss wehtun. Dafür ist ein Mann doch viel zu eng?«
Marte spürte, wie seine Wangen heiß wurden, dennoch erwiderte er nach kurzem Zögern: »Es wird weiter, wenn man, na du weißt schon ... und Felix bereitet sich immer vor ... mit Fett, oder ich ihn, dann ist es nicht mehr so eng ... und ... na ja ... er reinigt sich vorher und so.«

Lukas gab einen Laut von sich, den Marte nicht einordnen konnte. Hätte er nicht so offen sein sollen?
»Hat er dich schon mal?«
»Nein.«
»Aber woher willst du dann wissen, dass es nicht schmerzt?«
»Ich kann durchaus unterscheiden, ob jemand vor Schmerzen stöhnt oder weil ihm etwas Lust bereitet. Von körperlichen Reaktionen mal ganz abgesehen.«
Ein nachdenkliches Brummen kam zurück.
»Warum interessiert dich das?«, hakte Marte freundlich nach.
»Neugier, ich kann es mir nicht vorstellen. Warum hast du es noch nicht andersherum ausprobiert?«
»Ein Diener, der seinen Herrn besteigt?«, zweifelte Marte.
»Wenn statt Mann und Frau zwei Männer beieinanderliegen, ist es dann so wichtig, welchen Stand sie haben?«
»Hm«, brachte Malte leise hervor. Auf diese Überlegung des Schmieds hatte er keine Antwort zur Hand. Er grübelte, ob es für ihn denkbar war, dass sie die bisherigen Rollen tauschten. Es gab schon das eine oder andere, das ihn interessierte. Bisher war es immer Felix gewesen, der ihn mit dem Mund verwöhnt hatte, wie aber fühlte es sich an, dessen Harten zwischen den Lippen zu haben? Wie schmeckten die ersten Tropfen der Lust, die sein Diener so gierig von der Spitze leckte?
»Vielleicht probiere ich es mal«, erklärte er anschließend leise und spürte, dass diese Gedanken nicht spurlos an seinem Körper vorbeigingen.
»Machen zwei Männer im Bett das Gleiche, wie Mann und Frau? Ich meine, es gibt ja noch mehr ...«
Marte schnaufte hilflos und wagte es, das erste Mal den Kopf zu drehen, sodass er den Schmied ansehen konnte. Lukas lag jedoch mit dem Gesicht zur anderen Seite.
»Ich habe keinen Vergleich. Falls du wissen möchtest, was

zwei Männer alles miteinander tun können, muss ich den Rest des Tages auf dem Bauch liegen bleiben, Lukas. Also verlange bitte keine Antwort, ja?«, scherzte er leicht verzweifelt.
Lukas gluckste belustigt. »Dann scheint es ja zumindest dir eindeutig Spaß zu bereiten, wenn schon Gespräche darüber so eine Wirkung mit sich bringen.«
»Machst du hier Scherze auf meine Kosten, Lukas? Ich denke, ich werde Felix mal zu dir schicken. Wenn er mit dir fertig ist, wirst du keine Fragen mehr haben.«
Lukas schnappte nach Luft. »Ein schlechter Scherz, Marte!«
»Wer sagt, dass es einer ist?«, feixte er weiter.
Der Schmied drehte seinen Kopf, sodass Marte die hochroten Wangen und den entsetzten Blick sehen konnte. Er musste Lachen.
»Das machst du nicht wirklich, oder Marte?«, fragte der Hüne verunsichert.
Marte grinste von einem Ohr zum anderen, zuckte mit den Schultern und erwiderte nichts.
»Marte? Marte!«
Erneut brach der Angesprochene über die sichtbare Panik des Mannes in ein Lachen aus. »Was denn?«, fragte er dann atemlos.
»Du wirst Felix nicht wirklich vorbeischicken, oder?«
»Ach, ich denke, ich werde ihn mal fragen, was er davon hält«, entgegnete Marte grinsend und trat anschließend die Flucht ins Wasser an. Eine Flucht, die jedoch nicht von Erfolg gekrönt war, denn Lukas hatte ihn schnell eingeholt. Eine scherzhafte Balgerei begann, jedoch konnte der Schmied ihm kein Versprechen abringen, dass Felix aus dem Spiel bleiben würde.

KAPITEL 16

Marte stöhnte, als er die vielen Stimmen bereits auf dem Gang zum Speisesaal hörte. Er hatte den Wunsch, umgehend kehrt zu machen. Nicht nur, dass er Albrecht zugesagt hatte, zum Frühstück zu erscheinen, er war sich bewusst, dass es auch an der Zeit war, die Traufensteins zu begrüßen.

Er betrat den großen Saal und verschaffte sich einen ersten Eindruck. An der Tafel, die quer stand und dem Burgherrn sowie dessen Familie vorbehalten war, saß sein Vater. Albrecht hatte daneben Platz genommen. An den langen hölzernen Tischen, die längs standen, tummelten sich die Gestalten, die ständig seinen alten Herrn umgaben, ebenso saßen dort die Traufensteins.

Sein Erscheinen blieb nicht unbemerkt und schneller als es ihm lieb war, erhob sich Lorentz von Traufenstein und kam ihm, mit zwei unansehnlichen Frauen im Schlepptau, entgegengeeilt.

»Ich freue mich, Sie zu sehen, Herr von Berlen! Es ist uns eine Ehre, hier zu Gast sein zu dürfen.« Der untersetzte Mann verbeugte sich, während die zwei Damen im Hintergrund einen Knicks machten. »Darf ich Ihnen meine Töchter vorstellen?« Von Traufenstein trat zur Seite und deutete mit der Hand auf die erste Frau: »Das ist meine Tochter Walpurg und dies ist meine andere Tochter, Mächthildt.«

Martes Wangen schmerzten vom falschen Lächeln. Er nickte höflich, so, wie es der Anstand verlangte. »Ich hoffe, dass Ihr Euch auf Burg Berlen wohlfühlen werdet.«

Die zwei Matronen, die von Traufensteins Abkömmlinge waren, verschafften ihm einen Schauer. Sie schienen dem Essen ebenso zugetan zu sein, wie ihr Vater, obendrein übertünchte die ins Gesicht geschmierte Paste kaum die

schlechte Haut, die darunter konserviert wurde. Ein unangenehmer Geruch in der Luft ließ ihn wissen, dass die von Traufensteins seit Tagen einen Bogen um ausgiebige Körperpflege gemacht hatten. Er musste sich wirklich zusammenreißen, damit seine Mimik freundlich blieb und nicht offenbarte, wie angewidert er war.
Marte versuchte kein Gespräch aufrecht zu halten, stattdessen erklärte er: »Verzeiht, mein Magen verlangt nach einem Frühstück. Mein Onkel wartet bereits auf mich.« Er deutete mit dem Kopf auf Albrecht, der tatsächlich ungeduldig in seine Richtung blickte. Ohne eine weitere Reaktion abzuwarten, setzte Marte sich in Bewegung und steuerte den Tisch seiner Familie an.
»Vater, Onkel.« Er verbeugte sich knapp.
»Setz dich neben mich, Marte«, forderte Albrecht ihn auf.
Eine Einladung, die er gern annahm, denn die Augen seines Vaters waren, trotz der frühen Stunde, vom Wein gezeichnet. Albrechts Becher hingegen war mit Wasser gefüllt, so, wie er es nun in seinen eigenen füllte. Marte nahm sich von dem frischen Brot und anschließend etwas Käse.
»Sieh nur, Marte. Zwei von den Deckenlampen sind bereits ausgetauscht«, stellte sein Vater fest.
Er blickte hinauf und nickte, statt eine Antwort zu geben. Lukas hatte gut gearbeitet und vor allem zügig.
»Ein fleißiger Junge, der sein Handwerk versteht«, lobte sein alter Herr anerkennend.
Marte war dankbar, dass er auf Aussagen dieser Art nicht mehr ansprang. Er mochte Lukas inzwischen sehr und der Schmied verstand seine Arbeit ohne Frage, ebenso, wie er dessen Fleiß niemals anzweifeln würde. »Das stimmt«, stellte er daher schlicht fest.
»Von wem redet ihr?«, fragte Albrecht neugierig.
»Von meinem zweiten Sohn«, flüsterte Richard seinem Bruder verschwörerisch zu.

Albrecht lachte leise auf. »Bist du schon so betrunken?«
Lächelnd mischte Marte sich ein, ehe sein Vater laut werden konnte, sodass andere ihr Gespräch mitbekommen würden. »Wir reden von meinem Halbbruder Lukas. Ein Fehltritt meines Vaters, der zwanzig Jahre alt und Schmied ist.«
Albrecht sah ihn überrascht an, dann blickte er zu seinem Bruder hinüber.
»Ein großartiger Junge! Kommt ganz nach mir«, brabbelte Richard und setzte den Weinbecher an die Lippen. Er trank zu gierig, sodass ein schmales rotes Rinnsal das Kinn hinablief.
»Ein Bastard? Ist er hier auf der Burg?«, hakte Albrecht perplex nach.
»Er arbeitet in der Schmiede und hat ein kleines Haus an der Burgmauer bezogen«, klärte Marte seinen Onkel auf.
Während Albrecht sprachlos zu sein schien, sinnierte Richard vor sich hin: »Er hat genauso breite Schultern wie ich und meine Augen, Albrecht. Schade, dass er aus einem Fehltritt entstanden ist. Er sieht wenigstens nicht so weibisch aus, sondern ist ein ganzer Kerl!«
Marte verging der Appetit und in seinem Magen bildete sich ein Klumpen aus Eis. Er bemerkte, dass Albrechts Stirn sich in Falten legte und Richard mit einem zornigen Blick beschenkte. Jener blieb allerdings unbemerkt.
Marte versuchte, sich zu entspannen. Was auch immer sein Vater sagte, wenn der tot umfiel, war es nun mal der Sohn, der so weibisch aussah, der alles übernehmen würde.
»Vernebelt dir der Wein den Verstand, dass du dein eigen Fleisch und Blut beleidigst, Richard?«, zischte Albrecht leise, aber zornig.
»Hm?« Richard von Berlen blickte seinen Bruder verständnislos aus glasigen Augen an. »Na, sieh ihn dir doch an. Wenigstens heiratet er nun, mit Glück wird dann end-

lich ein richtiger Mann aus ihm. Vielleicht sollte ich mir auch noch mal ein Weib nehmen und ein weiteres Kind zeugen. Ein zusätzlicher Stammhalter, der mehr nach mir kommt.«
Albrecht schnaufte wütend und raunte: »Als wenn du bei deinem ständigen Suff noch einen hochbekommen könntest, Richard. Außerdem bist du so fett geworden, dass du deinen Schwanz gar nicht mehr finden kannst!«
Marte, der gerade einen Schluck Wasser im Mund hatte, verschluckte sich und begann zu husten. Albrecht klopfte ihm beherzt den Rücken und erklärte hämisch: »Na, ist doch aber so!«
Richard war rot angelaufen und schnappte, wie ein Fisch auf dem Trocknen, nach Luft.
»Was ist nur aus dem Bruder geworden, der früher den Respekt aller innehatte?«, setzte Albrecht nach.
Aus den Augenwinkeln heraus sah Marte, wie der Burgverwalter den Saal betrat. Dieser kam direkt auf sie zu. Erst warf der Mann einen Blick auf seinen Vater. Die altersbedingt faltige Stirn runzelte sich noch mehr. Ohne Zögern ging er dann auf Marte zu. »Herr, der Steuereintreiber ist zurückgekehrt und bereit, Bericht abzulegen.«
All die Boshaftigkeiten, die sein Erzeuger zuvor verlauten lassen hatte, wurden durch die Anfrage des Verwalters hinfort gewischt. Dieser Bereich oblag normalerweise nur seinem Vater. Dass dieser nun auf ihn zukam, sprach für sich und verschaffte Marte ein Hochgefühl. Er nickte dem Mann zu und erhob sich.
»Gut zu sehen, dass hier wenigstens alle anderen einen klaren Verstand haben«, stellte Albrecht zufrieden fest und stand ebenfalls auf. »Mir ist der Appetit vergangen. Ich werde mich ein wenig hinlegen und später vielleicht das neue Familienmitglied besuchen.«
Marte hob erstaunt die Brauen und verließ gemeinsam mit Albrecht den Saal. Kaum nahm sein Onkel einen

anderen Gang, als den, der zu den Zimmern führte, bat Marte den Verwalter: »Lass Felix ins Arbeitszimmer kommen.«

Als sein Diener bei ihm eintraf, schickte er ihn zu Lukas, um dem Schmied mitzuteilen, dass mit einem Besuch ihres gemeinsamen Onkels zu rechnen war. Kaum hatte der Junge jedoch das Arbeitszimmer verlassen, fiel Marte ein, worüber Lukas und er am frühen Morgen am See gesprochen hatten. Er lachte leise und wünschte sich für eine Sekunde dabei zu sein, wenn Felix dem Hünen gegenüberstand.

Als er Felix Stunden später erneut zum Schmied schicken musste, da er nicht mit an den See konnte, zögerte sein Diener und sah nervös aus.
»Herr, er hat mich angesehen, als wäre ich ein grauenhaftes Untier. Sollte nicht vielleicht jemand anders hingehen?«
Marte schmunzelte erst, dann lachte er schallend los. »Nein, nein. Geh, Felix, und gib ihm Bescheid, dass ich es heute leider nicht schaffe. Warum er sich so komisch benimmt, erkläre ich dir später. Nimm sein Verhalten aber nicht persönlich!«

KAPITEL 17

»Und dann habe ich ihm angeboten, dass du ihn gern einmal besuchen kommst, damit anschließend keinerlei Fragen mehr offen sein würden«, beendete Marte die Wiedergabe des Gespräches, das er am frühen Morgen mit dem Schmied geführt hatte.
Felix barg das Gesicht an Martes Brust und kicherte nicht weniger, als er selbst. »Gut, das erklärt natürlich die Blicke, die er mir geschenkt hat. Einen Mann dieser Statur derart ängstlich zu sehen, weil ich schmaler Diener vor ihm stehe, ist etwas, das mir wohl nie wieder passieren wird.«
Martes Glucksen wurde zu einem herzlichen Lachen. Nach Luft ringend stöhnte er: »Ich wäre so gern dabei gewesen, Felix!«
Felix drängte sich näher an ihn heran, sodass sich seine Arme fest um den schlanken Körper legten. Marte genoss das entspannte Schweigen, das sich dem kleinen Lachanfall anschloss.
»Herr?«, kam es nach einer Weile leise.
»Was ist?«
»Wenn ... ich meine ... falls Ihr wirklich wünscht, dass ich mit dem Schmied ... oder Ihr es einmal anders probieren wollt ...«
Felix stockte und schwieg anschließend, jedoch glaubte Marte zu spüren, dass diese Ideen an dem Diener nicht spurlos vorbeigingen. Statt etwas zu erwidern, langte er zwischen ihre Körper und schloss die Finger um die zunehmende Härte und Felix keuchte überrascht.
»Dir scheinen diese Gedanken zu gefallen«, flüsterte Marte und begann seine Hand aufreizend langsam über die samtene Haut reiben zu lassen.
»Ja, Herr«, stöhnte Felix leise.

»Beide?«, hakte Marte vorsichtig nach.
»Der Knappe von Ritter Sebastian, Bentz, hat mir erzählt, wie er seinem Herrn auf diese Art und Weise dienen darf. Manchmal ... will Sebastian nicht nur Bentz allein, sondern sie sind zu dritt oder sogar zu viert. Der Gedanke, dass ich mit Euch und dem Schmied gleichzeitig ...« Felix gab einen sinnlichen Laut von sich, denn der Druck, den Martes Finger ausübten, nahm zu, ebenso wie seine eigene Lust, die vor Kurzem erst befriedigt worden war.
Felix änderte schlagartig die Position, in der sie beieinanderlagen. Der Diener schob behutsam Martes Schenkel auseinander, legte sich so dazwischen und begann, seinen inzwischen gleichfalls stehenden Schwanz mit der Zunge zu verwöhnen. Martes Hände griffen in den dunklen Schopf, um Halt zu finden. Trotz der spärlichen Beleuchtung glaubte er, ein wollüstiges Glitzern in Felix' Augen erkennen zu können. Als die feuchten Lippen von seiner Härte abließen und tiefer wanderten, klappten seine Beine automatisch noch weiter auseinander, um dem anderen mehr Platz zu bieten.
»Felix«, keuchte er überrascht, als die Zunge seinen Damm entlang glitt und er das Ziel erahnen konnte. Doch wehren tat er sich nicht, denn das Gefühl, das sein Diener ihm bescherte, war zu verlockend, um es zu unterbinden.
»Haltet Eure Schenkel«, forderte Felix leise und presste Martes Oberschenkel in die Haltung, die gefordert wurde. Beschämt und erregt zugleich griff Marte sich in die Kniekehlen und zog sie an seinen Oberkörper. Obwohl er Felix' Zungenspiel genoss, keimte die Frage in ihm auf, ob sein Diener ihn womöglich beim Wort nehmen und versuchen würde, ihm mehr angedeihen zu lassen als das, was gerade stattfand.
Seine Unruhe und Anspannung blieb nicht unbemerkt. »Genießt es, Herr, es wird nur mein Mund sein, der Euch

dort berührt«, raunte Felix ihm zu.

Worte, die ihre Wirkung nicht verfehlten, denn Marte war umgehend erleichtert und gab sich den Aufmerksamkeiten seines Dieners stöhnend hin. Felix Hand schloss sich fest um seinen Schwanz und begann, ihn langsam zu reiben, während seine Zunge ihm unaufhörlich Töne entlockte, die ihm noch nie über die Lippen gekommen waren. Das verlangende Pochen seiner Lenden nahm stetig zu, doch Felix spielte gekonnt mit ihm und änderte immer wieder den Rhythmus, sodass keinerlei Erleichterung in Aussicht war. Als die Zunge des Dieners forsch in ihn eindrang, glaubte er, sich nicht länger halten zu können. Sein Becken verselbstständigte sich und Marte schob sich Felix stöhnend entgegen.

Als der Rhythmus der Faust um seinen Schwanz sich ändern wollte, gab Marte eine seiner Kniekehlen frei und griff nach Felix' Fingern, damit der Takt, in dem er gerieben wurde, keine weitere Verzögerung zuließ. Er war auf der Zielgeraden und ein nochmaliges Aufschieben schien ihm unmöglich. Seine Hand schloss sich fest um die andere und gemeinsam mit Felix trieb er sich dem Höhepunkt näher. Als er spürte, dass sein Unterleib sich vielversprechend zusammenzog, stöhnte Marte laut auf, denn statt der Zunge, bahnte sich nun ein Finger den Weg in ihn hinein.

Der Orgasmus überrannte ihn mit einer ungekannten Gewalt. Martes Hüften ruckten hoch, dann schrie er leise auf, während er sich auf seinen Bauch ergoss. Mit den letzten Wellen seiner Lust zog Felix sich behutsam zurück.

Marte atmete schwer und blickte den Diener an. Dieser lächelte ihn unverschämt zufrieden an.

»Nur die Zunge, hm?«, scherzte Marte erschöpft. Er stellte die Füße wieder ab, beugte sich etwas vor und gab Felix einen ausgesprochen liebevollen Klaps auf den Hinter-

kopf.
Das Funkeln in den Augen des Jungen nahm zu, ebenso wurde das Lächeln noch breiter. »Oh, Euer Unwillen darüber war eindeutig zu hören«, erwiderte Felix schelmisch.
Marte lachte leise über diese spontane Frechheit.
Als Felix sich aufrichtete, sah Marte, dass er nach wie vor erregt war. Die feucht glänzende Spitze hatte, trotz seiner inzwischen eingetretenen Entspannung, eine betörende Anziehungskraft. Marte zog Felix zu sich hinauf, drängte ihn neben sich und nach einem leidenschaftlichen Kuss, bahnten sich seine Lippen den Weg über den Brustkorb hinab.
»Herr?«, flüsterte Felix verwirrt, als seine Zunge sich in kleinen Kreisen der Härte des Dieners näherte.
Dieses Mal war es an Marte, schelmisch zu grinsen. Dann gab er seiner Neugier nach und ließ seine Zungenspitze über die feuchte Eichel seines Bettgespielen gleiten. Felix zuckte und stöhnte bei dieser Berührung. Er selbst mochte den Geschmack auf seiner Zunge und begann damit, jeden Zentimeter des harten Schwanzes zu untersuchen. Der Leib unter ihm wurde immer unruhiger, die Töne zusehends lauter und Marte genoss es in vollen Zügen, in Felix‘ lustverhangene Augen zu sehen. Dann griff eine Hand in seine Haare, um ihn fortzuziehen.
»Bitte«, flehte Felix.
Marte spürte das Pulsieren an seinen Lippen und zog seinen Kopf zurück. Seine Finger umschlossen die Härte und nach wenigen Strichen kam Felix von Stöhnen begleitet. Nicht nur die Laute, sondern der Glanz in den Augen des Dieners glichen einer Belohnung, die ihm gänzlich unbekannt, aber ausgesprochen Willkommen war.
Er blieb noch einen Moment liegen, dann wälzte Marte sich aus dem Bett und besorgte ein Tuch, um Felix und

sich von den Spuren ihrer Erlebnisse zu säubern.
Obwohl er anschließend die Sehnsucht verspürte, sich in Felix‘ Arme zu legen, war er derjenige, der Felix an sich heranzog, ehe sie gemeinsam einschliefen.

KAPITEL 18

Am nächsten Morgen konnte Marte sein breites Grinsen nur mit Mühe unterdrücken. Er hatte Felix überredet, ihn zum See zu begleiten und natürlich zuvor mit in die Schmiede zu kommen, um gemeinsam mit Lukas zu frühstücken. Der Gesichtsausdruck seines Bruders war ihm mehr Wert, als jeder Taler, der sich in der Schatzkammer der Burg befand.
»Guten Morgen, Lukas. Felix und ich wollen an den See, isst du vorher noch etwas mit uns oder hast vielleicht sogar Zeit mitzukommen?«, begrüßte er den Schmied gut gelaunt und schmunzelte, als der Hüne sich die Handinnenflächen an der ledernen Schürze abrieb.
»See. Ähm nein. Ich hab zu tun.«
»Aber du frühstückst doch mit uns?«, hakte Marte nach und versuchte möglichst normal zu wirken.
»Frühstück. Ja ... sicher.«
»Das ist gut.« Marte lächelte Felix an und deutete auf eine der hölzernen Werkbänke. »Pack alles da drüben aus, Felix.«

Der Diener nickte und begann die prall gefüllten Satteltaschen auszuräumen. Marte entging nicht, wie Felix sowohl Lukas wie auch ihn, fortwährend unter halb gesenkten Augenlidern betrachtete. Marte kannte diesen Blick, der eindeutig von Lust zeugte. Er ahnte, dass nur das lange Leinenhemd des jungen Mannes die darunter bereits vorhandene Härte verbarg. Ob Felix sich gerade ausmalte, wie es wäre mit ihm und Lukas ...? Marte biss sich kurz auf die Unterlippe und versuchte die Idee zu verdrängen, denn Felix Erregung stachelte ihn selbst an. Für den Bruchteil von Sekunden tauchte vor seinem

inneren Auge das Bild auf, wie Felix schmaler Körper sich nackt an den hünenhaften des Schmieds drängte. Er kniff fest die Lider zusammen, um dieses einheizende Trugbild zu beseitigen. Aber der Gedanke, zuzusehen wie Felix von jemand anderem rangenommen wurde oder womöglich dabei seinen Schwanz im Mund ... Marte unterdrückte ein Stöhnen und rief sich zur Ordnung. Es gelang ihm nur bedingt, denn umgehend kam ihm in den Sinn, was Felix in der letzten Nacht mit seiner Zunge veranstaltet hatte ... und wenn jemand dabei seinen Diener ...
Er presste die Zähne aufeinander und holte tief Luft.
Aus den Augenwinkeln heraus sah er, wie Lukas sie musterte und ein weiteres Mal nervös über das Leder strich. Die Stimmung in der Schmiede war innerhalb von Sekunden umgeschlagen und knisterte vor erotischer Anspannung, die von Marte und Felix ausging. Sein Diener lehnte sich mit dem Rücken an die Holzplatte. Er wusste nicht, ob Felix sich mit Absicht so positionierte oder ob es Zufall war, denn in dieser Haltung war eindeutig zu erkennen, wie erregt er war. Felix knabberte an seiner Unterlippe, leckte sich sinnlich darüber und erklärte dann an Lukas gerichtet: »Es ist schade, dass Ihr keine Zeit habt, um mit uns an den See zu kommen.«
Marte versuchte, seine Überraschung über Felix' Verhalten zu unterdrücken. Der Junge schien sich mit Absicht so drapiert zu haben, denn nun dürfte auch ohne Zweifel dem Schmied klar sein, wonach Felix der Sinn stand. Sein Diener erinnerte ihn an eine Katze, die schnurrend um Beine schmeichelte, um gestreichelt zu werden.
Lukas sah nicht weniger erstaunt aus, als er selbst.
»Habt Ihr wirklich so viel zu tun, dass Ihr Euch nicht für ein oder zwei Stündchen ein wenig Ruhe vor einem harten Arbeitstag gönnen könnt?«
Der Augenaufschlag, den Felix dem anderen schenkte,

nahm Marte fast den Atem. Dann griff Felix sich eine der Weintrauben, knabberte sinnlich daran herum und fixierte den Schmied mit Blicken.
Unter Martes Augen hatte sich sein Diener in die personifizierte lockende Sünde auf zwei Beinen verwandelt, mit der keine Dirne mithalten konnte.
»Ich ... so viel zu tun«, stammelte Lukas perplex.
»Ein, zwei Stunden?«, hakte Felix nach, schob sich die Traube in den Mund und ließ seine Zunge ein weiteres Mal über die Unterlippe gleiten.
Marte schluckte schwer und spürte in sich das Verlangen aufkommen, den Jungen über die Werkbank zu legen, um ihn anschließend unter seinen Stößen keuchen zu lassen. Wenn Lukas dieser Verlockung widerstehen konnte, dann würde der Schmied niemals in die Versuchung kommen, sich mit einem Mann zu vergnügen.
Lukas warf ihm einen Hilfe suchenden Blick zu, leckte sich allerdings ebenso über die Lippen und war augenscheinlich gleichfalls von Felix‘ Gebaren gefesselt.
»Ich denke, ich werde noch ein drittes Pferd holen«, erwiderte Marte, statt dem Hünen eine Fluchtmöglichkeit zu bieten. Er wartete nur einen kleinen Moment. Als von Lukas keinerlei Gegenwehr kam, drehte er sich um und schlenderte dümmlich grinsend zum Stall. Felix war anscheinend ein Wolf im Schafspelz, der genau wusste, wie sein Opfer auszusehen hatte.

Als Marte kurz darauf mit einem weiteren Pferd zurückkam, stand das Raubtier recht nahe an der Beute. Lukas hatte die Lederschürze bereits abgenommen, kaute nervös auf etwas herum, während Felix leise auf ihn einredete und mit den Bändern am Hemdsausschnitt des Schmieds spielte. Marte drängte sich der Eindruck auf, dass Felix nicht nur die Schnüre um den kleinen Finger gewickelt hatte, sondern gleich den ganzen Mann.

Lukas schien fast erleichtert zu sein, dass er zurückkam und trat einen Schritt zurück, um so den Fängen des anderen zu entkommen. Dann steuerte er umgehend das Pferd an, dass Marte ihm mitgebracht hatte. Felix nahm sich die bereits wieder gepackten Satteltaschen und zu dritt machten sie sich auf den Weg zum See.

Mit jedem Meter, den sie sich dem Wasser näherten, wurde Marte nervöser. Fantasien zu haben, war eine Sache, aber die Realität eine andere. Wie sollte er sich verhalten? Was sollte er machen und was lieber nicht? Er begann, auf seiner Unterlippe zu nagen. Auf einmal konnte ihm die Strecke nicht lang genug sein, doch sie kamen nach der üblichen Zeit an. Marte stieg von seinem Pferd ab und warf einen hilflosen Blick zu Felix. Dieser lächelte ihm Mut machend zu, schnappte sich die Satteltaschen und lehnte sie anschließend achtlos an einen Baum. Nicht nur Marte kam zögernd näher, auch Lukas schien nicht im geringsten zu wissen, wie er sich verhalten sollte. Felix hingegen hatte anscheinend beschlossen, die Zügel an diesem Morgen nicht mehr aus der Hand zu geben. Frei von Nervosität und jeglichem Schamgefühl entledigte der junge Mann sich seiner Sachen und stand, noch immer mit deutlich erkennbarer Erregung, vor ihnen. Felix wandte sich um und schlenderte langsam auf das Wasser zu, während Marte und Lukas ihm hinterher starrten.
Just in diesem Moment drehte Felix seinen Kopf, lächelte und fragte: »Wo bleibt ihr?«
Das erste Eis war gebrochen. Sowohl Marte, wie auch Lukas begannen sich aus der Kleidung zu schälen und folgten dem Diener in den See hinein. Als Marte bis zu den Hüften im Wasser war, kam Felix auf ihn zu und

stellte sich vor ihn. Innerhalb von Sekunden wurde er in einen atemraubenden Kuss verwickelt, der ihn nicht nur die Umgebung, sondern auch die Anwesenheit des Schmieds vergessen ließ. Finger glitten seinen Körper entlang, strichen begehrend tiefer und bauten die Erregung wieder auf, die abgeklungen war.

Felix gab Martes Lippen frei, drehte sich anschließend um und drängte den Hintern fest an seine Erektion. Marte konnte gar nicht anders, als nur noch vor Augen haben, wie gern er sich jetzt in die verlockende Enge schieben würde. Er saugte gierig an Felix' Hals und warf dabei einen Blick über dessen Schulter. Lukas stand ein kleines Stück von ihnen entfernt und starrte gebannt auf ihr Tun. Marte bemerkte, wie Felix fordernd eine Hand nach dem Schmied ausstreckte. Nach kurzem Zögern folgte er der Aufforderung. Als er nah genug an Felix herangekommen war, griff der Diener nach ihm und zog Lukas noch näher heran. Die schlanken Finger des jungen Mannes glitten über Lukas breite Brust und neckten die, durch das Wasser bereits hart gewordenen, Warzen.

Marte küsste sich unterdessen weiter Felix' Nacken und Schultern entlang, jedoch weiterhin das Geschehen nicht aus den Augen lassend. Felix beugte sich vor, presste sich fester an Martes Lenden und ließ seine Zunge um eine der empfindlichen kleinen Perlen kreisen. Das erste Mal war von Lukas ein leises Stöhnen zu vernehmen und Marte sah, wie er die Lider schloss, während Felix Fingerspitzen sich den Weg tiefer bahnten. Marte trat ein Stück zurück und ersetzte die Härte, die gerade noch an dem Hintern des Dieners rieb, durch seine Hände. Ohne Umschweife glitten seine Finger in die Spalte, suchten die Lust bereitende Öffnung, um mit zweien davon problemlos einzudringen. Felix' Stöhnen sorgte dafür, dass Lukas die Augen öffnete. Die Iriden des Schmieds trafen direkt auf seine und funkelten vor Lust. Den Blick haltend,

bewegte Marte seine Finger und neckte den Punkt, der Felix in Verzückung geraten ließ. Dieser bäumte sich auf und forderte keuchend nach mehr.
»Willst du?«, raunte Marte Lukas zu.
Der Angesprochene antwortete nicht sofort, sondern der lustverhangene Ausdruck wurde lediglich von Nervosität unterwandert.
Obwohl Marte sich kaum Schöneres vorstellen konnte, als Felix in diesem Moment zu nehmen, überwog der Reiz, den beiden Männern zuzusehen. Er nahm seine Finger fort, griff Felix an das Becken, schob ihn näher heran und deutete ihm an, sich auf die Hüften des Schmieds zu setzen. Felix verstand die Aufforderung und während Lukas überrascht keuchte, schlangen sich die Schenkel des Dieners um den Leib des Hünen. Eine von Felix Händen glitt hinter sich, dann bezeugten die Geräusche, dass er sich auf das sinken ließ, wonach er sich sehnte. Für Martes Geschmack standen sie eindeutig zu tief im Wasser, denn er konnte nur ahnen, was sich abspielte. Aber auch der Anblick, den die zwei nun boten, reichte, um die Faust um seine eigene Härte zu schließen und den Rhythmus mitzugehen.
Felix war derjenige, der zuerst den Höhepunkt erreichte und Lukas schloss sich ihm an. Marte sog das Bild auf, als der Schmied den Kopf in den Nacken warf und befreiend aufstöhnte, dann kam er selbst. Als er die Augen wieder öffnete, war er erstaunt, mit welcher Zärtlichkeit Lukas Felix noch immer hielt. Die großen Hände strichen sacht über die helle Haut, während Felix sein Gesicht an Lukas Brust barg. Marte spürte etwas in sich, dem er keinen Namen geben konnte. War es Neid? Eifersucht? Er schob das Gefühl beiseite, setzte ein Lächeln auf und tauchte anschließend einmal komplett unter, denn er schien eine Abkühlung zu brauchen.
Als Marte wieder auftauchte, wandte er sich dem Ufer zu

und stockte in der Bewegung. Sie hatten einen Zuschauer. Simon stand an den Stamm eines Baums gelehnt und betrachtete sie grinsend.
»Das nächste Mal möchte ich auch eingeladen werden«, erklärte sein Freund.
Marte bemerkte, dass Lukas den Diener inzwischen hinuntergelassen hatte und die zwei Männer den Hinzugekommenen mit Schreck in den Augen musterten.
Sie waren ertappt worden, doch Marte war dankbar, dass es sich nur um Simon handelte.
»Dafür musst du wesentlich früher aufstehen«, scherzte Marte und kam langsam aus dem Wasser heraus. Ihm entging nicht, dass Simons Blick nicht freundschaftlich, sondern lüstern auf ihm ruhte. Jedoch ging er davon aus, dass die Ursache der Anblick war, den die Männer ihm zuvor geboten hatten.
»Seit ihr wirklich schon fertig?«, fragte Simon mit gespielt leidendem Tonfall.
Felix gluckste belustigt, sodass Marte seinen Diener überrascht ansah.
»Darf ich, Herr?«, bat Felix ihn leise.
Marte wusste zwar nicht genau, was der andere wollte, zuckte aber dennoch mit den Schultern und nickte. Kaum war dies geschehen, setzte der junge Mann sich in Bewegung. Er schritt aus dem Wasser heraus, ging langsam auf Simon zu und innerhalb kürzester Zeit stand Martes Freund mit heruntergelassenen Hosen da.
»Du bist wirklich verdorben, Felix«, feixte Marte kopfschüttelnd. Sein Diener zeigte neue Seiten, mit denen er niemals gerechnet hätte.
Die einzige Antwort, die er bekam, war Simons Stöhnen.
Neben ihm begann Lukas leise zu lachen und erklärte dann: »Die Frage, ob Felix dabei tatsächlich seinen Spaß hat, wird sich mir nie wieder stellen.«

KAPITEL 19

Schneller als Marte sich versah, fanden die morgendlichen Ritte zum See einen neuen Schwerpunkt. Baden, Essen und Sonnen wurden durch illustre Kombinationen abgelöst. Selbst Lukas verschaffte sich des Öfteren die Zeit, morgens mitzukommen und häufiger waren sie sogar zu viert, denn Simon quälte sich tatsächlich so früh aus dem Bett. Ziel all ihrer Aufmerksamkeit war grundsätzlich Felix, der sich benahm, als wäre er im Himmel gelandet. Es gab Morgen, da fragte sich Marte, wie sein Diener auf einem Pferd zurückreiten konnte. Die Abende hingegen waren nur ihm und Lukas vorbehalten. Momente, in denen Marte mit seinem Halbbruder trank, aß, lachte und tiefere, oder auch sinnfreie, Gespräche führte.

Etwas änderte sich jedoch über die Zeit. Marte entging nicht, wie verliebt sein Diener Simon inzwischen ansah und zu seiner Verwunderung schien dieses Gefühl auf Gegenseitigkeit zu beruhen. Als Simon ihn dann letztendlich nervös fragte, ob Felix über Nacht in seine Kammer kommen dürfte, schlug er seinem Freund die Bitte nicht ab, auch wenn ihn der Verlust des warmen Körpers an seiner Seite plagte.

Als er am nächsten Morgen ohne Felix in der Schmiede auftauchte, sah Lukas ihn verwirrt an.
»Ist Felix krank?«
»Nein. Schlimmer. Er ist verliebt«, erwiderte Marte und konnte nicht vermeiden, dabei mürrisch zu klingen.
Lukas schnaufte belustigt. »Es war absehbar, so wie die zwei sich in letzter Zeit angeschaut haben. Bleibt er dein

Diener?«
Marte zuckte hilflos mit den Schultern und packte die mitgebrachten Esswaren aus. Die Frage hatte er sich bisher nicht gestellt. Sicherlich war ihm klar, dass der Junge nicht mehr mit ihm das Bett teilen würde, aber ob er nun ganz in Simons Dienste wechseln würde, stand noch in den Sternen.
»Es bietet sich an, dass du dir einen Neuen nimmst, oder?«
»Diener oder Gespielen?«, hakte Marte brummend nach.
»Beides?«
»Wenn ich Felix Simon überlasse, brauche ich auf jeden Fall wieder einen Diener, aber ob sich daraus noch mehr entwickelt? Felix war ein Glücksgriff.«
Lukas gab einen zustimmenden Laut zum Besten, dann frühstückten sie stillschweigend in der Schmiede, etwas, dass sie schon eine Weile nicht getan hatten.
»Willst du trotzdem mit an den See kommen?«
»Warum nicht. Gestern ist der letzte Leuchter für den Speisesaal fertig geworden, jetzt ist wesentlich weniger zu tun.«

Knapp zwanzig Minuten später schwammen sie gemeinsam durch den See und es fühlte sich komplett anders an. Es war ruhig, kein Felix war zugegen, der sonst die Stimmung beeinflusste.
Als sie anschließend im Gras lagen, fragte Lukas: »Hast du dir den Sohn von der Köchin mal angeschaut? Er heißt Willin, glaube ich.«
»Zu jung, zu klein, zu schmal«, brummte Marte an seine Arme, auf die er den Kopf gebettet hatte.
»Nicht jünger als Felix, ebenso klein und schlank. Was spricht dagegen?«
Marte gab keine Antwort. Eigentlich sprach nichts gegen den Sohn der Köchin, aber jemanden an seine Seite zu

holen, der Felix ähnlich war, brachte die gleiche Konstellation mit sich. Wenn Willin sich überhaupt darauf einließ, waren es noch immer schmale Schultern, die neben ihm im Bett Platz finden würden und keine Brust, die seinem heimlichen Verlangen entgegenkam. War es verwerflich, dass er sich nach Armen sehnte, die ihn umfingen?

»Marte?«

»Hm?«

»Ist Willin wirklich nicht dein Fall? Er ist doch Felix nicht unähnlich?«

Als Marte erneut keine Antwort gab, knuffte ihn der Schmied gegen den Oberarm. »Sprich mit mir. Du müsstest inzwischen wissen, dass ich keinerlei Vorbehalte mehr habe, was das Thema betrifft?«

Nach diesen Worten sprang Marte zumindest teilweise über seinen Schatten. »Vielleicht finden wir jemanden, der beides mag und nicht ganz so zierlich gebaut ist?«

»Hennlin, der Sohn vom Stallmeister.«

Marte schnaufte entsetzt. »Himmel, wo bleibt dein Geschmack, Lukas. Von so etwas lasse ich mich nicht anfassen.«

»Hat Felix dich je genommen?«, kam auf einmal die sehr persönliche Frage vom Schmied.

Marte schüttelte leicht den Kopf. »Nur so viel angedeutet, dass es Lust auf mehr gemacht hat.«

»Vielleicht solltest du es trennen? Ein neuer Diener, bei dem es ohne Belang ist, wie er aussieht und einen weiteren Mann, mit dem du das Bett teilen kannst?«

»Und wie soll ich das machen, Lukas? Soll ich durch die Gegend marschieren und mich anbieten wie eine Dirne, damit es sich schnell rum spricht, was für Wünsche ich habe? Felix war verschwiegen, wir sind es und Simon ebenso, aber ist auf andere so viel Verlass? Ich wage es zu bezweifeln.«

»Es findet sich bestimmt jemand, wir halten einfach beide die Augen offen«, versuchte Lukas ihm Mut zu machen.

KAPITEL 20

Marte drehte sich ungehalten knurrend auf die andere Seite und knuffte sein Kissen zurecht. Sein Bett erschien ihm zu groß, zu leer und sein neuer Diener Vallentin war zwar zügig, aber wahrlich kein Augenschmaus, der zu irgendetwas verlockte. Felix hingegen strahlte, als wäre er die Sonne persönlich und geisterte glücklich um Simon herum.

Die großen Feierlichkeiten rückten unaufhörlich näher und am morgigen Tag würden weitere Gäste eintreffen. Eine Woche hatte er noch, bis die Burg mit buhlenden Frauen und ihren Familien angefüllt sein würde. Er schüttelte sich unbewusst. Albrecht schwirrte inzwischen wie die gute Seele durch die Burg und kümmerte sich um alles Organisatorische, während sein Vater nur mit dem Üblichen beschäftigt war. Trinken und Essen. Marte befürchtete, dass die Eröffnungsfeier bei dem Dauerrausch seines alten Herren ein Desaster werden würde.

Marte wurde aus seinen Gedanken gerissen, als er Pferde auf dem Burghof einreiten hörte. Seine Stirn legte sich in Falten. Wer reiste mitten in der Nacht an? Waren Gäste schneller vorangekommen, als geplant? Marte schob die Decke beiseite und ging an das geöffnete Fenster. Der Blick hinab ließ ihn nur einen Trupp Reiter sehen, die Packpferde dabei hatten. Ob einer der Ritter verfrüht eintraf? Bis zum Turnier waren es Tage hin.

Die Männer saßen ab, dann stellte Marte beruhigt fest, dass zumindest ein Teil der Dienerschaft noch nicht schlief, sondern sich umgehend um die Gäste kümmerte. Marte verwarf den Gedanken, die Eingetroffenen selbst zu begrüßen, es war schließlich mitten in der Nacht. Kaum hatte er sich wieder ins Bett gelegt, klopfte es

hektisch an seine Tür und Vallentin erschien.
»Seine Majestät, König Leonhart ist hier«, stieß der Diener atemlos aus.
Marte richtete sich abrupt auf. »Seine Majestät? Hier auf der Berlenburg?«
»Ja, Herr.«
Marte schluckte schwer und warf die Decke beiseite. Kaum stand er, da begann Vallentin auch schon, passable Kleidung für ihn herauszusuchen.
Zehn Minuten später folgte er seinem Diener durch die spärlich beleuchteten Flure. Marte war dankbar, dass Vallentin ihn nicht zum großen Speisesaal führte, sondern stattdessen zu einem wesentlich kleineren, der eine persönliche Atmosphäre schuf. Er wurde nervös, als Stimmen aus dem Raum heraus drangen. Er war König Leonhart nie begegnet und kannte ihn nur von Gemälden. Was wollte seine Majestät auf der, im Vergleich zu seinem Heim, winzig erscheinenden Berlenburg?
Als Marte eintrat, wurde Albrecht gerade freundschaftlich von einem Mann umarmt, während drei weitere grinsend daneben standen. Der Fremde gab seinen Onkel frei und blickte ihn neugierig an. Es war Leonhart. Eindeutig.
Sein Onkel drehte sich um und strahlte ihn an. Automatisch fiel ihm Felix ein, denn auch Albrecht machte der Sonne Konkurrenz.
»Marte, ich möchte dir König Leonhart vorstellen!«
Er näherte sich dem Regenten und verbeugte sich, wie es ihm schon als kleines Kind beigebracht wurde. »Majestät, wir freuen uns, Euch als Gast auf der Berlenburg begrüßen zu dürfen«, brachte er nervös hervor.
Leonhart lachte leise und frei von Spott. »Ersparen wir uns die Floskeln, Marte. Meine Männer und ich sind hier des nächtens wie die Barbaren eingefallen. Ich freue mich, Euch kennenzulernen. Auch wenn ich denke, dass

Albrecht mich angeschwindelt hat, was Eure Erscheinung betrifft.« Leonhart blickte Martes Onkel an und grinste. »Du hast mir etwas von einem schlaksigen Jungen erzählt und jetzt steht mir ein Mann gegenüber, Albrecht!«
Sein Onkel lachte. »Ich war genauso überrascht wie du. Marte hat sich in den letzten Jahren sehr zu seinem Vorteil entwickelt.«
Die beiden Männer sahen sich an und Marte spürte, dass sie mehr verband, als nur bloße Freundschaft. Leonharts Blick ruhte mit so viel Gefühl auf seinem Onkel, dass es offensichtlich war. Er ahnte, dass Leonhart der Grund war, warum Albrecht sich so verändert hatte. Er beäugte kurz die anderen, die sich mit im Raum befanden, doch sie schienen sich daran nicht zu stören. Wussten sie etwa, dass Albrecht nicht nur ein guter Freund des Königs war?
Die Situation löste sich erst auf, als Diener mit Getränken und Platten hereintraten, auf denen Speisen angerichtet waren.
»Ich hoffe, es stört Euch nicht, wenn wir für eine Weile zu Gast auf der Berlenburg sind, Marte?«
»Natürlich nicht«, erwiderte er sofort und meinte es auch so. König Leonhart war ausgesprochen sympathisch.
Dieser deutete auf die Männer hinter sich. »Das sind Gabriel und Ansgar von Ravenstein«, die Genannten nickten ihm höflich zu, »sowie Ritter Arvid. Warin wird sich gleich noch zu uns gesellen. Bei den Vieren handelt es sich um meine engsten Vertrauten«, erklärte Leonhart.
Marte musterte den Mann neugierig, den der Regent als Arvid vorgestellt hatte. Der Name klang fremdländisch.
»Arvid ist Däne«, sagte Leonhart schmunzelnd.
Marte schämte sich, dass seine Neugier so offensichtlich zu sein schien. Ehe er sich entschuldigen konnte, betrat ein weiterer Mann den Raum. Der war wesentlich kleiner und von schmaler Statur, jedoch strahlte er ebenso viel Ruhe und Kraft aus, wie die anderen.

»Warin, das ist Marte von Berlen, der Sohn unseres Gastgebers.«
Sie nickten sich höflich zu, dann trat der Hinzugekommene an Gabriels Seite. So unterschiedlich die Männer auch waren, sie vermittelten unumstößlich den Eindruck, zusammenzugehören.
»Marte, setzt Ihr Euch noch einen Moment zu uns, obwohl wir Euch aus dem Bett geholt haben?«
»Selbstverständlich«, erwiderte er auf die Frage des Regenten.
Sie nahmen gemeinsam Platz und während die Gäste zu speisen begannen, füllte Marte sich einen Becher mit Wein. Albrecht und Leonhart beherrschten das Gespräch am Tisch, sodass Marte sich entspannt zurücklehnte und die zwei beobachtete. Es legte sich automatisch ein Lächeln auf sein Gesicht, denn sein Onkel schien wie ausgewechselt. Erst als Leonhart nach Richard fragte, nahm der Glanz in Albrechts Iriden umgehend ab. Dieser sah Marte fragend an.
Er könnte Leonhart nun mit einer Ausrede abspeisen, aber Marte wusste, dass der Regent früher oder später erfahren würde, wie es um seinen Erzeuger stand. Marte sah dem König in die Augen und offenbarte dann ehrlich:
»Mein Vater ist seit geraumer Zeit dem Wein zu sehr zugetan, in den letzten Wochen noch mehr, als je zuvor.«
»Tut mir leid, das hören zu müssen, mein Junge«, erwiderte Leonhart.
Marte spürte, dass der Mann die Worte ernst meinte.
»Eigentlich sollte sich Euer Marktwert vervielfachen, wenn ich beim Fest an Eurer Seite sitze, aber Euer Vater vermag das zu vernichten, falls er sich zu sehr daneben benimmt.«
Marte nickte, während ein Teil von ihm flüsterte, dass er so vielleicht einer Eheschließung entkommen könnte. Doch wahrscheinlich würde sich trotz aller Katastrophen

ein Weib finden.
»Mir ist auch noch keine Lösung eingefallen. Wir können Richard schlecht für zwei oder drei Wochen in den Turm der Burg sperren«, mischte Albrecht sich ein.
Leonhart spitzte nachdenklich die Lippen. »Das vielleicht nicht, aber wenn der König die Order gäbe, dass Richard von Berlen wichtigen diplomatischen Angelegenheiten im Sommersitz des Regenten nachkommen muss, wäre das Problem gelöst.« Leonhart sah Marte an. »Das Angebot gilt natürlich nur, wenn Ihr Euren Vater nicht unbedingt dabei haben wollt, Marte.«
»Dann könnte er dich wenigstens nicht eines der Traufenstein Mädchen versprechen. Der Vater der zwei rückt Richard kaum noch von der Seite.«
Marte sah seinen Onkel entsetzt an und schüttelte sich aus Reflex. Er würde eine Menge, aber keine der beiden ehelichen.
»So schlimm?«, fragte Leonhart lächelnd.
»Schlimm ist gar kein Ausdruck«, erwiderte Marte spontan und verzog das Gesicht.
Diese Antwort brachte nicht nur den König, sondern auch alle anderen zum Lachen.
»Dann ist es vielleicht wirklich besser, wenn Richard eine Weile auf meinem Sommersitz dem Weinkonsum frönt, statt hier? Gesellschaft findet sich dort genug.«
Marte nickte nur dankbar, noch immer die gepuderten Weibsbilder vor Augen.
»Gut, dann werde ich ihn morgen früh mit meiner Gegenwart beehren. Am besten direkt nach dem Aufstehen, nehme ich an?«
»Dann geht es einigermaßen, zumindest, bis sein Diener ihm den ersten Krug Wein zum Frühstück gereicht hat«, beantwortete Marte Leonharts Frage.
»Wie viele Gäste werden erwartet?«
Marte sah seinen Onkel an, der einen wesentlich

besseren Überblick hatte, als er selbst. Ein lockeres Gespräch entstand, während Albrecht die Familien aufzählte und Leonhart die passenden Kommentare dazu einwarf. Diese waren teilweise bissig, sodass die Runde zusehends heiterer wurde. Als Albrecht jedoch erzählte, dass Gräfin Brigitta von Selfenbach eingeladen war, verschluckte Marte sich an seinem Wein.

Albrecht schlug ihm beherzt auf den Rücken.

»Brigitta Bärenfell?«, keuchte er schwer atmend.

Alle sahen ihn fragend an.

»Bärenfell?«, hakte Leonhart nach.

Nachdem Marte von dem Bild im Keller berichtet hatte, war er nicht der Einzige, der sich vor dem Erscheinen der Gräfin fürchtete. Sie begannen, automatisch bittere Scherze über das Aussehen der einen oder anderen Frau zu reißen. Marte fühlte sich wohl in der Runde und war erstaunt, dass man nicht nur mit einem Schmied gut lästern konnte, sondern ebenso mit einem König und dessen Gefolgschaft.

Der Wein floss reichlich, sodass es an Marte nicht spurlos vorbeiging. Sein Kopf wurde leichter, für trübe Gedanken war kein Platz, stattdessen wurde ausgelassen gelacht. Als Leonharts Männer beschlossen, schlafen zu gehen, löste sich die Runde auf. Marte erhob sich ebenfalls und musste sich an der Tischplatte festhalten.

Dies brachte ihm einen besorgten Blick seines Onkels ein.

»Soll ich dich auf dein Zimmer bringen, Marte?«, bot dieser an.

Marte schüttelte den Kopf, was jedoch noch mehr Schwindel verursachte. »Nein, nein. Ich finde den Weg, keine Sorge.«

Er versuchte, sich so höflich wie möglich von dem König zu verabschieden und verließ mit leichtem Seegang den Speiseraum. Den Weg zu seinem Zimmer schaffte er ver-

hältnismäßig gut, auch wenn sein Schädel ihn Glauben machen wollte, dass er sich auf hoher See befand. Als er die Tür hinter sich geschlossen hatte, blickte er auf das leere Bett und seine gute Laune verabschiedete sich. Dann sah er hinaus aus dem Fenster.
»Die Sonne müsste bald aufgehen«, erklärte er sich selbst und entwickelte die fixe Idee, dass er Lukas heute etwas früher beehren würde als sonst, statt sich ins Bett zu verkrümeln und seinen Rausch auszuschlafen.
Er machte kehrt und stapfte kurz darauf durch die schummrigen Gänge der Burg. Als er um eine Ecke bog, stockte er. Vor ihm standen Leonhart und Albrecht. Der König hatte seinen Onkel gegen die steinerne Mauer gepresst und küsste ihn fordernd. Die zwei Männer stoben auseinander, als er überrascht keuchte.
Albrecht fuhr sich durch die Haare und sah Marte nervös an, Leonhart wirkte ebenso angespannt.
»Marte, es ...«, setzte sein Onkel an, brach dann aber mangels Worten ab.
Marte grinste schelmisch, wenn auch ohne Frage leicht schief und schwankte auf seinen Onkel zu. »Ich habe mir so etwas schon gedacht, eure Blicke sprechen für sich«, nuschelte er noch immer grinsend, schlang die Arme um Albrecht und gab ihm einen feuchten Kuss auf die Wange. »Ich habe nichts gesehen«, versprach er dann, nickte Leonhart zu und beschloss seinen Weg fortzusetzen. Die zwei Männer machten den Eindruck, als hätten sie Wichtigeres vor.
»Wohin willst du um diese Zeit?«, rief Albrecht ihm nach.
»Mit Lukas an den See.«
»Marte, es ist mitten in der Nacht!«
»Wir gehen immer so früh«, erklärte er und verschwand aus dem Sichtfeld der beiden.

Wenige Minuten später schwankte er, vom Licht des

Mondes begleitet, über den Hof. Sein Seegang sorgte dafür, dass er sich nahe an der Mauer hielt. Als er an einer Ecke abbiegen wollte, griff er jedoch ins Leere, geriet ins Straucheln und fand sich im Dreck wieder. Es brauchte seine Zeit, bis Marte sich aufgerappelt hatte. Er war kurz versucht, auf allen Vieren zu Lukas zu krabbeln. Das erschien ihm sicherer, als der Boden, der sich gegen ihn verschworen zu haben schien. Murrend strich er über seine verschmutzte Kleidung und tappte weiter. Er ging an der Schmiede vorbei, die noch im Schlaf lag und pochte, als er Lukas Haus erreicht hatte, lautstark an die Tür.

Es dauerte einen Moment, bis er Geräusche aus dem Inneren vernahm, dann stand der Hüne, mit einer Lampe in der Hand, vor ihm. Marte gluckste belustigt. Die blauen Augen waren klein, die langen Haare verwuschelt und der Mann hatte die Hose nur fahrlässig angezogen, dessen Brust hingegen war nackt.

»Marte?«

»Guten Morgen. Schwimmen gehen.«

Lukas Brauen zogen sich zusammen und er starrte auf ihn hinab. »Es ist mitten in der Nacht!«

»Die Sonne geht gleich auf«, erwiderte Marte.

»Es dauert noch mindestens drei Stunden, bis es hell wird.«

Marte schüttelte den Kopf, geriet dadurch jedoch ins Straucheln und stützte sich schnell am Türrahmen ab. »Quatsch, so lang braucht es nicht mehr. Komm, baden gehen.«

»Du bist betrunken.«

Marte deutete mit Daumen und Zeigefinger einen knappen Zentimeter an und erklärte: »Ein bisschen. Ein klitzekleinesbisschen, aber das geht gleich wieder. Kommst du jetzt?«

»Klitzekleinesbisschen?«, schnaufte Lukas. »Sieh zu, dass

du in dein Bett kommst.«
»Mein Bett erschlägt mich mit Leere. Felix fehlt mir«, quengelte er bemitleidenswert. Dann straffte er jedoch die Schultern und erklärte, möglichst geradestehend: »Geh ich eben alleine schwimmen.«
Marte drehte sich auf dem Absatz um und wollte sich verdrücken, doch da hatte Lukas ihn bereits am Stoff seines Hemdes gepackt. »Den Teufel wirst du tun. Du säufst nur ab!«
Marte wäre beinahe hingefallen, als der Schmied ihn in das Haus hineinzog.
»Kommst du doch mit?«
»Nein, beweg deinen Hintern in mein Bett. Schlafen, statt schwimmen!«
»Aber ...«
»Kein ‚aber', Marte«, erklärte Lukas streng und deutete mit der Hand auf die Schlafstelle.
Marte linste in diese Richtung und gestand sich ein, dass sie ausgesprochen einladend aussah. Das Bett war zwar bei Weitem nicht so groß wie seines, jedoch war die Decke lockend zur Seite geschlagen. Er schwankte darauf zu und ließ sich einfach bäuchlings auf die weiche Fläche fallen.
Lukas zischte hörbar. »Ausziehen, Marte. Deine Sachen stehen vor Dreck!«
»Gefallen«, nuschelte er in das Kissen hinein.
Das ungehaltene Brummen des Schmieds drang nur gedämpft an seine Ohren, dann spürte er, wie ihm unsanft die Schuhe von den Füßen gezogen wurden.
»Komm hoch, Marte, sonst kann ich dir nicht helfen.«
Marte schaffte es gerade mal, sich unter Ächzen auf den Rücken zu drehen, denn es fühlte sich an, als befände er sich auf einer Nussschale, die hohe Wellen zu bewältigen hatte. Hilflos streckte er die Arme aus, ließ sie aber umgehend wieder fallen.

Lukas schüttelte den Kopf und seufzte geplagt, anschließend setzte er sich auf die Bettkante. Kurz darauf war Marte von seinem Hemd befreit und sackte mit dem Oberkörper zurück auf das bequeme Lager.
»Ich hab keine Nachthemden«, brummte der Schmied und starrte auf Martes Beinkleider.
»Wofür Nachthemd? Liegen am See auch nackt. Kennst doch alles«, nuschelte Marte und schloss die Augen, um den sich drehenden Raum nicht mehr sehen zu müssen. Auch wenn sein Körper ihm unerträglich schwer vorkam, hob er seinen Hintern ein Stück an und versuchte sich selbst die Hose hinunterzuziehen. Als es ihm nicht recht gelang, ging Lukas ihm zur Hand.
»Rutsch rüber. Du liegst quer im Bett.«
Marte rollte sich auf die Seite, zu mehr sah er sich nicht in der Lage. Er spürte, wie Lukas sich neben ihn legte, dann schob dieser ihn noch ein Stück zur Seite und deckte sie zu. Marte drehte sich um und öffnete die Augen einen Spalt. Direkt vor ihm offenbarte sich die muskulöse Brust des Mannes. Einladend und lockend. Obwohl er sich unendlich schwer fühlte, setzte sich sein Körper in Bewegung, rückte näher an Lukas heran und kurz darauf hatte er den Leib des Schmieds in Besitz genommen, als wäre er ein überdimensionales Kissen. Sollte Lukas ihn fortschubsen, falls es ihm unangenehm war. Ein Bein lag über den Hüften des anderen, ein Arm war fest um dessen Taille geschlungen und Martes Kopf ruhte auf der Brust, die sich langsam auf und ab bewegte.
»Marte«, setzte Lukas an.
»König Leonhart ist da. Ist vorhin gekommen ... Felix fehlt mir«, stammelte er unzusammenhängend. »Albrecht und der König. Haben sich geküsst ... hab sie ...«
»Schlaf endlich«, forderte der Schmied leise.
»Hab sie überrascht ... ein schönes Paar.«
Lukas bewegte sich und Marte fürchtete sich davor, dass

er nun den perfektesten Platz auf Erden aufgeben musste. Stattdessen wurde er noch näher herangezogen und Lukas kräftiger Arm legte sich um ihn.
»Halt endlich den Mund und schlaf, Marte«, brummte der Schmied leise.
Marte holte tief Luft und presste sein Gesicht fester an die warme Brust. »Riechst gut«, waren die letzten Worte, die er Lukas seufzend mitteilte.

KAPITEL 21

Marte drehte sich um und stöhnte geplagt, als sein Kopf sich mit dieser Bewegung so gar nicht einverstanden zeigte. Seine Lider pressten sich fester aufeinander, aber selbst das schien Schmerz zu verursachen. Er fragte, was passiert war, dass er sich so elendig fühlte. Vorsichtig öffnete er die Augen einen kleinen Spalt und linste die Umgebung an. Es war eindeutig nicht sein Schlafzimmer.

»Oh«, krächzte er leise und legte sich die Hände auf das Gesicht.

Mühsam versuchte er, der großen Dunkelheit in seinem Gedächtnis Licht zu geben. »Oh nein.«

Was hatte ihn nur geritten?

Marte nahm die Finger fort, blinzelte mit Bedacht und blickte sich dann langsam um. Er war definitiv allein in dem kleinen Haus und die Sonne stand bereits so hoch, dass Lukas wohl schon in der Schmiede war.

Hier betrunken aufzutauchen, war eine Sache, sich lallend an Lukas angeschmiegt zu haben eine ganz andere. »Verdammt«, fluchte er leise. Was würde Lukas nun von ihm denken? Wie oft hatte er seinem Halbruder vorgejammert, dass ihm Felix fehlte? Er stöhnte hilflos und richtete sich anschließend ächzend auf. Mit geschlossenen Augen liegen bleiben machte das Geschehen nicht rückgängig und außerdem brauchte er dringend einen großen Schluck Wasser, um den widerlichen Geschmack aus dem Mund zu vertreiben.

Er blieb einen Moment auf der Bettkante sitzen, da er seinen Beinen noch nicht so recht traute, dann stand er auf und blickte an seinen wackeligen Gliedern hinab. Der Schmied hatte ihn ausgezogen, fiel ihm bei seinem Anblick ein. Er hatte sich nackt an Lukas gekuschelt? Marte stöhnte ein weiteres Mal und war dankbar, dass er zu betrunken gewesen war, um eine körperliche Reaktion zu zeigen. Die wäre bei der Nähe ansonsten bestimmt nicht ausgeblieben. Er stakste langsam in den Küchenbereich des Hauses. Zu seiner Überraschung war der Tisch für eine Person gedeckt. Lukas schien auf ihn nicht sauer zu sein, dagegen sprach eindeutig die Fürsorge, die ihm hier zuteilwurde. Zwar war Marte darüber beruhigt, peinlich berührt war er allerdings nach wie vor. Ein Zustand, der sich wohl auch nicht so einfach beseitigen ließ.

Er goss sich, noch im Stehen, einen Becher Wasser ein und trank ihn in einem Zug aus. Anschließend ging er zurück zum Bett und hob seine Hose auf. Sein Schädel hämmerte, als er sie anzog und er fragte sich, wie er diesen Tag überstehen sollte. Ob Leonhart schon bei seinem Vater gewesen war? Trotz der Kopfschmerzen schmunzelte er, als ihm das nächtliche Zusammentreffen mit seinem Onkel und dem König in den Sinn kam. Dann wurde sein Gesicht schlagartig ernst. Er hoffte, dass Albrecht und der Regent ihm Glauben schenkten, dass ihr Geheimnis bei ihm wohl gehütet war. Leonharts Position ließen mehr Mittel und Wege offen, ihn bei Misstrauen zum Schweigen zu bringen, als die eines anderen Mannes. Er hatte es Lukas erzählt. Marte raufte sich die Haare und griff anschließend nach seinem Hemd. Auch wenn es ihm nicht behagte, dem Schmied unter die Augen zu treten, er musste ihm unbedingt sagen, dass das Gehörte am besten niemals ausgesprochen worden war.

Marte schlich an den Esstisch zurück, nahm Platz und

schnitt sich ein Stück Brot und Käse auf. Seine Gedanken fanden sich träge bei der letzten Nacht ein. Während Martes Verstand noch immer mit Schamesröte reagieren wollte, ließ ihn sein Brustkorb mit leichtem Ziehen wissen, wie gut es sich angefühlt hatte, sich an den Hünen zu schmiegen. Es ging nicht darum, dass es Lukas war, der ihn umarmt hatte, sondern um die Statur, die ihm Gefühle vermittelte, nach denen er sich sehnte. Diese Geborgenheit brachte bestimmt auch jeder andere mit sich, der so groß und kräftig war. Marte zögerte bei dem Gedankengang. Es war doch so, oder? Er schüttelte den Kopf, quittierte die Bewegung mit einem Zischen über den aufflammenden Schmerz und nannte sich einen Narren. Es gab Gedanken, die sollte man nicht haben. Lukas hatte schließlich das gleiche Blut in den Adern.

Marte aß in aller Ruhe, betrachtete seine verdreckte Kleidung und schmiedete einen Plan, wie er nach einem kurzen Besuch bei Lukas am zügigsten in sein Zimmer kam, ohne von wem gesehen zu werden. Er sah aus, als hätte er die Nacht an der Burgmauer verbracht - und er fühlte sich auch so.

Als er fertig war, räumte er das verbliebene Essen ordentlich weg, versuchte seine Haare einigermaßen zu richten und verließ das Haus. Das Hämmern aus der Schmiede war bereits von Weitem zu hören und seinem Kopfschmerz wahrlich nicht zuträglich. Marte kniff die Augen zusammen, dann trafen sich seine Augenbrauen in der Mitte. Was für ein katastrophaler Tag. Die Lider öffneten sich nur einen winzigen Spalt, als er weiter auf die mörderischen Geräusche zuging.

Er kam bei Lukas an und unterdrückte nur mit Mühe den Wunsch, sich die Hände auf die Ohren zu legen. Der Schmied bemerkte ihn, doch statt den Hammer ruhen zu

lassen, fiel das Ding mit der gleichen Kraft wie zuvor auf den Amboss. Die Mundwinkel des Mannes zuckten dabei verdächtig. Ein weiterer Schlag traf das Metall.
»Oh Gott«, keuchte Marte und hielt sich dann doch die Ohren zu.
Erst als Lukas sein Werkzeug beiseitelegte, wagte er es, die Hände fortzunehmen.
»Na, mein Kätzchen«, feixte der Hüne.
»Kätzchen? Habe ich geschnarcht?«, fragte Marte und spürte Hitze, die sich seinen Hals hinauf arbeitete.
Lukas' Grinsen wurde breiter. »Das auch, aber vor allem hast du geschnurrt, leise vor dich hingeschmatzt und Geräusche von dir gegeben, wie die Stallkatzen, nachdem sie eine Maus zum Mittag hatten.«
Martes Wangen flammten spürbar auf. »Hab ich?«, stammelte er entsetzt.
»Hast du.«
»Tu mir den Gefallen und vergiss es bitte!«, flehte Marte. »Was mich aber auf etwas anderes bringt. Du erinnerst dich sicherlich noch an das, was ich letzte Nacht erzählt habe? Das ... das mit Albrecht und Leonhart solltest du wirklich aus deinem Gedächtnis streichen, ja? Allein das Wissen kann den Kopf kosten.«
Lukas Blick wurde ernster, dann nickte der Schmied. »Gut, ich habe es nicht gehört. Aber alles andere werde ich nicht vergessen, Kätzchen«, neckte er dann schon wieder lächelnd.
»Das wird mir ewig nachhängen, oder?«, stöhnte Marte leidend.
»Ja! Oder sollte ich dich Katerchen nennen?«
»Bei Gelegenheit werde ich dich abfüllen, Lukas und dann wird es dir am nächsten Morgen genauso ergehen, wie mir jetzt. Diese Kopfschmerzen sind schlimmer als alles andere. Du ...« er zeigte mit dem Finger auf den Schmied »wirst aber wahrscheinlich nicht schnurren, wie ein

niedliches Kätzchen, sondern brummen wie ein Bär nach dem Winterschlaf!«
Lukas lachte so herzlich, dass Marte versucht war, seine Ohren ein weiteres Mal zuzuhalten.
»Fahr die Krallen ein, Kleiner.«
»Pffffff«, mehr brachte er als Antwort nicht hervor.
Lukas deutete auf das Fass, in dem er sein Metall löschte.
»Tauch deinen Kopf da rein, das hilft. Der Inhalt ist frisch vom Brunnen und kalt. Anschließend bekommst du noch einen Kaffee, dann wird es dir besser gehen.«
»Willst du mich umbringen?«
»Hab ich nicht vor, ich ertränke keine Kätzchen.«
Marte schnaufte und starrte auf das Fass. Ein wenig kühles Wasser würde seinem Schädel wirklich nicht schaden.

Während Lukas sich umdrehte und einen Holzbecher griff, ging Marte auf das Fass zu. Er holte tief Luft und steckte seinen Kopf hinein. Prustend tauchte er wieder auf.
»Verdammt, ist das kalt«, fluchte er leise. Er wischte sich die Nässe aus dem Gesicht und den Haaren.
»Hier.« Lukas stellte ihm einen dampfenden Becher auf die Werkbank.
Marte nahm ihn, lehnte sich gegen die hölzerne Platte und schüttelte sich leicht, dann trank er jedoch vorsichtig einen Schluck. Der heiße bittere Geschmack spiegelte sich in seiner Mimik.
Lukas hatte sich ebenso einen Becher gefüllt und gesellte sich zu ihm. »Besser?«
»Ein wenig.«
»Hast du etwas gegessen?«
Marte nickte lächelnd. »Danke.«
Er spürte, wie sich ein Wassertropfen aus dem Haar löste

und bedächtig seine Schläfe entlang perlte. Als er die Hand heben wollte, um diesen fortzuwischen, kam Lukas ihm zuvor. Ein Daumen, wesentlich größer, als sein eigener, wischte überraschend behutsam über die Haut und beseitigte das störende Nass. Marte blickte Lukas erstaunt an.

Das Schweigen, das zwischen ihnen herrschte, fühlte sich auf einmal unbehaglich an. Marte beschloss daher, es zu brechen. »Es tut mir leid, dass ich dich letzte Nacht so überfallen habe«, erklärte er leise.

Lukas erwiderte nichts, sondern strich ihm stattdessen ein weiteres Mal über das Gesicht, als wenn dort Tropfen wären. Dann zog der Schmied die Hand schlagartig weg, sodass Marte über die hektische Bewegung fast zusammengezuckte.

»Dafür darf ich dich jetzt immer Kätzchen nennen«, spottete Lukas mit einem schiefen Grinsen.

Marte schnaufte. Es hätte schlimmer kommen können, als nur den Titel ‚Kätzchen' tragen zu müssen.

»Wer ist das?«

Marte blickte hoch und schaute in die von Lukas fixierte Richtung. Mit größer werdenden Augen stieß er leise aus: »König Leonhart!«

Der Regent kam zielstrebig auf sie zu und musterte sie neugierig. Dann nickte er Marte und Lukas zu. Als beide im Begriff waren sich zu verbeugen, warf er ein: »Wir wollten uns die Höflichkeitsfloskeln doch ersparen?«

»Ähm, guten Morgen, Majestät.«

»Guten Morgen, Marte«, grüßte Leonhart lächelnd zurück, dann studierte er das Gesicht des Schmieds und zog die Brauen nachdenklich zusammen.

Marte ahnte, dass dem Mann die Ähnlichkeit zu ihrem gemeinsamen Vater aufgefallen war. »Das ist mein Halbbruder Lukas«, stellte er ihn daher vor.

»Ah, das erklärt so einiges«, erwiderte der König freund-

lich. »Und, gestern noch am See angekommen?« Leonhart betrachtete grinsend Martes verschmutzte Kleidung. »Wobei, nach einem Bad seht Ihr weniger aus, von Eurem Haar mal abgesehen.«
Lukas kicherte verräterisch, sodass Marte ihm einen bösen Blick zuwarf.
»Statt des Sees habe ich dann wohl den Burghof genauer unter die Lupe genommen«, erklärte Marte rotwangig sein Erscheinungsbild.
Ehe Leonhart mehr als ein amüsiertes Lachen beisteuern konnte, kam Vallentin um die Ecke geschossen und hastete auf sie zu.
»Majestät«, keuchte der Diener und verbeugte sich. Anschließend wandte der Mann sich Marte zu. »Herr, ein Bote war da. Die Familie von Rieblitz wird demnächst eintreffen und muss durch Euch in Empfang genommen werden, da Euer Vater heute früh kurzfristig die Burg verlassen hat.« Vallentins Blick glitt über die besudelte Kleidung seines Herren, dann rümpfte er unauffällig die Nase.
Marte schenkte dem König einen dankbaren Blick und nickte kaum merklich, anschließend trank er seufzend noch einen Schluck von dem schwarzen Gebräu, schüttelte sich und stellte dann den Becher ab.
»Was trinkt Ihr?«, fragte Leonhart neugierig und spähte in den Becher hinein.
»Lukas hat mir einen Kaffee angedreht. Fürchterlich bitteres Zeug, das sich hoffentlich niemals als Standardgetränk durchsetzen wird. Da ist mir Tee lieber.« Marte verbeugte sich knapp, entschuldigte sich und folgte seinem Diener.

Im Fortgehen hörte er, wie Leonhart sagte: »Ich weiß gar nicht, was er hat. Kaffee ist das Beste, das seit Langem mit in unser Land gebracht worden ist. Habt Ihr zufällig noch etwas davon da, Lukas? Ich bringe Euch dafür später gern Bohnen vorbei, die habe ich extra mitgebracht.«

KAPITEL 22

Marte hielt sich an seinem mit Wasser gefüllten Becher fest, während alle anderen Wein tranken. Er lauschte den Gesprächen und bemerkte überrascht, dass er sich in dieser Runde ausgesprochen wohlfühlte. Die Männer um ihn herum gaben ihm mehr familiäreres Gefühl, als sein Vater in den ganzen letzten Jahren.

Leonhart hatte den Platz seines alten Herren am Tisch eingenommen, Marte saß links von ihm, Albrecht rechts. In unmittelbarer Nähe hatten sich die Ritter des Königs eingefunden, gegenüberliegend saßen die eigenen Mannen, darunter auch Simon. Die Gäste der Burg waren ebenso vertreten, doch Marte hatte ihnen nur die üblichen Höflichkeiten zukommen lassen, nach mehr stand ihm nicht der Sinn. Die Töchter der anwesenden Familien musterten ihn, als sei er ein angereichter Braten, der Hungernden vorgesetzt wurde. Es war ihm zuwider.

Er studierte den Inhalt seines Bechers, als wäre die Zukunft darin enthalten, dann sah Marte wieder auf und begegnete genau diesen gierigen Blicken. In dieser Sekunde sehnte er sich danach, seinen Abend wie üblich mit Lukas am See zu verbringen, aber so wie es aussah, war das für eine Weile nicht möglich. Die Zahl der Gäste würde noch zunehmen und man erwartete beim abendlichen Essen seine Gegenwart. Viele Abende ohne Lukas. Er seufzte innerlich und konzentrierte sich erneut auf den Inhalt des Gefäßes. Sein Geist schweifte ab und fand sich bei der letzten Nacht ein, die er im Bett des Schmieds verbracht hatte. Für Sekunden glaubte er, sich an den angenehmen Geruch des Mannes zu erinnern, den er gern mit klarerem Verstand wahrgenommen hätte. Marte brach diese Gedanken abrupt ab und widmete sich der Erkenntnis, dass er dringend jemanden brauchte, der das Bett mit ihm teilte. Anders ließ sich der fehlgeleiteten Fantasien wohl nicht Herr werden.

Er hob den Blick und schaute sich, die Frauen ignorierend, in aller Ruhe um. Ansgar von Ravenstein oder dieser Däne waren genau das, was er sich vorstellte. Groß, breitschultrig, markante Gesichter ... aber er konnte schlecht fragen gehen, ob einer von ihnen sich während ihres Aufenthalts in seinem Bett einfinden wollte. Er seufzte und bemerkte nicht, dass das Geräusch über seine Lippen gekommen war.
»Geht es Euch gut?«, fragte Leonhart besorgt.
»Ja«, gab er zurück, sagte dann aber ehrlich: »Ich gestehe, ich bin Verpflichtungen dieser Art nicht gewöhnt. Hier drinnen ist es warm, stickig und die Luft ist geschwängert vom Essen. Meine Haut fühlt sich so an wie das gegrillte Schwein, das es gerade gab und wahrscheinlich rieche ich auch so.«
Sein Sitznachbar lächelte ihn schelmisch an. »Habt Ihr Sehnsucht nach dem See, der sich letzte Nacht vor Euch versteckt hat?«, neckte Leonhart.
»Hier gibt es einen See?«, mischte sich Arvid unverfroren in ihre Unterhaltung ein.
»Kaltes, kristallklares Wasser. Mit dem Pferd ist man schnell da«, schwärmte Marte.
»Den offiziellen Teil des Abends haben wir schon hinter uns gebracht. Vielleicht sollten wir uns alle zurückziehen, weil noch wichtige Dinge zu besprechen sind?«, schlug Leonhart vor. »Ich habe seit Ewigkeiten nur Zuber von innen gesehen.«

»Ihr wollt mitkommen?«, fragte Marte verblüfft.
»Gern und ich denke, ich bin nicht der Einzige, der sich darauf freuen würde, fern von irgendwelchem höfischen Gehabe einfach baden zu gehen?« Leonhart blickte seine Ritter sowie Albrecht an und erntete einheitliches Nicken. »Natürlich nur, wenn es Euch recht ist, Marte?«
»Na ... natürlich, Majestät.« Was hätte er auch sagen sollen? Dem Regenten verwehrte man nichts.
Er hörte Leonhart nur mit einem halben Ohr zu, als dieser laut in die Runde sprach, dass wichtige Angelegenheiten auf sie warteten. Marte erhob sich zeitgleich mit den Rittern, nickte den Gästen des Hauses zu und sie verließen gemeinsam den Saal.
»Direkt zum Stall?«
Er glaubte, Ansgar herauszuhören.
»Vorher noch in die Küche. Lasst uns etwas zu trinken mitnehmen. Ich denke, satt sind wir wohl alle geworden«, erwiderte eine andere Stimme.
Jemand fasste ihm an die Schulter. Marte blickte in Leonharts Gesicht. »Gebt Ihr Lukas Bescheid? Vielleicht möchte er sich anschließen. Normalerweise geht Ihr doch morgens und abends mit ihm schwimmen? Das sagte mir zumindest Albrecht.«
»Ich kann ihn fragen. Ob er sich uns anschließt, weiß ich allerdings nicht.«

Lukas schloss sich der Gruppe tatsächlich an und schien keinerlei Probleme mit den Standesunterschieden zu haben. Im Gegensatz zu Marte, der sich fortwährend fragte, ob wirklich König Leonhart gerade splitterfasernackt in das Wasser ging. Marte versuchte, die nackten Männer so gut wie möglich zu ignorieren und sie vor allem nicht anziehend zu finden. Das Einzige, was ihn bei all den wohlgeformten Leibern davon abhielt, eine

stramme Erektion zu bekommen, war wohl der noch immer nachhallende Kopfschmerz. Die Trunkenheit des Vorabends schien seinen Körper mit anderen Dingen zu beschäftigen, als sofortige Reaktionen auf sichtbare Verlockungen.
Nachdem er sich abgekühlt hatte, schlüpfte er in seine Hose und zog das Hemd über den feuchten Leib. Anschließend legte sich Marte in das Gras, seufzte leise und massierte sich die Schläfen.
»Noch Kopfschmerzen?«
Er öffnete die Augen und blickte in Lukas' schelmisch grinsendes Gesicht.
»Kopfschmerzen? Dagegen hilft Wein, Marte«, tönte Gabriel herüber.
»Bloß keinen Wein mehr«, gab er angewidert zurück.
»Doch, glaubt mir, das wirkt zuverlässig!«, erklärte der dunkelhaarige von Ravenstein und füllte tatsächlich einen Becher. Diesen reichte er anschließend Lukas, der näher an Marte stand.
»Hier.« Der Schmied beugte sich breit grinsend hinab und hielt ihm das Gefäß entgegen.
»Vergiss es, Lukas. Nachher lande ich wieder jammernd in deinem Bett«, flüsterte er zickig.
Den Schmied schien diese Aussage nicht zu verschrecken, das Grinsen wurde lediglich noch breiter und ohne weitere Worte, drückte der ihm den Becher in die Hand.
»Hier, mein Katerchen, trink«, forderte Lukas ebenso leise.

Martes unzufriedener Zischlaut wurde von Leonhart unterbrochen. »Heute können wir Euch auch sicher nach Hause geleiten. Ihr müsst also nicht erneut nähere Bekanntschaft mit dem Boden des Burghofs machen«, spottete der König freundlich.

»Oh, der Burghof ist doch noch recht harmlos, oder?«, warf Albrecht ein und schmunzelte. »Ich erinnere mich da an jemanden, der hat den Kräutergarten der Köchin zerstört und ist ihrem Zorn nur entgangen, weil er König ist.«
Leonhart starrte Albrecht mit finsterem Blick an, dass dieser jedoch gespielt war, bemerkte Marte sofort. Die Mundwinkel des Regenten zuckten und Marte konnte sein Lachen nicht mehr zurückhalten.
Gabriel prustete los. »Mit dem Kräutergarten hat Arvid auch schon Bekanntschaft gemacht. Sie hat ihn wirklich an einer ungünstigen Stelle angelegt!«
»Dafür hast du eine Schwäche für Misthaufen«, erwiderte der Däne trocken und rümpfte die Nase.
Nun begann der Rest ebenfalls zu lachen und einer nach dem anderen warf ein, was er in trunkenem Zustand schon alles verbockt hatte.

Die Stimmung war heiter und ausgelassen. Marte fühlte sich wohl und als Lukas zum zweiten Mal Wein eingoss, gab er keine Widerworte. Erst beim dritten Becher sah er den Schmied fragend an, doch dessen Mimik erklärte nichts.
Ansgar und Arvid verdrückten sich zuerst, dann folgten Gabriel und Willin.
Marte entging nicht, dass die Blicke, die sich Albrecht und Leonhart zuwarfen, sehr eindeutig geworden waren und es dauerte nicht lange, bis sich auch die beiden von Lukas und ihm verabschiedeten.
Marte, der wieder mit dem Rücken im Gras lag, starrte hinauf in den sternenbehangenen Himmel.
»Eine nette Runde«, erklärte Lukas, der neben ihm saß und sich an einen Baumstamm gelehnt hatte.
»Ja, eindeutig. Ich hatte keinen Moment das Gefühl, dass wir hier mit dem König und seinen Rittern saßen.«

Ein Windhauch fegte über sie hinweg und sorgte dafür, dass eine Haarsträhne in Martes Gesicht landete. Noch ehe er sie selbst beiseiteschieben konnte, spürte er, wie bereits am Morgen, Lukas Finger, die sie sanft zur Seite strichen. Die Sehnsucht, die schlagartig in Marte aufkam, raubte ihm fast den Atem. Wie gerne würde er sich jetzt erneut an die breiten Schultern schmiegen und die nackte warme Haut an seiner spüren.

Nervös richtete er sich auf und band sich zittrig die Haare neu zusammen. »Vielleicht sollten wir auch langsam zurück, es ist schon spät«, schlug er leise vor und war dankbar, dass seine Stimme fest klang.

»Na dann.«

Er bemerkte, wie Lukas aufstand. Anschließend streckte der Schmied die Hand hinab, um ihm aufzuhelfen. Marte griff danach, doch die Kraft, mit der er hinaufgezogen wurde, schürte das Feuer der Sehnsucht nur noch mehr. Er kam unmittelbar vor Lukas auf die Füße, sodass er die Hitze des anderen Körpers deutlich spüren konnte. Ebenso nahm er einen Hauch des Geruchs wahr, den der Hüne immer mit sich trug. Wärme flutete seinen Brustkorb und Marte trat hektisch einen Schritt zurück.

Er blickte sich nervös um und versuchte sich abzulenken. »Irgendetwas, das wir mitnehmen müssen?«

»Nein, komm.«

Marte spürte den Griff an seiner Schulter. Die Stelle, an der Lukas ihn berührte, schien schlagartig heiß zu werden, doch die Hand des Schmieds ruhte so fest auf ihm, dass er ihr nicht entweichen konnte. Der Hüne dirigierte ihn behutsam zu den Pferden und Marte unterdrückte das erleichterte Seufzen, als er endlich auf dem Tier saß und sie die Burg ansteuerten.

Auf dem Hof stiegen sie gemeinsam ab und führten die Reittiere auf den Stall zu. Als Marte mit seinem Pferd die

Stallgasse betrat und vor der Box seines Rosses hielt, hörte er ein lautes Stöhnen. Er drehte sich, ebenso wie Lukas, der ihm gefolgt war, um. Auch wenn es recht schummrig war, gab die spärliche Beleuchtung der aufgehängten Laterne einen Anblick frei, der ihm das Herz stocken ließ. Albrecht kniete auf allen Vieren im Stroh der gegenüberliegenden Box. Die Hose nur bis knapp unter den Hintern gezogen und Leonhart rammte sich keuchend in ihn. Das klatschende Geräusch, das dabei verursacht wurde, stachelte Martes Libido sofort an. Er wurde hart.
Lukas' überraschtes Keuchen sorgte dafür, dass Leonhart zwar unbehindert fortfuhr, aber den Kopf drehte und sie verhangen ansah. Dann lächelte der König und stieß so fest zu, dass Albrechts Knie nach vorne über das Stroh rutschten. Der Mann gab einen lustvollen Schrei von sich, der jeden anwesenden wissen ließ, wie gut es ihm gefiel.
Marte schloss die Augen. Das hatte ihm gerade noch gefehlt, seine Sehnsüchte waren sowieso schon angestachelt, aber das gab ihm den Rest. Leonhart fixierte ihn weiterhin mit Blicken und Marte hatte das Gefühl, dass der Regent Gefallen daran fand, dabei beobachtet zu werden. Das verleitete ihn zu der Annahme, dass der Ort und die Zeit nicht willkürlich gewählt worden waren. Albrecht hingegen schien keine Notiz von ihnen genommen zu haben, sondern stöhnte nur ekstatisch.
Genau davon träumte Marte.

Er ballte die freie Hand zu einer Faust und wandte sich ab. Nicht, weil er das Bild so schrecklich fand, das ihm geboten wurde, es war die eigene Sehnsucht, die sich schmerzhaft bemerkbar machte. Er zog am Zügel seines Pferdes und führte es in die Box. Die Geräusche zeigten ihm, dass Lukas sein Tier ebenfalls in Bewegung gebracht

hatte. Marte nahm das Halfter ab und lehnte seine Stirn kurz gegen den warmen Hals des Hengstes. Er hätte gern hier und jetzt, auf der Stelle, seinen Schwanz aus der Hose geholt und sich beim Anblick der zwei Männer Erleichterung verschafft. Lukas Gegenwart hielt ihn davon ab, sonst gar nichts. Auch wenn sein Schamgefühl eindeutig über die Blicke des Königs gesunken war, die Schwelle, dass sein Halbbruder ihn dabei womöglich erwischen würde, konnte er sich nicht übertreten. Sie hatten durch Felix schon viel von dem anderen gesehen, auch, wie jeder seinen Schwanz in der eigenen Hand gehabt hatte, aber diese Situation war nicht die gleiche.
Der Geräuschpegel aus der gegenüberliegenden Box nahm zu. Für Marte ein Zeichen zu verschwinden, ehe seine Hose nasse Flecken aufwies, wenn das nicht bereits der Fall war, so wie sein Teil gegen den Stoff drückte.
Er löste sich von dem Tier, trat aus der Box und versuchte möglichst nicht hinüberzuschauen. Es gelang ihm nur bedingt. Als er kurz hinsah, blickte Marte erneut in die funkelnden Augen des Königs. Er schloss die hüfthohe Holztür und mit dem ersten Schritt, der aus dem Stall führte, sah er nochmals zu Leonhart. Für Sekunden glaubte er, bedauern in der Mimik des Mannes zu sehen. Dann hörte er ein Geräusch und wandte sich wieder um. Lukas war ebenso im Begriff den Stall zu verlassen. Marte folgte ihm.
Er holte Lukas ein und ging neben ihm. Kaum hatten sie das Gebäude hinter sich gelassen, stellte der Schmied fest. »Das war Absicht.«
»Denke ich auch, er scheint Zuschauer zu mögen.«
»Ich werde mich jetzt verdrücken, Marte. Meine Hand hat heute noch Arbeit vor sich.«
Marte war verblüfft über diese Offenheit. »Meine gleichfalls.«
Lukas nickte ihm nur knapp zu, dann verschwand der

Mann aus seinem Sichtfeld. Auch Marte stapfte zügig auf die Burg zu, um möglichst schnell in seinem Zimmer zu verschwinden.

Eine kleine Ewigkeit später lag Marte mit halbherziger Zufriedenheit, jedoch völlig erschöpft, auf seinem Bett. Sein Hintern brannte, denn die Gier hatte ihn dazu verleitet, das erste Mal die eigenen Finger zu nutzen. Er war schneller gekommen, als je zuvor, wenn er es sich selbst machte. Aber ein schales und einsames Gefühl nahm ihn anschließend in Beschlag und drückte aufs Gemüt. Er zog die Decke über seinen Körper, legte sich auf die Seite und zog die Beine an den Bauch.

KAPITEL 23

Als Marte an diesem Morgen erwachte, war es nicht die aufgehende Sonne, die ihn aus dem Schlaf holte, sondern ein Klopfen an der Tür. Als Vallentin den Raum betrat, stellte Marte fest, dass der gelbe Ball bereits hoch am Himmel stand. Der Alkohol der vergangenen zwei Tage schien seinen Tribut gefordert zu haben.
»Guten Morgen, Herr. Die Familien Salzberg und zu Freiensterg treffen heute Vormittag ein. Am Nachmittag werden die Wiesengrüns erwartet.«
»So geht das jetzt nur noch, oder?«, brummte Marte ungehalten.
Vallentin überging sein Gemurre und erklärte stattdessen: »Das offizielle Frühstück hat bereits begonnen. Seine Majestät der König hat mir jedoch gesagt, dass ich Euch schlafen lassen soll, bis weitere Gäste eintreffen.«
»Bleibt genug Zeit, um ebenfalls etwas zu essen?«
»Natürlich, Herr.«

Zwanzig Minuten später betrat er den großen Speisesaal. Lediglich Leonhart und Ansgar waren noch da und unterhielten sich, von den anderen Rittern und seinem Onkel war keine Spur. Die bereits anwesenden Familien und Gäste seines Vaters hingegen saßen an den Tischen und schienen sich prächtig zu unterhalten. Marte nickte ihnen nur kurz zu und steuerte dann seinen Platz an. Er hatte auf dem Weg gegrübelt, wie er sich Leonhart gegenüber verhalten sollte, doch letztendlich blieb nur die Erkenntnis, so zu tun, als hätte er ihn und Albrecht nicht im Stall zu Gesicht bekommen. Leugnen war besser, als rote Wangen und Schamgefühle - so es ihm denn gelang.
»Guten Morgen, Majestät. Ritter von Ravenstein«, grüßte

er freundlich und deutete eine Verbeugung an.
»Waren wir gestern nicht schon beim Du?«, fragte Ansgar stirnrunzelnd nach. »Ich glaube, oder? Der reichliche Wein hat meine Erinnerungen etwas getrübt.«
Marte zuckte mit den Schultern. »Guten Morgen, Ansgar«, wiederholte er die Begrüßung.
»Euch ebenso einen guten Morgen, Marte«, erwiderte Leonhart freundlich.
Marte setzte sich neben den König und goss sich einen Becher Wasser ein. »Danke, dass ich mir die Bettdecke noch länger über den Kopf ziehen durfte.«
»Verzeiht, dass ich mich kurz zu Wort melde. Ich wollte mir mit Arvid und Gabriel den Turnierplatz ansehen. Ist es Euch recht, wenn ich mich entferne?«, fragte Ansgar den Regenten höflich.
»Sicher, Ansgar.«
Der Ritter stand auf, verbeugte sich knapp und machte sich auf den Weg, den Saal zu verlassen.
»Hattet Ihr etwa unangenehme Träume, sodass Ihr heute früh länger schlafen musstet?«, nahm Leonhart den verlorenen Faden einfach wieder auf.
Der Blick des Königs verriet ihm eindeutig, dass es nicht wirklich um Trugbilder ging, die einem im Schlaf beschert wurden. Er ließ sich auf das Spiel ein. »Ich hatte keinen unangenehmen Traum, lediglich einen, der mich überrascht und verwirrt hat.«
»Weil Euch das Gesehene gänzlich fremd war?«
Marte steckte sich etwas Obst in den Mund, kaute nachdenklich und fragte sich, ob er die Karten auf den Tisch packen sollte. »Nein, nicht gänzlich fremd. Jedoch haben mich die Personen, die in meinem Traum die Hauptrolle spielten, überrascht.«
Sie kamen nicht dazu, sich weiter über das Thema zu unterhalten, denn Vallentin eilte zu ihnen und verkündete, dass die Familie Salzberg eintraf.

»Ich begleite Euch, Marte«, bot der König an.
»Danke.«
Gemeinsam verließen sie den Saal und Marte bemerkte, dass Leonhart ihm immer wieder unauffällige Seitenblicke schenkte. Die Musterungen fühlten sich unbehaglich an, sodass er versuchte, sie weitestgehend zu ignorieren. Die Begrüßung der Salzbergs sorgte jedoch dafür, dass ihre Aufmerksamkeit auf andere Dinge als das nächtliche Aufeinandertreffen gelenkt wurde.

KAPITEL 24

Marte stöhnte innerlich und umklammerte den silbernen Becher, in dem sich verdünnter Wein befand. Der Geräuschpegel erschien ihm unerträglich. Sein Daumen begann, über die Verzierungen des Trinkgefäßes zu reiben. Er starrte auf die rötliche Flüssigkeit und versuchte den Lärm auszublenden. Seine Anwesenheit war noch eine Weile gefordert, ehe er sich verdrücken und den Abend abschließen konnte. Ein schrilles Lachen riss ihn aus seiner Starre und Martes Stirn legte sich in Falten. Es war schon reichlich Wein unter den Gästen geflossen und er schüttelte innerlich den Kopf über die Verhaltensänderungen, die so mancher Besucher durchlief. Höfische Sitten und Höflichkeit wurden beiseite gewischt, Moral und Anstand wandelten sich in skurriles Verhalten, das ihm zuwider war. Selten hatte er sich so sehr nach einem stillen Moment am See gesehnt, wie in dieser Sekunde. Wie es Lukas wohl gerade erging? Ob er ohne ihn am Wasser lag? Er spürte ein sehnsüchtiges Ziehen in seiner Brust und schloss die Augen. Das Gefühl hatte eindeutig nicht den Ursprung, dass er sich Ruhe wünschte, sondern dass seine Gedanken zu Lukas gewandert waren.

Marte führte den Becher an seine Lippe und trank einen großen Schluck daraus. Ob seine Gefühlswelt so aus dem Lot geraten war, weil er sich nicht mehr regelmäßig mit Felix vergnügen konnte?
»Du siehst unglücklich aus, Marte.«
Ertappt wandte er sich der Stimme zu. Es war Albrecht, der sich neben ihn gestellt hatte. Der wirkte auf den

ersten Blick ausgesprochen souverän, aber dennoch glaubte er, in den Augen seines Onkels Nervosität zu sehen. Sie hatten den ganzen Tag kein Wort miteinander gewechselt, was jedoch daran lag, dass sowohl Albrecht, wie auch er selbst, sehr beschäftigt gewesen waren. Sofort flammte das Bild auf, wie Leonhart den Mann im Stall rangenommen hatte. Ob Albrecht deshalb so nervös war?

»Ich habe den Eindruck, dass viele unserer Gäste in den eigenen Wänden weder Essen noch Trinken erhalten, zumindest benehmen sie sich so«, erwiderte Marte und blickte sich in aller Ruhe um. »Selbst die besterzogensten Töchter füllen sich die Becher nach, ohne darauf zu achten, welche Wirkung der Wein hat.« Seine Augen hafteten auf den Traufensteintöchtern. Durch den Einfluss des Alkohols hatten sie wesentlich an Ansehnlichkeit eingebüßt. Das Lachen erschien ihm vulgär, die Gestalten ungepflegter als zuvor.

Albrecht gab einen zustimmenden Laut von sich. »Ich bin durch den königlichen Hofstaat abgehärtet, dort ist es nicht anders.«

Marte schaute sich kurz um, ob jemand in Hörweite stand, als er sicher sein konnte, dass ihr Gespräch unter vier Augen blieb, fragte er: »Du liebst Leonhart, nicht wahr?«

Das Lächeln seines Onkels glich einer Antwort, dennoch nickte Albrecht und erklärte sanft: »Das tue ich ohne Frage.« Albrecht zögerte einen Moment und schien zu überlegen, wie er sich ausdrücken sollte. Dann kam leise von ihm: »Bist du über das, was du gesehen hast, entsetzt?«

Marte schüttelte umgehend den Kopf, auch wenn ein Gefühl der Scham in ihm Einzug halten wollte. Er hatte Lukas mehr als einmal zugesehen, wie er sich mit Felix vergnügte, ebenfalls ein Mitglied der Familie. War es nun

so ein Unterschied, dass er den Bruder seines Vaters mit dem König zu Gesicht bekommen hatte? In dieser Sekunde stellte er fest, dass er Albrecht um sein Erlebnis und die Beziehung zu Leonhart ein Stück beneidete. Was für ein Gefühl es wohl war, sich so hingeben zu können?
»War das eine ehrliche Antwort?«

Marte sah seinen Onkel erstaunt an und mutmaßte, dass seine grüblerischen Ausschweifungen anscheinend einen anderen Eindruck hinterlassen haben mussten. »Ja, ich war nur in Gedanken, verzeih. Ich bin wirklich nicht entsetzt«, erwiderte er mit einem offenen Blick und schaute Albrecht direkt in die Augen.
»Danke, Marte«, kam deutlich erleichtert zurück.
Geräusche am Eingang des Saals lenkten die zwei von ihrer stockenden Unterhaltung ab. Marte zog überrascht die Brauen hoch, denn es trafen neue Gäste ein.
»Gräfin und Graf von Warin mit ihrer Tochter«, stellte sein Onkel erstaunt fest. »Soweit ich informiert bin, haben wir eine Absage von ihnen vorliegen, da Kristina bereits einem Mann versprochen ist.«

Die drei Personen kamen direkt auf sie zu, sodass Marte sie in aller Ruhe mustern konnte. Gräfin von Warin war eine schlanke, hochgewachsene Frau mit blonden Haaren und schien ausgesprochen viel Wert auf ihr Äußeres zu legen. Ihre Tochter stand dem in nichts nach. Die Haarfarbe war identisch, ebenso die schmale Statur und die bestechend blauen Augen. Anschließend glitt sein Blick auf den Grafen von Warin. Die ganze Erscheinung war beeindruckend. Der Mann war groß, breitschultrig und hatte eine Ausstrahlung, die fast alle der Anwesenden in den Schatten verbannte. Die kurzen, gleichfalls hellen Haare, ließen das Gesicht markant wirken, während die Iriden so einnehmend waren, wie die der zwei Frauen.

Das Blau war für die Kornblumen am Rand eines Feldes Konkurrenz. Marte konnte das Alter des Grafen schlecht einschätzen, aber mehr als vierzig Jahre würden es keinesfalls sein.

Die drei Personen blieben vor ihm und Albrecht stehen. Die Damen machten einen galanten Knicks zur Begrüßung, von Warin verbeugte sich höflich und reichte anschließend Albrecht, dann ihm die Hand.
»Vielen Dank für die Einladung. Ich hoffe, dass unsere Anwesenheit willkommen ist, auch wenn es sich erst kurzfristig ergeben hat, dass wir ihr folgen konnten.«
»Natürlich seid Ihr willkommen, Graf von Warin!«, erklärte Albrecht lächelnd.
Marte glaubte, noch immer den warmen Händedruck des Grafen zu spüren und fühlte sich seltsam befangen in seiner Gegenwart. Er lächelte und hoffte, dass seine Mimik die merkwürdigen Emotionen nicht spiegelte. Der Blick des Mannes glitt von Albrecht zu ihm hinüber. Er versuchte, den blauen Iriden standzuhalten. Er wurde abschätzend, aber nicht unfreundlich gemustert.
»Ich hoffe, dass Ihr Eure Wahl noch nicht getroffen habt, Herr von Berlen? Oder war unser Weg umsonst?«, fragte von Warin geradeheraus.

Marte war verblüfft und sprachlos, denn eine Frage dieser Art gehörte sich normalerweise nicht. War die Dreistigkeit des Mannes nun beeindruckend oder als plump anzusehen? Der Graf wirkte jedoch keinesfalls einfältig, um einen derartigen Fauxpas hinzulegen.
Albrecht lachte leise. »Die Würfel sind noch nicht gefallen«, antwortete sein Onkel rettender weise.
Marte war nach wie vor zu perplex, um zu reagieren.Es war auch nicht notwendig, denn Leonhart gesellte sich in diesem Moment zu ihnen. »Graf von Warin«, begrüßte

der König den Mann.
Marte stutzte über Leonharts Tonfall und die kühle Ausstrahlung des Regenten. So unpersönlich hatte er ihn bis dato noch nicht erlebt.
»Majestät, ich wusste nicht, dass Ihr auf der Berlenburg verweilt.« Von Warin verbeugte sich wesentlich tiefer, als er es vor Albrecht und ihm getan hatte, auch der Knicks der weiblichen Begleitung passte sich dem Stand an.
»Ein kurzfristiges Arrangement«, merkte Leonhart eisig an.
Marte entging nicht, dass Albrecht ebenso über die umgeschlagene Stimmung stolperte. Der Mann schaute nachdenklich von einem zum anderen.
»Wenn es recht ist, würden wir uns nach der langen Reise gern etwas stärken«, richtete sich Graf von Warin an Marte.
»Natürlich«, erwiderte er automatisch und deutete mit einer einladenden Geste in den Saal.
Von Warin nickte kurz und machte sich mit den beiden Frauen auf den Weg zu freien Sitzgelegenheiten.
Albrecht sah Leonhart an, während dessen kalter Blick den Warins nachhing. Martes Augen folgten der Familie ebenso und ihm fiel auf, dass er nicht der Einzige war. Viele im Saal schauten verstohlen in deren Richtung und es wurde eindeutig getuschelt. Was hatte Albrecht gesagt? Kristina von Warin war so gut wie vergeben? Ihr Auftauchen konnte somit nur bedeuten, dass die geplante Eheschließung ins Wasser gefallen war, das würde auch erklären, warum ein Teil der Gäste die Köpfe zusammensteckte und ein neues Gesprächsthema gefunden hatte. Marte empfand Kristina als durchaus hübsch, im Gegensatz zu den Frauen, die ihm bisher vorgestellt worden waren. Welche Gründe es wohl hatte, dass sie nun erneut frei war?
Er wurde aus seinen Gedanken gerissen, als Albrecht

fragte: »Du kennst die von Warins?«
Es war Leonhart, den er angesprochen hatte, denn dieser schenkte inzwischen wieder ihnen die Aufmerksamkeit. Der König nickte und strahlte immer noch unfassbare Kälte aus. »Christoff von Warin und ich sind alte Bekannte, deren Wege sich vor langer Zeit getrennt haben und das nicht ohne Grund.«
Albrecht schwieg und es sah so aus, als kämpfte er gegen weitere neugierige Fragen an. Leonhart hinterließ allerdings eindeutig nicht den Eindruck, als wenn er auskunftsfreudig mehr berichten würde. Die Situation gab es jedoch auch nicht her, denn sobald Leonhart irgendwo im Saal verweilte, fand sich automatisch eine Traube Menschen ein, die um seine Aufmerksamkeit buhlte.

Marte zog sich etwas zurück, ließ seinen Blick schweifen, bis er auf den von Graf Warin traf. Obwohl er es nicht wollte, fesselte ihn der Mann ein weiteres Mal. Der schenkte ihm ein verschmitztes Lächeln, ehe er den Weinbecher an die Lippen führte, sodass Marte sich ertappt fühlte und sofort seine Augen in eine andere Richtung scheuchte. Er beschloss, dass er genug Zeit unter all diesen Menschen verbracht hatte. Nachdem er seinen Becher abgestellt hatte, versuchte er, so unauffällig wie möglich aus dem Saal zu kommen. Es gelang ihm jedoch nicht. Marte spürte eine Hand auf seiner Schulter und hielt an.
»Ihr wollt schon gehen?«
Er drehte sich um und sah zu seiner Überraschung Christoff von Warin hinter sich stehen. Wo kam der Mann auf einmal her? Hatte der nicht gerade eben gelassen an seinem Weinbecher genippt? »Ein langer Tag fordert seinen Tribut«, redete Marte sich heraus.
»Das ist schade, wir hatten noch gar keine Gelegenheit,

uns richtig miteinander bekannt zu machen. Vielleicht möchtet Ihr doch noch ein wenig Eurer Zeit für mich abzweigen?«
Marte mochte die Stimme des Mannes. Sie klang ausgesprochen warm, freundlich und dennoch brachte der Tonfall etwas Bestimmendes mit sich, sodass Marte sich nicht entziehen konnte.
»Kommt, setzt Euch noch einen Moment zu uns«, forderte der Graf und berührte ihn am Ellenbogen, fast als wolle er ihn mit sich ziehen.
Obwohl Marte nicht recht wusste, ob er sich nun fürchten oder freuen sollte, folgte er dem Mann, den er so gar nicht einzuschätzen vermochte.

»Meine Gattin Bridlin und meine Tochter Kristin«, stellte er seine Begleitungen noch einmal vor, als sie den Tisch erreichten.
Marte schenkte beiden ein freundliches Lächeln, das erwidert wurde. Er setzte sich mit von Warin und ehe er es ablehnen konnte, befand sich ein gefüllter Becher Wein vor seiner Nase.
»Entschuldigt, dass wir uns vorhin so schnell aus der Runde zurückgezogen haben«, sagte der Graf so leise, dass es nur bei Marte ankam. »Ihr müsst wissen, der König und ich hatten vor Jahren ein unschönes Zerwürfnis. Seither sind wir bemüht, einander nicht zu begegnen.«
Marte war ein weiteres Mal darüber erstaunt, dass von Warin kein Blatt vor den Mund zu nehmen schien, wagte sich aber dennoch nicht, nach näheren Informationen zu fragen. Stattdessen nickte er nur.
»Hat der König Euch gegenüber so etwas erwähnt?«
Marte zögerte nicht, jedoch hatte er nicht vor, Leonharts Anmerkung bekannt zu geben. »Nein, aber es ist mir

durchaus aufgefallen, dass die Stimmung nicht freundschaftlich war«, räumte er ein.
Der Graf nickte, augenscheinlich zufrieden mit dieser Antwort und verwickelte Marte in ein belangloses Gespräch, bis ihn wirklich die Müdigkeit zum Aufbruch zwang.

KAPITEL 25

Marte träumte in dieser Nacht wirre, aber vor allem erregende Dinge, die ihn früh morgens verstört erwachen ließen. Er hatte von Lukas geträumt und wurde schlagartig rot, als er sich erinnerte, wie er ihn angespornt hatte, ihn härter zu nehmen. Marte stöhnte, zog das Kissen unter dem Kopf hervor, um es sich anschließend auf das Gesicht zu legen. Er spürte genau, wie sein Körper auf diesen Traum reagierte. »Das darf nicht wahr sein«, grummelte er leise und bemühte sich, seine Erektion zu ignorieren.

Marte warf das Kissen achtlos beiseite und gab einen unglücklichen Laut von sich. Er versuchte seine Gedankengänge in Richtungen zu bringen, die Abkühlung verschafften, aber das Bild von Lukas drängte sich immer wieder in den Vordergrund. Er spekulierte für Sekunden, wie lange er noch seine Ruhe hätte, ehe Vallentin ihn weckte. Das Ergebnis sorgte dafür, dass er mit seiner Hand unter die Decke glitt. Wenn dieser Zustand nicht von alleine verschwand, dann würde er nachhelfen müssen. Er dachte an Felix und all die heißen Momente, die sie miteinander verlebt hatten, doch je näher er dem Orgasmus kam, desto heftiger drängte sich Lukas in seine Fantasien. Sein innerer Kampf währte nur kurz und er gab nach. Bilder spukten durch seinen Verstand, die ihm innerhalb von wenigen Augenblicken einen Höhepunkt bescherten.

Kaum war etwas Ruhe in seinen Körper gelangt, schlug Marte die Hände vor das Gesicht und schüttelte leicht den Kopf. Er musste dringend jemanden finden, mit dem er diese absurden Wünsche aus seinem Schädel treiben

konnte. Wie sollte er Lukas bei solchen Fantasien noch gerade in die Augen sehen können?
»Guten Morgen.«
Marte, der sich bis eben an die Absperrung zum Turnierplatz gelehnt hatte, drehte sich um. »Guten Morgen, Graf von Warin«, grüßte er den Mann, der auf ihn zukam. Sein Blick glitt über die Gestalt und er stellte anerkennend fest, dass der Graf in der schlichten Kleidung noch beeindruckender wirkte, als am Abend zuvor.
»Wann beginnen die Turniere?«
»Heute Mittag«, gab Marte Auskunft.
»Ich denke, es wird vielen Gästen guttun, ein wenig frische Luft zu schnappen und hier draußen zuzusehen, statt sich weiterhin im Saal weiteres Essen servieren zu lassen.«

Marte konnte nicht anders, er musste lachen und schüttelte amüsiert den Kopf. »Ich habe selten jemanden so offen reden hören, Graf von Warin.«
Ihm wurde ein Lächeln geschenkt, das den Mann gnadenlos charmant aussehen ließ. »Ich denke, manchen Menschen gegenüber muss man mit ehrlichen Gedanken nicht hinter dem Berg halten. Ihr scheint mir jemand zu sein, der mit meiner Art umgehen kann oder sollte ich mich getäuscht haben?«
Marte schmunzelte. »Ich komme damit durchaus zurecht, da habt Ihr Recht, Graf von Warin.«
»Auch wenn ich Euch anbiete, mich Christoff zu nennen, statt Graf von Warin?«
Martes Brauen hoben sich überrascht. Es verwirrte ihn, dass sein Gegenüber ihm ein derartiges Angebot unterbreitete. Sah sein Gesprächspartner sich womöglich schon als sein Schwiegervater? »Es spricht nichts dagegen, Christoff«, erwiderte er jedoch.

»Das freut mich, Marte. Ihr scheint ein Mann mit Charakter zu sein und das sage ich nicht nur, weil ich meine Tochter in festen Händen sehen möchte.«
Marte grinste schief und fragte sich, ob seine Gedankengänge in seinem Gesichtsausdruck ablesbar waren.
»Nicht?«, erwiderte er herausfordernd.
Das Lachen des Grafen war herzlich und einnehmend.
»Nein, wahrlich nicht. Natürlich wäre ich von einer Verbindung begeistert, aber mein Angebot beruht nicht darauf, Marte.«
»Worauf dann?«
»Seht es als Sympathiebekundung an«, erklärte von Warin und grinste verschmitzt. Marte wollte etwas erwidern, wurde in diesem Moment jedoch durch Bridlin und Kristin von Warin abgelenkt, die auf sie zukamen. Vielleicht war Kristin nicht die schlechteste Wahl? Zumindest ihr Aussehen schlug das der anderen anwesenden Frauen um Längen. Wobei er sie nicht als Frau bezeichnen wollen würde, denn Kristin war erst vor Kurzem fünfzehn geworden. Marte war sich dessen bewusst, dass es sich dabei um ein gängiges Alter handelte, um eine Tochter an den Mann zu bringen. Die meisten weiblichen Gäste auf der Berlenburg waren älter, weil sie einfach keiner nehmen wollte. Nachvollziehbar, wie er fand. Was Kristin von ihm hielt, konnte er nicht erkennen. Sie schenkte ihm stets ein freundliches Lächeln, aber ihre Augen schien es nicht zu erreichen. Ihr Blick war immer etwas distanziert, so, wie es auch bei ihrer Mutter der Fall war. Marte wusste nicht, ob es anerzogen oder eine Frage des Charakters war.
Die beiden begrüßten ihn mit einem höflichen Knicks.
»Marte, ob Ihr die Zeit habt uns zu zeigen, wo welche Turniere und Kämpfe stattfinden?«, fragte von Warin.
Marte überlegte nur einen kleinen Moment und stimmte dann mit einem Nicken zu. Obwohl er nicht wusste, wor-

an er bei Christoff war, so würde es auf jeden Fall zumindest unterhaltsam mit ihm werden. Er setzte sich in Bewegung. »Wenn Ihr mir folgen wollt?«

Drei Stunden später nahm Marte seinen Platz auf der Tribüne ein. Neben seinem standen noch zwei weitere Sessel. Normalerweise hätte dort sein Vater Platz genommen, einer wäre unbesetzt geblieben, da es keine Burgherrin mehr gab. Nun hingegen steuerten Leonhart und Albrecht die freien Sitzplätze an. Der Regent setzte sich und beugte sich vertraulich zu Marte hinüber. »Von Warin wollte Euch gestern nicht gehen lassen?«
Marte schüttelte den Kopf und erwiderte leise: »Nein, aber es war eine entspannte und recht belanglose Unterhaltung, die wir geführt haben.« Er zögerte. Sollte er Leonhart von der Begegnung am Vormittag berichten?
»Nehmt Euch in acht, Marte. Von Warin ist ein Mann, der immer Ziele hat.«
»In dem Falle wahrscheinlich, dass ich seine Tochter eheliche?«
Leonhart kam noch etwas näher heran und flüsterte: »Das wohl auch, aber Euch sei mit auf den Weg gegeben, dass Christoff von Warin sein Bett ausgesprochen gern mit dem gleichen Geschlecht teilt. Ihr dürftet nach seinem Geschmack sein.«
Marte zog den Kopf zurück und sah den König überrascht an. Ob von Warin ihm daher die persönliche Anrede angeboten und von Sympathiebekundungen gesprochen hatte? Ihm wurde flau im Bauch, gleichzeitig fühlte sich ein winzig kleiner Teil in ihm geschmeichelt.
»Seid vorsichtig, ja, Marte?«, bat Leonhart leise. »Ihr könnt jederzeit zu mir kommen, falls Christoff Euch bedrängen sollte. Ich stehe hinter Euch.«
Marte war erstaunt über dieses Angebot, doch gab es ihm

auch ein Gefühl von Sicherheit. Der Regent rückte wieder ein Stück von ihm ab und widmete sich einem Gespräch mit Albrecht. Marte hingegen ließ seinen Blick über die gegenüberliegende Tribüne gleiten. Er brauchte nur Sekunden, bis er den Grafen und seine Familie fand. Christoff blickte direkt zu ihm hinüber und er ahnte, dass dieser den diskreten Austausch von Worten verfolgt hatte. Er war dankbar für die Entfernung, denn so konnte von Warin nicht wissen, worum es gegangen war.

Obwohl Marte ein Freund von Turnieren und Schaukämpfen jeglicher Art war, musste er sich zusammenreißen, um nicht ständig zu dem Grafen hinüberzustarren. Von Warin würde doch nicht den Mann in sein Bett holen wollen, den er als Schwiegersohn angedacht hatte? Das wäre moralisch fast so verwerflich, wie seine heimlichen Sehnsüchte, die sich auf Lukas bezogen. Marte schloss für einen Moment die Augen und atmete tief ein. Seine Gedanken sollten nicht um all diese Dinge kreisen, die sich einfach nicht gehörten. Aber warum sah er sich nicht in der Lage, eine Frau auszuwählen und seinen Pflichten nachzukommen? Er fragte sich, wie es wäre Kristins Körper zu berühren. Ein Schauer der unangenehmen Art durchlief ihn. Obwohl von Warins Tochter etwas hermachte, tobte in ihm Abwehr, als würde man ihn zwingen verdorbenes Fleisch zu essen.

Applaus brandete auf und riss ihn aus seiner Gedankenwelt. Er klatschte ebenfalls und schenkte dem Gewinner ein anerkennendes Nicken, auch wenn er so gut wie gar nichts mitbekommen hatte. Das nächste Turnier wurde angekündigt und Marte erlaubte sich, in Wehmut zu baden. Vor gar nicht langer Zeit schien sein Leben in geordneten Bahnen zu verlaufen. Es gab weder gedankliche Verwirrungen noch Gefühle, die ihm zu schaffen machten. Jetzt jedoch stand seine Welt Kopf und er kämpfte gegen Schatten, die sich nicht fangen ließen. Marte leerte den Becher Wein, den er in einer Hand hielt. Ein Diener beugte sich umgehend vor, um ihn aufzufüllen. Er lehnte ab und forderte Wasser, da er seinem Vater nicht gleichen wollte. Anschließend starrte er auf den frisch aufgefüllten Inhalt und schmunzelte. Vielleicht sollte er doch ein wenig zu viel trinken, so bestünde die Chance erneut neben Lukas schlafen zu können. Sein Schmunzeln verging ihm und er schämte sich für diese Idee.

KAPITEL 26

Als die Turniere beendet waren, nutzte Marte den aufgekommenen Tumult und die Menge an Menschen, um sich davonzumachen. Zielstrebig steuerte er die Schmiede an, um wenigstens einen Moment er selbst sein zu können und Normalität zu haben. Er hieß das Geräusch, dem er näherkam, willkommen und spürte ein nervöses Flattern in seinem Magen. Seine Lippen verzogen sich zu einem breiten Lächeln, als er Lukas arbeitend erblickte. Der Schmied bemerkte ihn nicht. Marte lehnte sich an eine der Wände und betrachtete ihn aufmerksam. Das Muskelspiel des riesigen Mannes war wirklich verblüffend und er konnte die Kraft dahinter nur erahnen. Als Lukas das Stück Eisen in das Kühlfass steckte, wurde er entdeckt und bekam einen erfreuten Gesichtsausdruck geschenkt.

»Mit dir habe ich ja gar nicht gerechnet.«

»Die ganzen gepuderten Nasen waren mir zuwider«, rechtfertigte Marte sein Auftauchen.

»So schlimm?«

Er zuckte mit den Schultern. »Die Väter wollen ihre Töchter verkuppeln, es fließt reichlich Wein und Graf von Warin wollte mich schon wieder in Beschlag nehmen.«

Lukas runzelte die Stirn, sodass Marte ihm kurz von dem Grafen berichtete. Der hatte ihn, kaum dass die Turniere beendet waren, mit seiner Familie angesteuert, doch Marte hatte den Moment genutzt, als Christoff in ein Gespräch verwickelt worden war.

»Ist seine Tochter so unansehnlich?«

Marte schüttelte den Kopf. »Das ist es nicht. Sie ist eigentlich die Einzige, die zwischen all den anderen hübsch anzusehen ist, aber ...«

»Aber?«, hakte Lukas nach, da Marte auf einmal schwieg.

Der junge von Berlen starrte auf den Boden und scharrte nervös mit einem Fuß über den Stein.

»Nun erzähl schon, Marte«, forderte der Schmied freundlich.

»Leonhart hat mich gewarnt. Der Graf holt wohl gern Männer in sein Bett. Ich wäre genau von dem Schlag, den er bevorzugen würde. Ich weiß nicht, wie ich mich nun verhalten soll«, stammelte er nervös und fuhr sich mit einer Hand über das Gesicht.

»Hat er dich etwa bedrängt?«

Marte blickte Lukas erstaunt an, denn dessen Tonfall klang fremd. Er schüttelte den Kopf. »Nein, nein. Ich hätte es nicht mal bemerkt. Von Warin ist zwar ein merkwürdiger Mensch, aber er hat mir keinerlei Avancen gemacht.« Er konnte sehen, dass die Worte umgehend für einen entspannteren Gesichtsausdruck bei seinem Halbbruder sorgten, auch seine Körperspannung änderte sich.

»Vielleicht irrt sich der König und dieser Graf ist gar nicht an dir interessiert, Marte.«

»Ich will es hoffen, schließlich ist Kristin die einzige Frau, die derzeit infrage kommt.«

Marte konnte Lukas Mimik nicht deuten, als dieser nachfragte: »Sie gefällt dir?«

Er zuckte ratlos mit den Schultern. »Ich weiß nicht, ob ‚gefallen' es unbedingt trifft. Sie hebt sich von den anderen ab und scheint eine passable Wahl zu sein.«

»Dann wirst du sie wohl heiraten, nehme ich an.«

»Wahrscheinlich«, erwiderte Marte seufzend. Ein kalter Ring legte sich über die ausgesprochenen Wahrheiten um seinen Brustkorb und er glaubte für eine Sekunde, nicht atmen zu können. »Wollen wir etwas zusammen essen? Ich wäre dankbar für deine Gesellschaft.«

»Eine Pause wird mir nicht schaden.«

Lukas unterbrach die Arbeit für eine lange Zeit und sie aßen gemeinsam in seiner kleinen Hütte. Doch auch wenn es Marte nicht gefiel, musste der Mann wieder in die Schmiede zurück und er sich den Gästen stellen.
Er schlenderte gemächlich über den Burghof und hatte es wahrlich nicht eilig.
»Marte, habt Ihr Euch vor uns versteckt? Ihr wart nach den Turnieren auf einmal verschwunden.«
Sein Kopf ruckte hoch und er sah Graf von Warin, der am Eingang der Burg stand. Er schenkte dem Mann ein aufgesetztes Lächeln, mehr brachte er in seiner aufkommenden Nervosität nicht zustande. »Verpflichtungen, Verpflichtungen«, gab er vage zurück und hoffte, dass der Adelige es dabei belassen würde.
Gerade, als er auf gleicher Höhe mit Christoff war, forderte dieser höflich: »Ihr leistet mir bestimmt auf einen Becher Wein Gesellschaft, nicht wahr?«
Marte zögerte, denn die Warnung des Königs hatte ihn ausgesprochen befangen werden lassen. Er sah aus den Augenwinkeln, wie von Warin die Hand hob, dann landete diese auf seiner Schulter, um sie zu drücken. Eine Geste, die ihm vorher persönlich erschienen wäre, doch nun noch mehr Spielraum für Interpretationen ließ. Trotz des flauen Gefühls in seinem Magen, empfand er die Berührung überraschenderweise nicht als unangenehm. Von Warin war kein abstoßender Mensch, im Gegenteil. Dessen wurde Marte sich in diesem Moment erneut bewusst.
»Kommt, lasst uns reingehen.«
Mit einem Nicken setzte Marte sich in Bewegung und ging gemeinsam mit Christoff in den recht vollen Speisesaal. Er hätte seinen Platz neben dem König und Albrecht einnehmen können, stellte sich jedoch mit seiner Begleitung in eine Ecke. Ein Diener brachte ihnen Wein.
»Vielleicht sollten wir auf unsere zukünftige Freundschaft

anstoßen, Marte? Es ist mir nämlich eine große Freude, Eure Bekanntschaft gemacht zu haben.«
Während er sich noch fragte, wie Christoff ‚Freundschaft' definierte, hob er bereits den Becher und stieß an. Er ahnte, dass es für Außenstehende den Eindruck hinterließ, dass Kristin seine Favoritin geworden war, doch es störte ihn nicht.
»Trefft ihr die Entscheidung alleine, wer Eure Zukünftige wird? Euer Vater ist ja bedauerlicherweise nicht vor Ort, um Euch unterstützen zu können.«
»Ich werde meinen Vater darüber in Kenntnis setzen, auf wen meine Wahl gefallen ist.«
»Ihr heiratet spät für einen Mann Eures Standes. Darf ich so neugierig sein und fragen, ob es einen bestimmten Grund hat?«
»Nein, hat es nicht. Ich habe lediglich Freude daran gefunden, Junggeselle zu sein.«
Christoff gab ein glucksendes Geräusch von sich. »Heißt das, Ihr habt nichts anbrennen lassen und uneheliche Nachkommen?«
Martes entsetzter Blick schien Antwort genug zu sein. Der Graf lachte leise und zwinkerte ihm verschmitzt zu. »Es gab wohl andere Dinge, denen Eure Aufmerksamkeit zuteilgeworden ist?«
»Gab es«, erwiderte Marte, ohne weiter darauf einzugehen. Er war seinem Gesprächspartner schließlich kaum Rechenschaft darüber schuldig, womit er die letzten Jahre seine Zeit verbracht hatte.
»Und nun seid Ihr bereit für die Ehe?«
War er es? Nein, eindeutig nicht, aber zugeben würde er diesen Umstand auf keinen Fall. Stattdessen nickte er lediglich.
»Ich muss es nicht in Worte fassen, dass ich über eine Verbindung unserer Häuser sehr erfreut wäre, oder?«
Marte schaute grinsend in seinen Weinbecher. Der Mann

war wirklich die Direktheit in Person. »Dessen bin ich mir bewusst, Christoff.«
Der Graf sah ausgesprochen zufrieden aus. »Lasst es mich wissen, wenn ich irgendetwas tun kann, das für diese Verbindung förderlich wäre«, bot er an und biss sich kurz auf die Unterlippe.
Marte glaubte einen Unterton herauszuhören, von dem er nicht wusste, ob er ihm behagte. Niemand von den Gästen konnte ahnen, dass er eine Schwäche für Männer hatte, ebenso, wie es auf der Burg immer ein gut gehütetes Geheimnis geblieben war. Er trug seine Neigungen weder öffentlich zur Schau, noch standen sie auf seiner Stirn geschrieben. »Und was stellt Ihr Euch vor?«, fragte er daher und versuchte das angespannte Gefühl zu verdrängen.
»Oh, ich denke, da ließe sich bestimmt etwas finden.« Graf von Warin lächelte ihn an und nicht nur in seinen Augen zeigte sich Lüsternheit.
Martes Nervosität vervielfachte sich beträchtlich. Wie sollte er jetzt reagieren?
»Verzeiht, falls ich zu offen war, Marte. Ich bin davon ausgegangen, dass wir in manchen Bereichen identischen Dingen Vorzug geben.«
Diese Feststellung schlug in Marte ein wie ein Blitz. »Wie kommt Ihr darauf?« Seine Stimme klang bei Weitem nicht so fest, wie kurz zuvor.
»Es mag vermessen klingen, aber ich habe ein untrügliches Gespür, wenn jemand die gleichen Bedürfnisse hat. Euer Geheimnis ist bei mir sicher, glaubt mir, Marte.«
Er unterdrückte den Wunsch, den Weinbecher beiseite zu stellen und die Flucht anzutreten. Gab es noch mehr Menschen, die ihm seine Neigungen auf den ersten Blick ansahen oder hatte er sich in irgendeiner Form verräterisch verhalten? Er wusste, dass seine Unsicherheit nicht unbemerkt geblieben war, als von Warin ihn sanft

am Ellenbogen berührte. »Lasst uns ein wenig frische Luft schnappen. Gespräche dieser Art sollten wohl nicht vor Publikum geführt werden. Verzeiht mir meinen Fauxpas.«

Marte ließ sich von dem Mann aus dem Saal führen, als wäre er nicht mehr Herr seiner Sinne. Die Worte des Grafen machten ihm zu schaffen. Christoff führte ihn in einen der angrenzenden, leeren Räume und schloss die Tür, damit sie ungestört blieben. Marte hingegen stand noch immer, wie vom Blitz getroffen regungslos dort wo von Warin ihn stehen gelassen hatte. Christoff lehnte sich entspannt mit dem Rücken an die Tür und lächelte ihn an.
»Ich scheine der Erste zu sein, der dich so offen darauf anspricht?«
Marte registrierte, dass die Anrede persönlich geworden war, wusste jedoch nichts zu erwidern.
»Wie gesagt, dein Geheimnis ist bei mir gut gehütet, Marte. Schließlich teilen wir beide das gleiche.«
»Wie kannst du dir da so sicher sein?«, wagte er mit bebenden Lippen zu hinterfragen.
Christoffs Mundwinkel zuckten verdächtig, als er langsam auf ihn zukam. »Ich habe untrügerische Sinne für so etwas, glaub mir«, flüsterte er und blieb wenige Zentimeter vor ihm stehen.
Martes Glieder verweigerten noch immer den Rückzug, während er selbst aufs Unerträgliche nervös war. Er glich einer Statue und sah Christoff aus großen Augen an, auch als er eine Hand auf seine Wange legte, rührte Marte sich nicht. Von Warin stellte seinen Weinbecher auf einen kleinen Tisch, der sich neben ihnen befand. Er griff sich Martes Becher und ließ ihn folgen.
»Ein Geheimnis zu teilen, kann viele Vorteile mit sich bringen. Wir könnten den Hunger unserer Bedürfnisse sättigen.« Als der Graf sich mit dem Gesicht näherte, er-

wachte Marte aus seiner Starre und trat einen Schritt zurück.
»Zier dich nicht, Marte. Du sehnst dich doch genauso danach!« Von Warin überbrückte die geschaffene Distanz und schneller als Marte es realisierte, spürte er Lippen, die zärtlich seine berührten. Er reagierte nicht, sodass Christoff sich ein Stück zurückzog und fragte: »Stoße ich dich so sehr ab? Widere ich dich an?«
Marte schüttelte sofort den Kopf, denn das war eindeutig nicht der Fall, sondern er war mit der Situation überfordert.
»Und wieso zögerst du?«
»Du bist ... ähm ... recht offensiv«, erklärte Marte perplex.
Christoff grinste, doch kurz darauf wurde sein Gesichtsausdruck nachdenklich. »Du hast schon Erfahrungen mit Männern gesammelt, oder?«
»Ähm ... ja.«
»Dann solltest du deine Schüchternheit ablegen, Marte. Wir wissen schließlich beide, was Vergnügen bereitet, nicht wahr?«
Er zögerte und das nicht ohne Grund. Erfahrungen hatte er, jedoch nur in eine Richtung. Marte fragte sich, ob Christoff ein Mann war, mit dem er die andere Seite kennenlernen konnte, denn er machte ihm nicht den Eindruck, als wenn er sich bücken und zur Verfügung stellen würde.
»Ich hatte bisher erst mit einem was«, erklärte er verhalten und fuhr sich nervös mit den Fingern durch die dunklen Haare.
Von Warin lächelte verschmitzt. »Hat er dir gedient, du ihm oder habt ihr euch abgewechselt?«
Marte spürte über diese direkte Frage Hitze in seinen Wangen. »Ich ... ich habe ihn ...«
»Ich hoffe, du bist nicht abgeneigt, es auch anders herum kennenzulernen?«

Sein Gesicht glich glühenden Kohlen. Zaghaft schüttelte er den Kopf. »Nein, bin ich nicht.«
Christoff rückte wieder näher, sodass sich ihre Nasenspitzen fast berührten. »Es wird mir ein Vergnügen sein, es dir zu zeigen.«
Erneut spürte er die Lippen seines Gegenübers und es brauchte nur Sekunden, bis sich die Zunge des Grafen einen Weg in seinen Mund suchte. Marte keuchte überrascht, hieß den Eindringling jedoch willkommen. Wenige Momente später spekulierte er, ob von Warin bei so atemraubenden Küssen ein ebenso perfekter Liebhaber wäre.
Hände glitten seinen Rücken entlang, strichen fest über seinen Hintern und dann entkam ihm erneut ein erstaunter Laut, als er Christoffs Berührung direkt in seinem Schritt bemerkte. Sein Schwanz hatte bereits auf das Zungenspiel reagiert, doch die geschickten Finger spornten seine Härte an und entlockten ihm ein verhaltenes Stöhnen.
Es fühlte sich anders an, als bei Felix. Dort hatte er so gut wie immer die Initiative ergriffen, jetzt jedoch wurde ihm das Verlangen eines Mannes zuteil.
Christoff ließ von seinen Lippen ab. »Gibt es einen Ort, an dem man uns nicht überraschen kann?«
Marte nickte benommen und setzte sich in Bewegung. In seinem Zimmer könnten sie zumindest die Tür verriegeln. Von Warin schloss sich ihm an und es dauerte nicht lange, bis sie den Raum ungesehen erreichten.

Martes Finger bebten, als er von innen den Riegel davor schob, denn er realisierte zusehends, dass ihm nun Neuland bevorstand. Seiner Nervosität wurde Abhilfe geschaffen, als Christoff ihn mit dem Rücken sanft gegen das Holz presste und mit einem Kuss dafür sorgte, dass die Erregung wieder anstieg. Sein Hemd wurde langsam

geöffnet, aus der Hose gezerrt und ihm anschließend von den Schultern geschoben. Christoffs warme Handflächen strichen fest seine Haut entlang, rieben über seine Brust und schafften es, dass seine Warzen sich unter der Berührung verhärteten. Die Zunge, die seinen Mund erobert hatte, bewegte sich immer fordernder und stachelte Martes Lust an. Sein Schwanz presste sich hart gegen den Stoff, sodass es bereits unangenehm wurde. Von Warins Hände schufen der Not jedoch Abhilfe, indem er langsam die Schnüre öffnete. Marte stöhnte überrascht, als Christoffs Finger beherzt in die Hose hineinglitten und ihn umschlossen.
Die Lippen lösten sich von seinen und sein Gegenüber trat einen Schritt zurück und ließ, bedauerlicherweise, auch von seiner Härte ab.
»Zieh dich aus. Ich will sehen, was ich bekomme«, forderte Christoff rau und setzte sich auf die Kante von Martes Bett.
Er kam der Aufforderung nach und streifte sich die verbliebene Kleidung vom Leib. Die blauen Iriden des Grafen musterten ihn mit unverhohlener Gier, dann nestelte Christoff an der eigenen Hose herum und zog sie soweit hinab, dass sein steifer Schwanz hervorsprang. »Komm, schmeck ihn!«
Die Worte verursachten Marte einen Schauer der Erregung. Christoff war bestimmend und traf damit genau das, wonach er sich seit einer Weile sehnte. Er ging mit langsamen Schritten auf den Mann zu, sank zwischen seinen Beinen auf die Knie und schloss seine Finger um den Schaft. Marte war es nicht möglich zu zögern, denn augenblicklich griff ihm Christoff in die Haare und zog seinen Kopf heran.
Seine Lippen öffneten sich, dann wurde er bereits hinabgedrückt, sodass sich die Eichel in seinen Mund schob. Von Warin stöhnte lustvoll auf und presste ihn

hart hinab. Der Schwanz des Mannes drang wesentlich tiefer ein und Marte kämpfte einen Moment gegen aufkommenden Würgreiz an. Dann gab ihm die Hand im Schopf einen Rhythmus vor, dem er nachzukommen hatte. Marte rang mit sich und seine Erregung flaute ab. Es wurde noch unangenehmer, als Christoff mit dem Becken hoch stieß. Doch auf einmal gab der Graf ihn überraschenderweise frei. »Komm zu mir auf das Bett und leg dich auf den Bauch.«
Marte folgte der Aufforderung und spürte, dass sich seine Lust verflüchtigte. So vielversprechend die Küsse seines Liebhabers gewesen waren, umso ernüchternder war die Position, in die er beordert wurde. Er zweifelte an der Entscheidung, sich auf von Warin eingelassen zu haben.
»Was für ein schöner Arsch«, flüsterte der Mann, um den sich gerade seine Gedanken drehten.
Marte zuckte, als er die Berührung an seinem Hintern bemerkte, doch Christoff strich erstaunlich zärtlich darüber. Seine Beine wurden auseinander geschoben, dann spürte er warmen Atem auf seiner Haut. Er keuchte, als Christoff seine Backen auseinanderzog und fühlte die Zunge des anderen mit der gleichen Gier, wie sie zuvor seinen Mund erobert hatte. Stöhnend hob er die Hüften und reckte sich entgegen. Vielleicht war Christoff von Warin doch keine schlechte Wahl, auch wenn nicht alles so perfekt lief, wie er es sich in seinen Fantasien ausgemalt hatte. Martes Anspannung ließ nach. Dies zeigte sich eindeutig an seiner wieder wachsenden Härte und den leisen Geräuschen, mit denen er sein Wohlgefallen bekundete. Als Christoff sich zurückzog, stöhnte Marte ungehalten. Sekunden später keuchte er aber überrascht auf, da die Zunge durch den Schwanz des Grafen ersetzt wurde. Sein ganzer Körper spannte sich über die wenige Vorbereitung an und er begann zu zittern.
»Es tut nur kurz weh«, erklärte Christoff recht harsch.

Ein Umstand, der in Marte mehr Angst schürte. Ein leiser Schrei wollte ihm entkommen, als die pralle Eichel seinen Muskelring durchbrach. Er biss die Zähne zusammen und atmete hektisch. Christoff drängte sich rücksichtslos weitere Zentimeter in ihn, sodass Marte Tränen in die Augen schossen und er sich vor Schmerz zusehends verkrampfte.

»Lass locker und entspann dich!«

Der Tonfall des Grafen klang genervt und mit dem nächsten, kräftigen Ruck, schrie Marte die Qual hinaus. Anschließend keuchte er hektisch, während Christoff stillhielt. Alles in ihm verlangte danach, den Fremdkörper loszuwerden, der seinen Körper erobert hatte, doch von Warin hatte seine Hüften in eisernem Griff. Er wischte sich ein Rinnsal Tränen von den Wangen und schloss die Augen. Als Christoff sich jedoch zu bewegen begann, riss er sie auf.

»Wird gleich besser«, knurrte der Mann hinter ihm, zog sich heraus, um dann wieder tief einzudringen.

Marte presste sein Gesicht in das Kopfkissen, um den Schrei zu unterdrücken, der sich seine Kehle hinaufbahnte. Christoff hingegen stöhnte laut und schien die Pein zu ignorieren, die er ihm bereitete.

»So ein schöner Arsch und ich reite ihn ein«, keuchte der Graf und zog sich soweit aus der Enge heraus, dass nur die Eichel verblieb. Dann rammte er sich gnadenlos in ihn.

Marte schluchzte in sein Kopfkissen und versuchte erneut sein Becken fortzuziehen, doch die Finger gruben sich dadurch nur fester in seine Haut. Er hob den Kopf und keuchte: »Hör auf, hör verdammt noch mal auf! Es tut weh!«

»Hab dich nicht so«, fuhr Christoff ihn an und stieß zu.

Marte gab einen gequälten Laut von sich. Der Graf hingegen schien durch seine Gegenwehr beflügelt worden zu

sein. Ihn völlig ignorierend hämmerte der Mann seinen Schwanz keuchend in seinen Darm. Das Stöhnen nahm zu, während Marte nur noch betete, die Qual möge ein Ende haben. Dann zuckte von Warin hinter und in ihm, stöhnte unverhohlen auf und frönte seinem Orgasmus.
Er war dankbar, als das harte Glied in ihm umgehend abschwoll. Von einem unangenehmen Geräusch begleitet, zog Christoff sich zurück und tätschelte ihn. »Das wird schon mit der Zeit. Du gewöhnst dich daran!«
Marte schaffte es nicht etwas zu erwidern, sondern barg sein Gesicht nach wie vor im Kissen. Er hörte das Rascheln von Stoff und ahnte, dass Christoff die Hose schloss. Interessierte es den Mann nicht, wie es ihm mit alledem ergangen war?
»Wenn ich deinen Arsch regelmäßig benutze, wirst auch du irgendwann deinen Spaß dabei haben.«
Eine Unmenge an Gefühlen stürmte auf Marte ein. Wut, Enttäuschung und nicht zuletzt Scham. Er hob den Kopf ein Stück, räusperte sich und erklärte leise, aber mit möglichst fester Stimme: »Das glaube ich kaum.«
»Du bist nicht der erste jungfräuliche Arsch, der sich an meinen Schwanz gewöhnt. Du wirst doch wohl Manns genug sein, das auszuhalten.«
Marte schnaufte wütend und drehte sich um. »Und warum sollte ich das tun?«
Christoff gab ein Lachen zum Besten, das Marte missfiel. Er kam langsam auf ihn zu und setzte sich wieder auf die Bettkante. »Warum? Vielleicht, um das Gerücht zu vermeiden, dass du dich wie ein Weib ficken lässt? Darum wirst du meinen Schwanz willkommen heißen, wann immer ich möchte und meine Tochter heiraten. Wir wollen doch deinem tadellosen Ruf nicht schaden, oder?« Statt eine Antwort abzuwarten, stand Christoff auf, lächelte

ihn süffisant an und verließ, ohne sich noch einmal umzublicken, das Zimmer.

Marte schaute fassungslos auf die sich schließende Tür und kämpfte gegen den Drang an, erneut zu weinen. Alles, was von Warin gerade gesagt hatte, klang gut überlegt und nicht spontan, sodass sich Marte der Gedanke aufdrängte, in eine Falle getappt zu sein. Hatte Christoff all das inszeniert, um zwei Fliegen mit einer Klappe zu schlagen? Verzweifelt wünschte er sich, die Zeit ein Stück zurückdrehen zu können, um die Avancen des Mannes abzuschmettern, doch nun schwebte das Schwert des Verrats über seinem Haupt. Wie viel Einfluss hatte der Graf? Konnte er seinem Ruf derart schaden?
Marte setzte sich hin, keuchte und verzog sein Gesicht vor Schmerz. Sein Hintern brannte und tat weh. Was sollte er jetzt nur machen?

KAPITEL 27

Marte scharrte nervös mit dem Fuß über den Boden und starrte aus dem Fenster. Seine Finger rieben angespannt aneinander und er versuchte immer wieder, sich die Worte zurechtzulegen, die ihm auf dem Herzen lagen.
Die Tür öffnete sich. »Ihr wünscht mich zu sprechen, Marte?«
Er drehte sich um, schenkte Leonhart ein verzweifeltes Lächeln und deutete auf einen Sessel. »Wenn Ihr Euch setzen möchtet, Majestät. Ich ... es dauert etwas.«
Der König sah ihn überrascht an, nahm jedoch Platz.
»Was ist passiert? Ihr seht nicht gerade glücklich aus.«
»Es ... ich«, stammelte Marte und brach ab.
»Immer mit der Ruhe, mein Junge. Setz dich hin und erzähl mir, was los ist.«
Marte war dankbar, dass der Regent einen väterlichen Tonfall angeschlagen und ihn per Du ansprach. Zögernd ging er auf einen weiteren Stuhl zu. Als er sich hinsetzte, versuchte er sich nicht anmerken zu lassen, dass ihm nach wie vor alles wehtat. Er blickte beschämt auf seine Finger, bis er es letztendlich wagte, Leonhart ins Gesicht zu sehen. »Ich ... Graf von Warin erpresst mich.«
Die Mimik des Königs schlug um und wurde eisig. »Womit? Was hat er gegen dich in der Hand?«
»Ihr ... ich weiß, Ihr hattet mich gewarnt, Majestät, aber ich bin anscheinend in eine Falle getappt.« Marte holte tief Luft und begann Leonhart von den Ereignissen der letzten Nacht zu erzählen. Als er seine Ausführungen beendet hatte, brannten seine Wangen vor Scham und er fixierte den Boden, um dem Mann nicht in die Augen sehen zu müssen.
Er hörte, wie der König schwer ausatmete. »Euch hat niemand gesehen, nicht wahr?«

Marte schüttelte den Kopf. »N ... nein, Majestät.« Nach seiner Antwort herrschte absolute Stille und er fühlte sich mit jeder Sekunde, die das Schweigen anhielt, unbehaglicher. Vorsichtig hob er den Blick und schaute Leonhart an. Dieser hatte ihn mit seinen Augen fixiert. Ihm schoss erneut Röte ins Gesicht.
Leonhart spitzte die Lippen und erklärte leise: »Falls ich als König ein Weib für dich vorschlage, ist allen bewusst, dass du deine Wahl nach meinem Wunsch treffen wirst und letztendlich auch musst. Dementsprechend kannst du Kristin nicht heiraten. Sollte Christoff dann anfangen Gerüchte zu verbreiten, wird man es auf den Umstand zurückführen, dass du seine Tochter nicht ehelichst. Obendrein ist das Wort des Regenten wesentlich gewichtiger, als das des Grafen, wenn er es wirklich darauf ankommen lassen will.«
Ihm fiel ein Stein vom Herzen. Lieber würde er sich mit der hässlichsten Frau des Landes plagen, statt weiterhin in Christoffs Fängen zu sein. »Ich stehe in Eurer Schuld«, stellte er zerknirscht fest.
»Ja, das tust du gewiss«, erwiderte Leonhart mit einem freundlichen Zwinkern. »Aber ich habe mit Christoff auch noch eine Rechnung offen.«
Marte sah sein Gegenüber fragend an.
»Wir begehrten einst den gleichen Mann. Mein Vater regierte zu dieser Zeit und Christoffs Vater war einer seiner besten Freunde. Wir sind zusammen aufgewachsen und es fühlte sich an, als wären wir Brüder. Dann kam Sebastian von Herau an unseren Hof. Ein junger Mann, der damals, ebenso wie Christoff und ich, noch nicht einmal zwanzig Jahre alt war. Ich habe mich auf den ersten Blick verliebt. Christoff fand ebenfalls Gefallen an Sebastian, jedoch war eindeutig keine Liebe mit im Spiel. Sebastians Herz schlug für mich und wir trafen uns heimlich. Neid sorgte dafür, dass Christoffs Charakter

sich wandelte. Aus dem einst besten Freund wurde ein erbitterter Feind und er ging sogar soweit, mich und Sebastian an meinen Vater zu verraten, weil er unser Glück nicht ertragen konnte. Sebastian wurde an dem Tag hingerichtet, als ich mit meiner Ehefrau verheiratet wurde.«
Leonhart schwieg betrübt und Marte sah dem König an, wie nahe es ihm ging, von der Vergangenheit zu berichten. Schlagartig wechselte der Mann das Thema. »Es war kein ansprechendes Weib dabei, außer Kristin von Warin, nicht wahr?«

Marte schüttelte den Kopf und sah den König bedrückt an. »Ich werde mich aber natürlich Eurer Wahl entsprechend vermählen, Majestät. Wie ... wie soll ich mich denn jetzt Christoff gegenüber verhalten? Er wird bestimmt wieder ...« Marte brach beschämt ab.
»Dazu wird es nicht kommen. Du wirst nicht von meiner Seite weichen, verstanden?«
Marte nickte und wusste nicht, ob er nun erleichtert war oder sich vor den kommenden Tagen fürchten sollte. Was, wenn der Graf ihn doch allein in die Finger bekam? Musste er sich jetzt nachts in seinem Zimmer einschließen?
»Die Turniere gehen bald los«, erklärte Leonhart und stand auf.
Marte erhob sich ebenfalls und biss die Zähne zusammen. Seine Mimik schien Bände zu sprechen, denn der König fragte umgehend besorgt nach: »Hat der Mistkerl dich verletzt?«
Er sah ihn auf diese Frage hin ratlos an. Waren die Schmerzen normal oder hatte von Warin ihm womöglich wirklich Schaden zugefügt?
»Blutest du?«, hakte Leonhart frei von Scham und ohne

Zurückhaltung nach.
Marte glaubte, dass sein Gesicht in Flammen stehen musste, zumindest fühlte es sich so an. »Danach, ein wenig«, antwortete er beschämt.
»Dieser rücksichtslose Narr! Eigentlich sollte man ihm das Gleiche widerfahren lassen! Komm mit, Marte.«
Leonhart verließ den Raum schnurstracks und er folgte ihm. Vor den Gemächern, die dem König zugeteilt waren, blieb der Regent stehen, öffnete die Tür und bat ihn hinein. »Warte einen kleinen Moment, ich muss nur kurz gucken, wo ich es habe.«
Marte stand hilflos mitten im Zimmer und sah, wie der Mann eine Truhe nach der anderen durchkramte. »Ach, hier ist es ja.« Leonhart barg einen Tiegel und hielt ihm diesen entgegen. »Ein Fett, dem Goldblume beigefügt ist. Es hat eine heilende Wirkung.« Leonhart zögerte zwei Sekunden und erklärte dann: »Am besten verteilst du davon auch innen etwas, zumindest, soweit wie du reinkommst.«
Marte wäre am liebsten im Erdboden versunken, dennoch nahm er den Tiegel. »Danke«, flüsterte er.
»Benutz es, ehe wir gleich bei den Turnieren lange sitzen müssen. Nebenan ist das Schlafzimmer, ich warte hier auf dich. Eine Waschschüssel und Tücher sind dort ebenfalls.« Leonhart deutete auf einen Durchgang, der zu dem anderen Raum führte.
Marte konnte das winzige Seufzen nicht unterdrücken, dann ging er in das Nebenzimmer. Er hatte heute seelisch vor Leonhart die Hosen heruntergelassen, nur gut, dass dies nicht noch wortwörtlich der Fall sein musste.
»Du weißt, dass es normalerweise nicht so verlaufen muss, wie Christoff mit dir umgegangen ist, oder? Also, ich meine ... Schmerzen sind damit nicht automatisch verbunden«, klang Leonharts Stimme zu ihm herüber.
Marte schloss die Augen, während er die Hose öffnete.

Was für ein Gespräch kam jetzt? Ein Aufklärungsgespräch mit dem König?

Marte schluckte. »Ja, ich weiß. Er hat mich nur überrascht und ist dann schnell grob geworden.«

»Normalerweise bereitet man jemanden für so etwas vor oder sich selbst.«

Martes Hose glitt hinab, anschließend hockte er sich hin, öffnete den Tiegel und beeilte sich mit der Versorgung seines Körpers. Ein Zischen konnte er dabei nicht ganz unterdrücken, denn für einen Moment sorgte die Salbe für weiteres Brennen.

»Brauchst du Hilfe?«

Marte blickte hektisch zum Durchgang, aber der König war noch immer im Nebenraum und nicht einfach zu ihm gekommen.

»Nein, es geht schon«, erwiderte er panisch. Geschwind zog er die Kleidung wieder hoch und verschnürte die Hose, anschließend wusch er sich die Hände.

Als er das Zimmer betrat, in dem Leonhart sich befand, sah er ihn vorm Fenster stehen. Der Regent drehte sich um und schenkte ihm ein aufmunterndes Lächeln. »Komm, wir müssen los.«

KAPITEL 28

Marte fühlte sich unwohl unter den Blicken, die quer über den Turnierplatz flogen und ihn als Ziel hatten. Von Warin strahlte selbstzufrieden vor sich hin, während er mit dem Pochen seiner Kehrseite zu kämpfen hatte.

»Ihm wird das Lächeln schon noch vergehen, Marte. Glaub mir«, hörte er Leonhart flüstern. »Wir gehen nach dem Turnier gemeinsam zurück auf die Burg, anschließend ziehen wir uns für den Abend um. Du wirst deinen Platz neben mir und Albrecht einnehmen und für persönliche Gespräche unabkömmlich sein. Er wird nicht mal an dich rankommen, falls du austreten musst. Ich traue ihm alles zu und wenn ich in deiner Nähe bin, wird er sich zurückhalten.«

Marte nickte und schluckte den Kloß hinab, der sich in seiner Kehle gebildet hatte. Noch immer bereute er zutiefst, sich auf Christoff eingelassen zu haben. Ein kleiner Teil von ihm sehnte sich tatsächlich danach, Schutz suchend die Hand des Königs zu ergreifen. Er war dankbar, dass er mit der geschaffenen Misere nicht alleine zurechtkommen musste, mit wem hätte er sonst darüber sprechen können? Der Stand der eigenen Familie, auch seines Onkels, wäre ihm keine Hilfe bei derartigen Machenschaften gewesen, sodass es ein Segen war, Leonhart an seiner Seite zu wissen. Er betete lediglich noch, dass der König nicht die hässlichste aller Frauen wählte, um ihn unter die Haube zu bringen.

Ein erneuter Blick über die Turnierbahn hinweg ließ ihn erkennen, dass Christoffs Selbstgefälligkeit nach wie vor bestand. Marte hoffte, dass diese sich demnächst in Luft auflöste, gleichzeitig sorgte er sich jedoch um die Reaktion des Mannes. Würde von Warin versuchen, ihn bloßzustellen?

»Albrecht wird stutzig werden, wenn ich dir nicht mehr von der Seite weiche«, flüsterte Leonhart, während er weiterhin seine Augen auf die reitenden Kämpfer gerichtet hatte.
»Ich muss ihm wohl eine Erklärung geben. Falls es dir recht ist, sage ich ihm einfach, dass von Warin nicht erfreut darüber sein wird, dass ich die Braut bestimme und dass es besser ist, dich daher in meiner Nähe zu wissen.«
Marte nickte erleichtert, denn der Gedanke, dass sein Onkel womöglich alles erfahren könnte, behagte ihm wahrlich nicht.

Leonhart verhielt sich tatsächlich wie ein Schatten. Marte hatte nur am Rande mitbekommen, dass der König und sein Onkel kurz miteinander tuschelten, die Worte waren jedoch nicht bis zu ihm vorgedrungen. Nun machte er sich, mit den beiden Männern an seiner Seite, auf den Weg zurück in die Burg. Er warf einen sehnsüchtigen Blick über den Hof in die Richtung, in der sich die Schmiede befand. Auch wenn er Leonhart geschildert hatte, was ihm widerfahren war, so spürte er noch immer Druck auf seinem Brustkorb, der nicht abnehmen wollte. Ihm kam in den Sinn, wie es sich angefühlt hatte, neben Lukas einzuschlafen und den Kopf auf die breite Brust zu betten. Nur mühsam unterdrückte er ein Seufzen.
»Dein Freund Simon hat sich heute wacker geschlagen, Marte.«
Er blickte zu Albrecht und nickte. »Das hat er eindeutig.«
Seine Gedanken wurden noch schwermütiger. Simon und er hatten sich in den letzten Tagen so gut wie gar nicht zu Gesicht bekommen. Marte war mit den Gästen und Feierlichkeiten beschäftig gewesen, während Simon, neben den Kämpfen, soviel freie Zeit wie möglich mit Felix

verbrachte. Nun seufzte Marte, ohne es selbst zu bemerken. Er gönnte seinem Freund das Glück von ganzem Herzen, doch ein wenig Neid konnte er nicht leugnen.
Er spürte eine Berührung an seiner Schulter. Es war Leonhart, der ihn freundlich anblickte. »Mach dir nicht solche Sorgen, es wird sich schon alles zum Guten wenden, Marte.«
»Bestimmt«, gab er zurück und versuchte zuversichtlich zu klingen. Es war schließlich nicht möglich, dem König zu sagen, dass er sich gerade nach der Brust seines Halbbruders sehnte, um dort Geborgenheit zu finden.
Als sie gemeinsam die Burg betraten, entschuldigte sich Albrecht, da er sich für das Abendessen umziehen wollte. Leonhart schmunzelte und kaum war Martes Onkel außer Sichtweite, erklärte er: »Es wird mindestens eine Stunde dauern, bis er etwas Passendes gefunden hat.«
Marte sah den König perplex an, merkte jedoch, dass es liebevoller Spott war. »Ich hatte den Eindruck, dass er seine Eitelkeiten abgelegt hat?«
Leonhart lachte warm. »Einen Teil gewiss, lass dir jedoch gesagt sein, dass ich keinen Mann kenne, der so viel Wert auf Körperpflege legt, wie dein Onkel. Er sorgt sogar dafür, dass seine Augenbrauen eine bestimmte Form haben.«
Marte grinste. Er selbst war dem Wasser auch zugeneigter als viele andere, aber einen derartigen Aufwand wie Albrecht, würde er wohl nie betreiben.
»Ich möchte gern noch etwas mit dir besprechen, während du dich umziehst. Ist es dir recht?«
Marte sah den König überrascht an. Leonhart klang ernst, daher nickte er nur und steuerte mit ihm gemeinsam sein Zimmer an. Vallentin wartete dort bereits auf ihn, um beim Einkleiden zu helfen. Ein Wink des Regenten genügte und der Mann verließ den Raum. Leonhart setzte

sich auf einen Stuhl und goss sich einen Becher Wein ein, während Marte nur die Möglichkeit blieb, sich vor ihm zu entkleiden. Jedoch bemerkte er erleichtert, dass er keiner Musterung unterzogen wurde, der König konzentrierte sich auf den Inhalt des Trinkgefäßes.
»Ich brauche eine ehrliche Antwort von dir«, begann Leonhart das Gespräch.
Der ernste Tonfall ließ Marte erschauern. »Die ... die sollt Ihr bekommen, Majestät«, quetschte er heraus, obwohl er nicht wusste, was auf ihn zukam.
»Bist du nur Männern zugetan?«
Martes Kopf ruckte zu dem König, der ihn just in dieser Sekunde ebenso ansah. War er nur am gleichen Geschlecht interessiert? Er sah Leonhart hilflos an, erwiderte dann aber wahrheitsgetreu: »Ich habe noch keine Frau getroffen, die mich gereizt hätte oder von der ich angetan war.«
»Und Kristin?«
»Ist fraglos hübsch, bleibt jedoch ohne Wirkung auf mich. Ich gestehe, ginge es nach mir, würde ich gar nicht heiraten, Majestät.«
»Ich bereue es nicht, Marte. Ich habe zu meiner Frau ein freundschaftliches Verhältnis und ich möchte meine Kinder nicht missen, sie sind wundervoll.«
»Und was hält Eure Frau von Albrecht, wenn ich so offen fragen darf?«
Leonhart lächelte verschmitzt. »Sie mögen sich ausgesprochen gern.«
»Das scheint mir eine Ausnahme zu sein?«
Der König zuckte mit den Schultern. »Vielleicht ist es so. Valerie weiß ihr Leben als Königin zu schätzen und hat sich mit vielem arrangiert. Aber warum ich dieses Gespräch begonnen habe, hat eigentlich einen anderen Grund. Ich würde dich mit meiner Nichte Grite verheiraten.«

Marte sah den Regenten erstaunt an. Er kannte Grite nicht und sein Stand brachte keine Voraussetzung mit, um in die Familie des Königs einzuheiraten.
»Grite weigert sich zu heiraten, denn ihr Herz gehört einer Frau. Sie hat meinem Bruder damit gedroht, sich das Leben zu nehmen, wenn er sie in eine Ehe zwingt.«
Marte schnappte nach Luft, doch ehe er etwas einzuwerfen vermochte, hob Leonhart die Hand. »Da du Männern den Vorzug gibst, könnte ich Grite erklären, dass es wirklich nur um eine Hochzeit und die notwendige Zeugung von Kindern geht. Ein Stammhalter genügt ja. Vielleicht könnte sie hier bei dir mit ihrer großen Liebe glücklich werden und du kannst nach deiner Fasson leben?«

KAPITEL 29

Marte erschien es, als hätte jemand die Zeit angehalten. Es herrschte absolute Stille, er sah, wie Christoff von Warins Kinnlade hinabfiel. Er schluckte, dann begann verhaltener Applaus im Raum zu erklingen. Es gab nur wenige, die sich über die Ankündigung des Königs freuten. Schließlich bestand bis gerade, zumindest offiziell, noch immer die Option, dass eine der anderen anwesenden Töchter, außer Kristin, seine Wahl werden könnte. Die Mimik des Grafen wandelte sich, wo eben Erstaunen vorherrschte, bekam Marte nun unterschwellige Wut zu sehen. Allerdings fixierte der Mann Leonhart mit seinen Blicken. Dann jedoch wanderten die bösartig funkelnden Augen in seine Richtung. Marte konzentrierte sich kurzfristig auf seinen Weinbecher, um von Warin keine Angriffsfläche zu bieten. Letztendlich konnte er sich hinter dem König verstecken, denn wenn der Regent befahl, er solle Grite heiraten, blieb Marte nur diese Option. Der Umstand müsste auch Christoff klar sein, hoffte er zumindest. Leonhart würde mit dem Zorn des Grafen umzugehen wissen, er hingegen nicht.
Marte schreckte aus seinen Gedanken auf, als jemand vor ihrem Tisch stand und sagte: »Majestät, es ist ein Bote mit einer wichtigen Nachricht für Euch gekommen.«
»Entschuldigt mich kurz«, richtete sich Leonhart an Albrecht und Marte. Anschließend erhob er sich und folgte dem Mann.
Marte fühlte sich unwohl, nun, wo seine Rückendeckung nicht mehr neben ihm saß. Kaum hatte der König den Saal verlassen, stand Christoff von Warin auf und kam auf ihn zu. Der Blick des Grafen war nach wie vor von Zorn geprägt, sodass Marte Probleme hatte, ihm standzuhalten.

»Graf von Warin. Beehrt Ihr unseren Tisch, um Gratulationen auszusprechen?«, fragte Albrecht mit aufgesetzter Freundlichkeit, als der Mann bei ihnen ankam.
»Natürlich«, erwiderte Christoff mit einem Lächeln, das weder seine Augen erreichte, noch von Ehrlichkeit zeugte. »Ich beglückwünsche die von Berlens. Ich höre das erste Mal davon, dass eine Familie Ihres Standes sich mit königlichem Blut vermischt.«
Marte schluckte unter dem sichtlichen Seitenhieb, Albrecht hingegen behielt seine Mimik bei und ließ sich nichts anmerken.
Als sein Onkel etwas erwidern wollte, fragte Christoff: »Darf ich mich erkundigen, ob dieses Arrangement bereits länger in Aussicht ist?« Bei diesem Satz warf er einen flüchtigen Seitenblick auf Marte.
»Seit wann König Leonhart diesen Gedanken hegt, ist nicht gewiss, jedoch ist das auch unwichtig. Einen Zusammenschluss der Häuser können wir natürlich nur begrüßen.«
»Das kann ich mir vorstellen.« Der Tonfall des Grafen ließ wissen, dass er ungehalten war. Er wandte sich an Marte. »Ich beglückwünsche Euch.« Christoff holte Luft, um fortzufahren, wurde allerdings in diesem Moment von dem Diener Vallentin unterbrochen, der neben ihm auftauchte.
»Seine Majestät wünscht Euch und Euren Onkel zu sprechen. Es eilt«, richtete der Mann aus.
Marte nickte überrascht, war aber nicht undankbar über diese Störung. Zeitgleich stand er mit Albrecht auf.
»Entschuldigt uns, Graf von Warin«, kam es förmlich von Albrecht.
Marte warf einen letzten Blick auf Christoff und der lodernde Zorn in dessen Augen versetzte ihn in leise Furcht. Das ungute Gefühl, mit dem er den Saal verließ, wurde jedoch durch die Frage verdrängt, warum

Leonhart sie rufen ließ.
Vallentin brachte sie in den Raum, wo sie den ersten Abend gemeinsam mit dem Regenten gesessen hatten. Leonhart stand mit dem Rücken zu ihnen vor dem Fenster. Als sie das Zimmer betraten, drehte er sich um und deutete dem Diener an, die Tür zu schließen.
Kaum hatte Vallentin sie allein gelassen, sah der König die zwei Männer bedrückt an. »Der Bote hat mir die Mitteilung überbracht, dass Richard verstorben ist. Eine Treppe ist ihm im Rausch zum Verhängnis geworden.«
Während Albrecht nach Luft schnappte, brauchte es einen Moment, bis die Nachricht in Marte sackte.
»Dieser verfluchte Narr und sein übermäßiges Saufen«, fluchte Albrecht verzweifelt und raufte sich die Haare.
Marte verspürte jedoch, im Gegensatz zu seinem Onkel, keinerlei Gefühlsausbrüche, stattdessen kehrte eine für ihn befremdliche Stille in ihm ein.
Er sah, wie Leonhart auf Albrecht zuging und diesen in die Arme schloss. »Es tut mir leid, dass du deinen Bruder verloren hast«, erklärte der König. Anschließend löste er sich von dem Trauernden und kam auf Marte zu. Auch er wurde in eine Umarmung gezogen. »Euer Verlust tut mir leid, ich hoffe, das weißt du, Marte.«
Er brachte nur ein Nicken an der Schulter des Regenten zustande. Albrecht gesellte sich zu ihnen und umarmte ihn ebenfalls. Gesten, mit denen Marte in dieser Sekunde nicht recht umzugehen wusste. Sein Vater war tot. Ein Mann, den er in letzter Zeit nicht mehr geschätzt, geschweige denn respektiert hatte, der ihm aber in jungen Jahren immer ein Vorbild gewesen war. Er hörte ein leises Schluchzen von seinem Onkel und befreite sich sanft aus den Umarmungen. Albrecht nahm seinen Platz ein und schmiegte sich sofort an Leonhart.
»Ich werde Lukas Bescheid geben«, teilte Marte gedämpft mit. Er wartete keine weitere Reaktion ab, sondern ver-

ließ langsam den Raum. Als er die Tür hinter sich geschlossen hatte, ging er ein paar Schritte, blieb dann aber auf dem Flur stehen und rieb sich über das Gesicht. Bilder glitten durch seinen Verstand. Er sah den Mann, dem Weinrinnsale aus den Mundwinkeln liefen, die rülpsend fortgewischt wurden, dann kam die Erinnerung an den Vater hoch, der ihn das erste Mal auf ein Pferd setzte und voller Stolz anblickte. Marte verspürte Schmerzen in seiner Brust, die sich seine Kehle hinaufarbeiten wollten. Mühsam versuchte er, sie hinabzuschlucken.

»Marte, wie gut, dass ich dich alleine antreffe.«

Sein Kopf ruckte herum und er sah Christoff auf sich zukommen. Das Gesicht des Mannes war nach wie vor zu einer wütenden Maske verzogen. Marte keuchte überrascht, als der Graf ihn am Kragen packte und gegen die Wand presste. »Erkläre mir doch mal, wie Leonhart so kurzfristig auf die Idee kommt, dich mit seiner Nichte zu verheiraten!«

Marte griff nach der Hand, die ihn festhielt, und riss diese grob von seiner Kleidung. »Fass mich nicht an, Christoff«, forderte er rau.

Als die Finger des Grafen ein zweites Mal zugreifen wollten, schlug er diese beiseite. »Ich sagte, du sollst mich nicht anfassen!«

»Wir hatten eine Vereinbarung, Marte! Du solltest Kristin heiraten!«

»Und der König hat befohlen, dass ich Grite zur Frau nehme«, erklärte er mit einer Ruhe und Gelassenheit, die ihm selbst fremd erschien.

»Hast du ihm erzählt, was vorgefallen ist?«, fauchte Christoff zornig. »Bist du zu ihm gekrochen und hast dich ausgeheult? Das ist der einzige Grund, der mir für diese kurzfristige Planänderung einfällt.«

»Deine Pläne, Christoff«, erwiderte Marte sachlich, drehte

sich um und ging gemächlich den Flur entlang.
»Dafür wirst du bluten, Marte! Ich werde alle wissen lassen, dass du kein richtiger Mann bist und dich dem gleichen Geschlecht anbietest wie eine Hure! Dein Vater wird es als Erster erfahren! Er wird dich verstoßen und diese Hochzeit wird niemals stattfinden!«, keifte von Warin laut durch den steinernen Gang.
Die Nennung seines Vaters traf ihn zutiefst, allerdings nicht wie von Warin es angedacht hatte. Marte ließ sich jedoch keine Regung anmerken, sondern konzentrierte sich auf den Boden des Flurs und ging schweren Schrittes weiter.
»Hast du mich gehört?«, brüllte der Mann hinterher. »Du wirst es bereuen, mit Leonhart gesprochen zu haben, hörst du?!«
Eine Tür öffnete sich und Marte glaubte, die Stimme des Königs zu vernehmen, die Worte konnte er jedoch nicht verstehen. Wie in Trance trugen ihn seine Beine auf den Burghof und er steuerte den Weg zu Lukas an.

KAPITEL 30

Die Schmiede war bereits verlassen, sodass Marte den Weg zum Haus seines Halbbruders einschlug. Dort angekommen holte er tief Luft und klopfte leise an. Die Tür öffnete sich wenige Sekunden später und Lukas schenkte ihm ein herzliches Lächeln, das er jedoch nicht erwidern konnte.

Die Brauen seines Gegenübers zogen sich zusammen. »Was ist passiert, Kleiner?«

Marte blickte einen Moment auf seine Finger, atmete erneut hörbar ein und erklärte dann leise: »Vater ist tot. Er ist betrunken eine Treppe hinabgestürzt.«

Lukas' Keuchen drang nur gedämpft in seinen Verstand vor, anschließend fand er sich in einer Umarmung wieder, die sich besser als die von Leonhart oder Albrecht anfühlte. Seine Arme bahnten sich den Weg um die Taille des Mannes und schlossen sich um den wesentlich kräftigeren Körper.

»Dein Verlust tut mir von ganzem Herzen leid«, flüsterte Lukas in sein Haar und küsste ihn darauf.

Er presste sein Gesicht an den Hünen, während sein Brustkorb ihn glauben ließ, unter einem riesigen Stein zu liegen. Der Druck nahm mit jeder Sekunde, die sie so verharrten zu, bis Marte zu schluchzen begann. Es war nicht nur Richards Tod, der sich gerade ein Ventil verschaffte, sondern auch sein Erlebnis mit Christoff und dessen anschließendem Verhalten. Lukas Arme legten sich noch fester um ihn und er wurde wortlos gehalten, bis die nassen Rinnsale langsam versiegten. Erst dann ließ der Schmied ihn vorsichtig los, allerdings nur, um nach seiner Hand zu greifen und ihn ins Haus zu ziehen.

Lukas wischte über seine Wangen und schenkte ihm einen liebevollen Blick aus nicht weniger glasigen Augen,

auch wenn bei ihm keine Tränen geflossen waren.
»Ich habe ihn nicht gut genug gekannt, um so viel Trauer zu empfinden, wie du es tust.Glaube mir, dass ich weiß, wie dieser Verlust sich anfühlt«, erklärte Lukas leise und küsste ihn sanft auf die Stirn. Sein Anblick schien so mitleidserregend zu sein, dass der Schmied ihn ein weiteres Mal in die Arme zog. »Ich bin an deiner Seite«, wurde ihm tröstend zugeflüstert.
»Er war ein elendiger Säufer«, nuschelte Marte. »Es war zu erwarten, dass ihn sein Lebenswandel irgendwann umbringt.«
Lukas strich ihm beruhigend über den Rücken. »Aber er war dein Vater.«
»Früher war er mehr Vater als in all den letzten Jahren.«
»Und dennoch trifft dich sein Tod so tief?«
Erst wollte er nicken, dann schüttelte er verhalten den Kopf an Lukas‘ Brust, um anschließend mit den Schultern zu zucken.
Der Schmied trat einen Schritt zurück, lockerte die Umarmung und blickte ihm ins Gesicht. Marte hingegen fixierte den Boden. Er spürte eine Berührung an seinem Kinn und Lukas sorgte dafür, dass er ihm direkt in die Augen sehen musste.
»Was bedrückt dich so sehr, hm?«
Marte überlegte eine Sekunde, ob er Lukas offenbaren sollte, was in den vergangenen Stunden passiert war, entschied sich jedoch dagegen. Stattdessen sagte er einfach nur vage: »Alles ein wenig viel in letzter Zeit«, und überbrückte die Distanz, um sich erneut an die Brust seines Halbbruders zu schmiegen.
Er war dankbar, dass Lukas nicht weiter nachfragte, sondern sich die Arme wieder fest um ihn legten und so das Gefühl von Geborgenheit schufen.
»Kommst du damit zurecht, nun der Herr über alles zu sein?«, unterbrach Lukas nach geraumer Zeit die an-

genehme Stille.
Marte nickte lediglich.
»Vielleicht kannst du nun eine Hochzeit ins Ungewisse verschieben, dann hast du vorerst eine Sorge weniger. Von Warin wird es bestimmt verstehen, es war doch seine Tochter, die du ausgewählt hattest, nicht wahr?«
Marte zuckte leicht. Warum musste Lukas ausgerechnet jetzt mit diesem Thema anfangen? »Die Pläne haben sich geändert. Ich werde Grite, die Nichte des Königs, heiraten.«
Als Lukas ein weiteres Mal auf Abstand ging, um ihn zu mustern, fühlte Marte sich noch unwohler als zuvor.
»Wieso auf einmal? Ich denke, deine Wahl stand bereits fest? Warum mischt Leonhart sich ein? Hast du diese Grite schon mal gesehen?«
Er schüttelte den Kopf und konzentrierte sich auf seine Hände. Was für einen Grund konnte er für die kurzfristige Änderung nennen?
Lukas schnaufte und Marte hörte eindeutig heraus, dass sein Halbbruder ungehalten war. »Und wenn das Weib hässlich wie die Nacht ist? Du hattest eine Frau gewählt, von der du mir berichtet hast, dass sie ansehnlich ist und nun hat der König bestimmt, dass du die Katze im Sack bekommen sollst?« Marte spürte, dass Lukas' Groll wuchs und er sich in Rage redete. »Er hat so einen freundlichen Eindruck gemacht, um dann Regent zu spielen, um sein eigenes Blut unter die Haube zu stecken?«
»So ... so war es nicht«, stammelte er, um Leonhart in Schutz zu nehmen. Der König hatte es eindeutig nicht verdient, dass Lukas erbost war und ihm etwas vorwarf.
»So war es nicht? Leonhart bestimmt und du musst dich fügen, oder nicht?«
»Schon ... aber«, setzte Marte an, stockte dann jedoch.
»Was aber?«
Die Augen des Schmieds funkelten so angriffslustig, wie

Marte es nur selten gesehen hatte. Mit Ausreden würde er dem Mann wohl kaum kommen können. »Es ist besser so«, druckste er herum.
»Wie kann es besser sein, Marte? Du hast das Weib noch nie zu Gesicht bekommen. Hat Leonhart dir versprochen, dass diese Grite schöner ist als deine eigene Wahl?«
Marte schüttelte den Kopf, so ehrlich wollte er sein.
»Also, warum nimmst du ihn dann in Schutz?«, knurrte der Schmied.
Marte fuhr sich nervös durch die Haare und wusste nicht, wie er aus der Situation herauskommen sollte. »Ich ... weil ...« Er brach ab, ließ seinen Bruder stehen und setzte sich an den Küchentisch. Anschließend barg er das Gesicht in seinen Händen. Das nun entstehende Schweigen lastete so sehr auf ihm, dass Marte nach kurzer Zeit den Kopf hob und zu Lukas sah. Dieser stand noch immer dort, wo er ihn zurückgelassen hatte, fixierte ihn ernst und hatte die Arme vor der Brust verschränkt.
»Bin ich es nicht wert, eine ehrliche Erklärung zu bekommen?«, knurrte ihn der Hüne an.
Marte sah ihn überrascht an. »Doch, natürlich«, erwiderte er sofort.
»Also, dann gib sie mir!«
Statt umgehend zu antworten, schwieg er einen Moment und überlegte, was er seinem Bruder erzählen sollte.
Der Schmied schnaufte erbost. »Ich dachte, wir könnten über alles reden, aber da habe ich mich wohl getäuscht!«
Marte sah Lukas an. Dieser drehte sich auf dem Absatz um und es sah so aus, als wenn er das kleine Haus verlassen wollte. Er sprang auf, überbrückte die Meter zu seinem Halbbruder und griff nach seinem Arm. »Warte. Bitte warte«, forderte Marte verzweifelt.
Lukas wandte sich ihm zu und verschränkte erneut, unnahbar wirkend, die Arme vor der Brust. Die blauen Iriden musterten ihn unergründlich und er glaubte, Wut

sowie Enttäuschung darin erkennen zu können.
Es hatte anscheinend keine andere Wahl, als zumindest einen Teil der Wahrheit zu berichten, um Lukas zu besänftigen. »Ich hätte Kristin geheiratet, aber ihr Vater, Christoff von Warin, wollte wohl sichergehen und hatte beschlossen, mich zu erpressen. Durch Leonharts Befehl, Grite zu heiraten, ist er dem Grafen in die Quere gekommen. Er hat mir damit einen Gefallen getan. Dein Zorn sollte nicht ihm gelten.«
Das Gesagte hatte eindeutig keine beruhigende Wirkung auf Lukas. Diesem entglitten für einen Moment fassungslos die Gesichtszüge, dann schaute er noch wütender als zuvor drein. »Er hat dich erpresst? Wieso hast du ihn nicht zum Burgtor rausgeworfen und einen kräftigen Tritt verpasst! Es kann nichts Ernstes gewesen sein, womit dich der Scheißkerl unter Druck setzen könnte!«
»Doch«, flüsterte Marte und kratzte sich nervös am Kopf. Sein Blick war unstet, dann sah er Lukas an, der ihn mit zusammengekniffenen Augen musterte. »Meine Neigungen«, offenbarte er schweren Herzens.
Lukas Brauen zogen sich noch mehr zusammen, bezeugten so, dass der Mann überlegte, anschließend hoben sich diese erstaunt und der Schmied keuchte leise. »Woher weiß er davon?«
Marte gab ein verzweifeltes Seufzen zum Besten. Sollte er seinen Bruder anlügen und erklären, dass er mit irgendwem erwischt worden war? Dann schüttelte er jedoch den Kopf. Er schämte sich ein weiteres Mal, dieses Geständnis ablegen zu müssen. »Er hat mir Avancen gemacht, auf die ich eingegangen bin. Anschließend hat er mich damit erpresst, dass er überall herumerzählen würde, dass ich Männern zugetan bin, wenn ich seine Tochter nicht zur Frau nehme.«
Das Gesicht des Schmieds spiegelte puren Unglauben, dann wurde es nachdenklich und besorgt. »Wie weit hast

du dich auf seine Avancen eingelassen?«
Marte schloss die Augen und drehte den Kopf zur Seite. Die Stille zwischen ihnen schien in diesem Moment unerträglich zu sein.
»Marte?«, hakte Lukas leise nach.
»Gott sei mein Zeuge, ich bereue es mit jeder Faser meines Körpers, Lukas«, flüsterte er und barg sein Gesicht in den Händen.
Er hatte Angst vor Lukas' Reaktion, schnappte aber nach Luft, als die mächtigen Arme sich erneut um ihn schlossen.
»Du verdammter Narr, was hast du dir dabei nur gedacht?«, brummte der Mann in sein Haar, jedoch klang es nicht vorwurfsvoll, sondern so verzweifelt, wie Marte sich fühlte.
Er verdrückte die Tränen, die sich einen Weg suchen wollten, und gestand offen: »Ich hatte solche Sehnsucht und er hat mich glauben lassen, sie stillen zu können. Doch es war ein abgekartetes Spiel und ich bin in eine Falle getappt.«
»Wie kann deine Sehnsucht es nur schaffen, deinen Verstand derart beiseitezuschieben?« Noch immer klang kein Vorwurf mit, sodass Marte die Frage nicht als Angriff auffassen konnte.
»Sie war wohl zu groß«, gestand er traurig.
»Wie geht es jetzt weiter?«
»Von Warin ist wütend, weil ich Leonharts Nichte heirate. Richtig wütend. Er hat wildeste Beschimpfungen gegen mich gerichtet und damit gedroht jedem zu berichten, dass ich ... dass ich wie ein Weib die Beine spreize«, stammelte er hilflos.
Er spürte, wie Lukas sich versteifte, dann atmete der Mann tief aus, sodass er die Hitze auf seiner Kopfhaut fühlte.
»Er hat dich?«

Marte nickte nur, zu einer weiteren Antwort war er nicht fähig.
»Oh, Marte«, flüsterte Lukas. »Hat es sich wenigstens gelohnt?«
Bilder und Gefühle schossen durch seinen Kopf, hielten ihm das Erlebnis mit Christoff vor Augen, dann schüttelte er sich leicht von einem leisen Schluchzen begleitet.
»Hat er dir wehgetan?«
Marte reagierte nicht, sondern vergrub die Finger tiefer im Stoff des fremden Hemdes. Die Umarmung wurde auf einmal so kräftig, dass Marte glaubte keine Luft zu bekommen.
»Er kann niemandem mehr etwas sagen, weil ich ihm jetzt eigenhändig den Hals umdrehe«, knurrte der Hüne gefährlich. »Dieser verdammte Scheißkerl!«
Lukas löste sich von ihm und es machte den Eindruck, als wenn er seine Worte wahr machen wollte. Marte schnappte den Schmied am Arm und blickte ihn entsetzt an. Lukas strahlte eine Wut und Unberechenbarkeit aus, die selbst ihn in Schrecken versetzte. »Nicht«, bat er verzweifelt.
»Nenn mir einen Grund, warum ich diesen Dreckskerl nicht an den Haaren aus der Burg schleifen und ihm den Garaus machen sollte, Marte!«
»Weil ich dich brauche«, antwortete er, ohne darüber nachzudenken.
Der eben noch zornig funkelnde Ausdruck in Lukas' Augen änderte sich und wich einer Sanftheit, die ihm Wärme im Bauch bescherte. Der Schmied kam zurück zu ihm und schloss ihn wieder in die Arme. »Ich möchte ihn wirklich umbringen«, brummte er leise. »Was kann ich stattdessen für dich tun?« Marte zögerte nur einen Moment, bis er gestand: »Mich nicht alleine lassen. Ich habe Angst, dass er mich noch einmal in die Finger bekommt.«

KAPITEL 31

Er lief eng neben Lukas her, als sie sich gemeinsam auf den Weg in die Burg machten. Marte wusste, dass er sich nicht bei dem Schmied verstecken konnte, auch wenn ihm das am liebsten gewesen wäre. Doch nun, wo sein Vater gestorben war, bestand nicht die Möglichkeit, dass sich der neue Burgherr wie eine Maus im Loch verkroch. Er musste wohl oder übel beweisen, dass er mit der Situation zurechtkam. Er war dankbar, dass Lukas mit ihm kam und bei ihm blieb. Nicht mal in seinem Zimmer würde er allein bleiben müssen, denn der Schmied hatte beschlossen, nicht von seiner Seite zu weichen.

»Dir ist hoffentlich klar, dass ich ihm zumindest meine Faust ins Gesicht ramme, wenn er mir in die Quere kommt, oder?«

Marte schmunzelte über die gebrummelten Worte. Er fühlte sich behütet und beschützt, wie seit Ewigkeiten nicht mehr.

»Grins nicht, ich meine es ernst, Kleiner«, knurrte der Schmied.

Marte konnte das Lächeln, das sich in seinem Gesicht ausbreitete, nicht abstellen. Sie liefen durch die leeren Gänge der Burg, bis sie sein Zimmer erreichten. Er öffnete die Tür und machte eine einladende Handbewegung.

Lukas schaute sich in aller Ruhe um, nachdem sie eingetreten waren, und Marte eine Leuchte auf dem Nachttisch angezündet hatte. »Damit kann mein Haus eindeutig nicht mithalten.«

Marte zögerte nur einen Moment, dann schlug er vor: »Vielleicht kann ich dich ja überzeugen, hier in der Burg Räume zu beziehen.«

»Die Umgebung passt nicht zu einem Schmied, Marte.«

»Aber zu einem Familienmitglied.«

Lukas blickte ihn nachdenklich an, erwiderte jedoch nichts.

Marte spürte, wie die Anspannung des Tages von ihm abfiel und versuchte sein Gähnen zu unterdrücken.

»Wir sollten schlafen gehen«, stellte Lukas fest, der inzwischen ebenso müde aus der Wäsche schaute, wie er selbst.

Er sah zum Bett hin und gestand sich heimlich, dass er sich darauf freute, es mit Lukas zu teilen. Auch wenn die Situation dieses Mal anders war und er keinen Wein vorschieben konnte, um sich an den großen Körper zu schmiegen. Mit dem letzten Gedanken kehrte Befangenheit in ihm ein.

Marte nestelte an seiner Kleidung herum und begann sich zögernd auszuziehen. Woher kam auf einmal seine

Nervosität? Er hatte sich schon zig Mal vor Lukas ausgezogen, war mit ihm Schwimmen gewesen und nie fühlte es sich so an, wie in diesem Moment. »Ähm, brauchst du ein Nachthemd?«, fragte er leise, während er die Schnüre der Hose löste.
Lukas zog die Brauen hoch und schmunzelte. »Eines von dir? Dürfte nicht ganz passen, oder?«
Marte kicherte verhalten. »Stimmt.«
»Wenn, ich meine, falls du dir eines anziehen möchtest, verstehe ich das«, erklärte Lukas und fuhr sich kurz über die Haare.
Der Hüne schien merkwürdigerweise genauso angespannt zu sein wie er selbst. Marte schüttelte den Kopf. »Ich, nein, weil, ich meine, am See, da haben wir ja auch nie etwas an. Ich brauche kein Nachthemd.« Er schlüpfte nun schneller aus seiner restlichen Kleidung.
Gerade als Marte auf das Bett zuging, gab Lukas einen zischenden Laut von sich. »Was zur Hölle ...«, knurrte der Schmied.
Marte sah den Mann an, stellte fest, wohin dieser schaute und folgte seinem Blick, der direkt auf einen seiner Hüftknochen fixiert war.
»Oh«, brachte er lediglich hervor, als er die blauen Flecke sah. Er hatte zwar deutlich bemerkt, wie grob von Warin gewesen war, aber die Spuren erbrachten ein weiteres Zeugnis.
»Ich bringe diesen Scheißkerl um!«, fluchte Lukas.
Für einen Moment sah es tatsächlich so aus, als wenn der Schmied sich wieder ankleiden wollte. Der Hüne raufte sich die Haare und warf ihm einen verzweifelten Blick zu.
»Heute wird niemand mehr umgebracht«, versuchte Marte den wütenden Mann zu beruhigen. »Komm ins Bett.«
Er huschte unter die große Decke und machte es sich auf einer Seite bequem, während er auf der anderen Platz für

Lukas ließ. Als dieser die Hose auszog, zwang Marte seinen Blick an die Zimmerdecke. Erst, als die Bettdecke gelüftet wurde, sah er ihn wieder an. »Ich lösche das Licht, ja?«
Lukas brummte nur zustimmend, dann waren sie von Dunkelheit umgeben.
»Marte?«
»Ja?«
»Es tut mir leid, dass dir das alles passiert ist.«
Er spürte, wie Finger nach ihm tasteten und griff danach. Anschließend drehte er sich so, dass er seinen Bettnachbarn im fahlen Mondlicht erkennen konnte. Lukas rieb sich angespannt mit der freien Hand über das Gesicht.
»Ich bin selber schuld«, flüsterte Marte bedrückt. »Hätte ich mich nicht drauf eingelassen, wäre es anders gekommen. Aber meine Neugier hat gesiegt.«
Lukas' Daumen strich sanft seinen Handrücken entlang und Marte kämpfte gegen den Wunsch an näher heranzurutschen, um sich ein weiteres Mal in die Arme des Mannes zu flüchten.
»Nach was hast du dich so sehr gesehnt, dass du auf sein Angebot eingegangen bist?«
»Nach etwas, das er mir nicht geben konnte«, erwiderte Marte pauschal, auch wenn er ahnte, dass das Thema damit für Lukas nicht vom Tisch war. Er behielt recht.
»Und das wäre?«
»Ge ... Geborgenheit, Lust ... sich fallenlassen und aufgefangen werden ... ich habe mich danach gesehnt die andere Seite kennenzulernen und Christoffs Angebot klang vertrauenserweckend. Ich war überzeugt, er könnte mir geben, wonach ich mich sehne«, flüsterte Marte traurig. »Als ich gemerkt habe, dass es wohl nicht an dem ist, überwog für einen kleinen Moment die Geilheit, doch als diese sich dann auch verflüchtigt hatte ...«,

er stockte, brach ab und dachte an den Schmerz, den von Warins Schwanz ihm hatte zuteilwerden lassen.
Marte spürte, wie Lukas näherkam, dann schlang sich ein Arm um ihn. Er rutschte die fehlenden Zentimeter an den warmen Körper heran und lehnte seine Stirn an die breite Brust. Finger strichen behutsam über seinen Rücken, beruhigten ihn, ebenso wie der Geruch des Mannes, der in seine Nase zog. Er legte einen Arm um Lukas' Taille und genoss die tröstenden Streicheleinheiten. Ein Kuss wurde auf sein Haar gehaucht und Marte hob den Kopf, um Lukas ins Gesicht zu sehen. Dessen Lippen berührten seinen Haaransatz und hinterließen auch dort einen Abdruck von Zärtlichkeit. Marte seufzte unbewusst und badete in dem Gefühl, das sich in seinem Brustkorb ausbreitete.
»Ich wünschte, ich dürfte dir geben, wonach du dich sehnst«, flüsterte Lukas bedrückt.
Martes Herz pochte schlagartig heftiger. Er rieb mit seiner Nase über das stoppelige Kinn, spürte den warmen Atem auf seiner Stirn und gestand leise: »Es geht mir ebenso.«
Lukas nahm den Kopf ein Stück zurück und Marte wusste, dass er ihn ansah. Er schaute hinauf, doch die Dunkelheit erlaubte nicht, den Blick des Mannes zu deuten. Dass Lukas nervös auf seiner Unterlippe kaute, ließ ihn das Mondlicht allerdings sehen.
»Ich würde mir gerne einen Kuss von dir stehlen. Nur einen einzigen, einen, von dem nur wir wissen«, sprach Marte seinen aufkommenden Wunsch aus.
Er bekam keine Antwort, jedoch kam Lukas ihm mit dem Gesicht entgegen, sodass er es als Zustimmung auffasste. Nicht nur seine Lippen bebten, als sie sich behutsam berührten. Marte zögerte nur eine Sekunde, bis er den Mund an seinem mehr in Beschlag nahm. In seinem Bauch brach ein Kribbeln aus, das seinen ganzen Körper

überfluten wollte. Seine Hand glitt über den warmen Rücken, auf dem sich eindeutig eine Gänsehaut gebildet hatte. Marte sehnte sich nach mehr von diesem wunderbaren Gefühl, das ihm der Mann bescherte, mit dem er in seinem Bett lag. Vorwitzig strich seine Zunge über die zitternden Lippen und forderte Einlass.

»Marte«, flüsterte Lukas und zog seinen Kopf ein Stück zurück.

Er ließ sich nicht beirren, überbrückte die fehlenden Zentimeter und bat erneut darum, in die warme Mundhöhle eindringen zu dürfen. Dieses Mal gab Lukas nach. Marte glaubte, noch nie einen süßeren und auf mehr lustmachenden Kuss erlebt zu haben. Sein Körper war der gleichen Meinung, denn er reagierte umgehend auf die Leidenschaft, die sich mit jeder Sekunde vervielfältigte. Seine streichelnde Hand entwickelte Eigenleben, strich über größere Hautpartien und scheute nicht davor zurück, auf Lukas' wohlgeformtem Hintern zu landen.

Lukas löste sich atemlos von ihm und raunte: »Wir sollten aufhören.« Doch es klang halbherzig.

Für Marte war es undenkbar, in diesem Moment die Finger von Lukas zu lassen, sich umzudrehen und einfach einzuschlafen. Sein Schwanz stellte eindeutig die Forderung, befriedigt zu werden.

Er gab keine Antwort, stattdessen ließ er seine Hand zwischen ihre Körper gleiten und fand wonach er suchte. Lukas war ebenso hart wie er selbst.

Sein Gegenüber keuchte überrascht und stieß erneut ein »Marte«, aus.

»Was Marte, hm? Marte, mach weiter? Marte, hör auf?«, stöhnte er leise, während sich seine Finger zärtlich auf und ab bewegten. Er rückte mit dem Unterleib so nah an Lukas heran, dass er sie beide aneinander reiben konnte. Er erhöhte den Druck und fragte erregt nach: »Ist es dir lieber, wenn ich aufhöre?«

»Un ... untersteh dich«, stieß Lukas atemlos hervor und presste seine Lippen wieder auf Martes.
Der Kuss ließ ihn wissen, dass Lukas genauso von Leidenschaft gepackt war, wie er selbst. Er rieb fester und hatte nur noch das Ziel vor Augen, mit ihm gemeinsam zu kommen. Lukas zog den Kopf zurück und während er seinen Orgasmus verhalten hinausstöhnte, spürte Marte die warme Flüssigkeit auf seinen Fingern. Ein Umstand, der ihn mitriss. Seine Hände zitterten, als er gekommen war. Zaghaft nahm er die eine fort, die ihnen Lust beschert hatte, und legte sie wieder auf Lukas' Taille ab. Marte lauschte ihrem schweren Atem und fühlte sich nicht nur körperlich, sondern auch seelisch absolut befriedigt.
»Was haben wir getan?«, flüsterte Lukas nach geraumer Zeit.
»Uns genommen, wonach wir uns gesehnt haben«, erwiderte Marte ebenso leise.
»Es ist ...«
»Es ist geschehen und es hat sich gut angefühlt. Für mich zumindest, für dich etwa nicht?«, hakte er vorsichtig nach.
»Doch, aber es ist nicht rechtens«, widersprach Lukas. Sein Einwand klang allerdings kraftlos und nicht bestimmend.
»Niemand wird davon erfahren oder es wissen. Es ist unser Geheimnis«, gab Marte zurück und schlief ein.

KAPITEL 32

Ein Geräusch weckte Marte. Er blinzelte, blickte sich um und stellte fest, dass die Sonne bereits im Begriff war aufzugehen. Er fragte sich, was ihn aus dem Schlaf geholt hatte, fand jedoch keine Antwort. Er spürte Lukas' warmen Körper an seinem und wusste nicht recht, ob er nun zufrieden grinsen oder vor Scham im Erdboden versinken sollte. Die Lust hatte ihn letzte Nacht angespornt, ebenso wie den Mann neben sich. Es war kein Platz für den Gedanken an Konsequenzen geblieben, keine moralischen Werte, die ihn hätten aufhalten können, sondern pure Sehnsucht und Verlangen nach Lukas. Verlangen, das umgehend wieder aufkam, als er den noch Schlafenden betrachtete. Seine Finger wurden magisch von der breiten Brust angezogen, sodass sie wenige Sekunden später sanft darüber glitten.

Marte hörte auf dem Flur ein leises Rumpeln und schreckte aus seinen Gedanken hervor. Sein Blick huschte zur Tür, dann runzelte er die Stirn. Der Riegel war nicht vorgeschoben. Marte grübelte, doch er konnte sich auch nicht daran erinnern, die Tür letzte Nacht verschlossen zu haben. Es würde noch eine Weile dauern, bis Vallentin bei ihm erschien, dennoch war es nicht angebracht, dass er mit seinem Bruder nackt im Bett lag, wenn sein Diener auftauchte.

Ohne groß darüber nachzudenken, platzierte er kleine Küsse auf Lukas' Brust, um ihn so zu wecken. Es gelang. Der Schmied rieb sich verschlafen die Augen und blickte ihn an.

»Guten Morgen«, flüsterte Marte. »Ich glaube, wir sollten aufstehen und uns etwas anziehen.«

Lukas musterte ihn unergründlich, sodass er nervös

wurde. Dann folgte ein Nicken und der Schmied schlug die Decke beiseite.
»In der Schüssel dort ist noch Wasser, im Krug ebenso.«
Wieder bekam er nur eine Kopfbewegung als Antwort. Bereute der Mann die letzte Nacht und schämte sich nun dafür? Oder verachtete er ihn womöglich? Ein flaues Gefühl hielt in ihm Einzug. Jedoch konnte er trotzdem nicht den Blick abwenden, als die muskulöse Gestalt nackt durch das Zimmer ging. Ob Lukas wusste, wie perfekt er war? Martes Augen wanderten über die breiten Schultern, hinab zur schmaler werdenden Taille und landeten auf dem knackigen Hintern, der von Grübchen an den Seiten flankiert wurde. Er erinnerte sich an das lustvolle Keuchen, das Lukas von sich gegeben hatte und das Gefühl, wie er sie gemeinsam in den Höhepunkt getrieben hatte. Gedanken, die nicht ohne Wirkung blieben. Umgehend wies die Decke eine Ausbuchtung auf, die zuvor noch nicht da gewesen war.

Marte registrierte erst, auf welcher Höhe sein Blick fixiert war, als Lukas sich umdrehte und er dessen Schwanz zu sehen bekam. Er starrte einen Moment darauf und ließ seine Augen anschließend langsam die Vorderfront hinaufgleiten, bis er das Gesicht erreichte. Lukas‘ Mimik war keinesfalls abweisend, eher schüchtern, was so gar nicht zu dem Hünen passen wollte. In Marte stoben bei dem Anblick jedoch Tausende von Schmetterlingen auseinander. Er löste sich von den Iriden des Mannes und glitt zentimeterweise hinab, bis er wieder bei dessen Schwanz landete. Zu seiner Überraschung war dieser bei Weitem nicht mehr so entspannt, wie noch eben gerade. Seine hungrige Musterung schien an Lukas nicht spurlos vorbeizugehen.
Er konnte nicht widerstehen, obwohl ihm sein Verstand erklärte, dass sie sich anziehen und das Zimmer ver-

lassen sollten. Marte schlug die Decke beiseite, präsentierte so seine eigene Erregung und stand langsam auf. Er achtete genau auf Lukas' Reaktion. Die Blicke des Schmieds wanderten ebenso an seinem Körper entlang und hingen für einen Lust bescherenden Moment an seinem stehenden Schwanz. Auch wenn Marte den Wunsch verspürte, sich sofort Lukas zu widmen, ging er gelassen zur Tür und legte den Riegel davor, damit sie niemand überraschen konnte. Anschließend näherte er sich seinem Halbbruder, als wäre er ein Raubtier auf Beutefang. Langsam und mit einem Ziel vor Augen. Lukas beobachtete jeden seiner Schritte und Marte entging nicht, dass die Erregung des Mannes mit seinem Näherkommen rapide anstieg. Unmittelbar vor ihm blieb er stehen und er ahnte, dass sein Gesicht die Lust widerspiegelte, die in ihm brodelte. Lukas hob unsicher die Hand, doch ehe er ihn berühren konnte, ging Marte langsam auf die Knie und legte seine Finger um den Schaft. Ein Keuchen war Belohnung und Ansporn zugleich. Marte sah hinauf und genoss den Blick, der ihm zuteilwurde. Lukas stöhnte leise, als seine Hand hinauf glitt, die Vorhaut zurückzog, um dann mit der Zunge über die freigelegte Eichel zu lecken. Sein Griff wurde fester und er nahm die Spitze ganz in den Mund. Als er eine Berührung im Haar spürte, fasste er es als Aufforderung auf und begann, die Härte rhythmisch immer wieder zwischen seine Lippen gleiten zu lassen. Lukas' Stöhnen spornte ihn an.

Es dauerte nicht lange, dann bemühte Lukas sich, ihn zu bremsen. »Nicht ... ich ... sonst gleich«, keuchte der Mann hilflos.

Marte wusste genau, was Lukas zu formulieren versuchte. Er dachte nicht daran ihn freizugeben, sondern seine Lust wurde durch die Situation noch weiter angestachelt. Er ließ seine Hand hinabwandern, umfasste

sich selbst und begann sich hart zu reiben, während seine Lippen einen festen Ring bildeten. Mit der ersten Flut, die in seinen Mund schoss, kam auch Marte, von einem befriedigten Stöhnen begleitet.
Kaum gab er Lukas' abklingende Erektion wieder frei, zog dieser ihn zu sich hinauf. Ein liebevoller Blick traf seinen, dann verwickelte Lukas ihn in einen Kuss, der zärtlicher nicht hätte sein können.
»Wo soll das nur hinführen?«, flüsterte Lukas einen Moment später.
»Egal wohin, Hauptsache du bist an meiner Seite.«
Marte kam nicht dazu noch mehr zu sagen, denn vom Flur her drangen eindeutig Geräusche zu ihnen ins Zimmer. »Jetzt sollten wir uns wirklich anziehen!«
Während Lukas in seine Kleidung schlüpfte, wusch er sich und beseitigte anschließend, noch nackt, die verdächtigen Spuren, die er auf dem Boden hinterlassen hatte.
»Zieh dir etwas an, sonst komme ich in Versuchung«, stöhnte Lukas geplagt.
Marte, der sich gerade vorgebeugt hatte, um den letzten Rest seiner Hinterlassenschaft zu beseitigen, dreht sich um und grinste frech. »Ich hätte nichts dagegen einzuwenden, nur halte ich den Zeitpunkt für ausgesprochen ungünstig.«
Lukas sah ihn erstaunt an, warf einen weiteren Blick auf seine Kehrseite und schaute dann noch überraschter in sein Gesicht. »Du würdest ... ich meine ...«, stammelte Lukas und bekam verdächtig frische Farbe auf den Wangen.
»Ja, ich würde«, gestand Marte offen. Auch wenn sein erstes Erlebnis eher einem Albtraum, statt der Befriedigung seiner Wünsche glich, so konnte er sich dennoch sehr gut vorstellen, die Schatten mit Lukas von seiner Seele zu waschen.

»Ich ... wir«, stotterte der Schmied und sah ihn noch immer verblüfft an.
Marte zwinkerte ihm lediglich zu und beschloss, dass er den Mann diese Information erst einmal verdauen lassen sollte. Er warf das verschmutzte Tuch in die Wasserschüssel und begann sich anzukleiden. Lukas hingegen stand nach wie vor versteinert im Raum und beobachtete ihn. Langsam kam wieder Leben in Lukas und er setzte sich in Bewegung, um direkt vor Marte stehen zu bleiben. Die wesentlich größere Hand des Schmieds umfing seinen Nacken und zog ihn erneut auf einen Kuss heran. Anschließend flüsterte er: »Ich werde dir all deine Wünsche erfüllen, Marte.«
Sein Magen schlug Purzelbäume über diese liebevolle Äußerung, doch Worte fielen ihm keine ein. So küsste er Lukas, statt etwas zu erwidern.
»Ich muss langsam in die Schmiede oder soll ich dich noch irgendwohin begleiten? Ich will nicht, dass dir dieser Graf in die Quere kommt.«
Marte schüttelte den Kopf. Er fühlte sich ausgesprochen gut und selbst einer Begegnung mit Christoff gewachsen.
»Nein, geh ruhig. Hier sind schon genug Menschen wach, sodass von Warin mich nicht in die Finger bekommen wird, Lukas.«

Mit einem Lächeln auf den Lippen trennten sie sich kurz darauf und Marte machte sich auf den Weg in den Speisesaal. Auf dem Flur davor herrschte bereits reger Betrieb. Gefüllte Tabletts wurden an ihm vorbeigetragen und es roch nach Speisen. Mit knurrendem Magen betrat Marte den großen Raum.
»Aber wenn ich es doch sage! Mit seinem Halbbruder! Ich habe es mit eigenen Augen gesehen! In dieser Burg ist Schande gang und gäbe! Kein Wunder, dass sein Vater

gesoffen hat! Wer weiß, vielleicht hat er sich dem Wein hingegeben, weil sein Sohn versucht hat, ihn zu verführen!«, spie Christoff von Warin gerade laut aus.

Marte hatte das Gefühl, dass sein Blut in den Adern gefror.

KAPITEL 33

Er blieb stehen und blickte sich um. Der Graf stand direkt vor dem Tisch, an dem sich bereits Leonhart und Albrecht zum Frühstück eingefunden hatten. Der Saal war für diese frühe Stunde schon von reichlich Gästen besucht, die alle schwiegen und den Anschuldigungen lauschten. Marte glaubte, dass man in dieser Sekunde das Fallen einer Nadel hätte hören können, selbst die Dienerschaft schenkte von Warin Aufmerksamkeit.

Er wusste nicht, wie er sich verhalten sollte und war ebenso versteinert, wie die Menschen um ihn herum. Sein Atem stand gleichfalls still und er hatte den Schlag seines Herzens im Ohr. Auf einmal hörte er Leonhart herzlich und vor allem laut Lachen. Seine Lungen nahmen die Arbeit wieder auf, während er die Worte des Königs vernahm.

Dieser schnappte nach Luft und schüttelte den Kopf. »Ich hätte nicht gedacht, dass es Euch derart belastet, hier keinen Schwiegersohn zu finden, Graf von Warin. Ihr drohtet gestern bereits damit, ich habe es genau gehört, dass ihr den zukünftigen Ehemann meiner Nichte diffamieren wollt, weil er Eure Tochter nicht zur Frau nehmen kann. Ich gebe Euch eine Stunde, um die Burg zu verlassen. Die von Berlens müssen sich nicht mit einem Narren auseinandersetzen, dessen verletzter Stolz Schaden verursachen will! Diese Familie ist in Trauer um einen Vater und Bruder!« Leonharts Worte nahmen mit jedem Satz an Schärfe zu. Inzwischen war der König aufgestanden, stützte sich auf den Tisch und funkelte von Warin an.

Der Graf schien zu zögern, ob er sich fügen sollte, entschied sich dann jedoch für Widerworte. »Ich habe es mit eigenen Augen gesehen, Majestät!«

Der Regent schnaufte und schüttelte den Kopf. »Christoff von Warin, Ihr solltet es unterlassen, einem zukünftigen Mitglied der Königsfamilie mit derartigen Unterstellungen Schaden zufügen zu wollen, es sei denn, Ihr wollt Euer Haupt verlieren und Eure Familie ohne Besitztum hinterlassen. Ich wünsche Euch eine angenehme Heimreise!«
»Maj ...«, begann der Graf, doch Leonhart fuhr harsch dazwischen. »Noch ein Wort, von Warin, und Euer Kopf rollt in diesem Saal!«
Nicht nur Marte war sich bewusst, dass diese Drohung ernst gemeint war. Das Ziehen eines Schwertes war zu hören. Er blickte in die Richtung des Geräuschs und sah Ansgar, der nur auf einen Wink seines Königs zu warten schien. Christoff von Warins Ohren hatten ihn ebenso aufmerksam werden lassen. Er drehte sich um, entdeckte den Ritter und wurde schlagartig weiß im Gesicht. Ohne Leonhart noch einmal anzusehen, machte Christoff sich auf den Weg, um den Saal zu verlassen. Dabei kam er an Marte vorbei. Der Blick des Grafen war so tödlich, wie die Klinge des Ravenstein Bruders. Kaum hatte von Warin den Saalausgang erreicht, nickte Leonhart Ansgar zu. Dieser verstaute sein Schwert und folgte Christoff. Dann trafen die Augen des Regenten auf Martes.
»Guten Morgen, Marte. Es tut mir leid, dass Eure Trauer nun noch von Eifersüchteleien eines vergrellten Mannes überschattet wird. Was für ein Glück, dass ich seine Drohungen bereits gestern vernommen habe, so wundert mich dieser Angriff nicht weiter«, erklärte Leonhart so laut, dass alle im Saal es deutlich hören konnten. »Setzt Euch doch zu uns!«
Martes Beine fühlten sich steif an, als er sich auf den Tisch zubewegte. Der König hatte sich wieder seinem Frühstück gewidmet, so, als wenn nie etwas geschehen wäre. Albrecht starrte auf den Ausgang, durch den von

Warin verschwunden war, und sah ausgesprochen zornig aus. Die Geräuschkulisse im Saal nahm einen normalen Pegel an und auch die Dienerschaft eilte flink weiter.
Als Marte sich setzte, kam Leben in Albrecht. »Ich sollte ihn eigenhändig aus der Burg werfen. Er hatte Glück, dass seine Anschuldigungen mich so sprachlos gemacht haben«, knurrte sein Onkel leise. »Danke, Leonhart!«
Der König nickte nur und warf dann einen nachdenklichen Blick auf Marte. »Ich weiß nicht, was von Warin geritten hat.«
Marte überlegte, ob er unschuldig mit den Schultern zucken sollte, doch nach allem, was Leonhart bereits für ihn getan hatte, fühlte es sich verkehrt an zu lügen. Er entschied sich für einen Teil der Wahrheit, einem, der hoffentlich Leonhart und sein eigenes Gewissen zufriedenstellen würde. »Er wird heute Nacht in mein Zimmer gekommen sein. Es war nicht verriegelt. Es stimmt, dass Lukas bei mir war. Ich habe ihm von Christoff berichtet und er wollte nicht mehr von meiner Seite weichen. Ein Umstand, für den ich dankbar bin.«
Leonhart nickte nur unergründlich und ging zu seinem Glück nicht weiter darauf ein. Marte nahm sich etwas zu essen und blickte sich unauffällig unter den Anwesenden um. Der Gedanke kam ihm egoistisch vor, aber er sehnte sich danach, die Burg für sich zu haben, für sich und Lukas. Keine Gäste, auch kein König oder Albrecht, die sich hier aufhielten. Vom Nebentisch klang leises Lachen zu ihnen herüber, unpassend, wie er fand. Albrecht schien es ebenso zu ergehen.
Sein Onkel erhob sich, klopfte mit einem Messer gegen den Metallbecher und lenkte damit alle Aufmerksamkeit auf sich. »Wie inzwischen bekannt sein dürfte, ist Richard von Berlen überraschend von uns gegangen. Ich bitte daher um Verständnis, dass sämtliche Feierlichkeiten beendet werden. Es tut mir leid, dass sie die Reise für so

einen kurzen Besuch auf sich genommen haben. Mein Neffe Marte und ich danken für Ihr Erscheinen und wir wünschen Ihnen eine angenehme Heimreise.« Albrecht winkte einen Diener heran. »Gebt auch den anderen Gästen Bescheid, die noch nicht anwesend sind.«
Mit einem Nicken verschwand der Mann, während Marte feststellte, dass betretenes Schweigen im Saal herrschte. Er wusste nicht, ob es daran lag, dass allen vor Augen gehalten wurde, dass der Burgherr gestorben war oder weil sie undiplomatisch vor die Tür gesetzt wurden. Er tippte zumindest bei einem Großteil der Anwesenden auf Letzteres.
Kaum hatte Albrecht sich wieder hingesetzt, äußerte Leonhart sich mit einem Schmunzeln. »Das war konsequent.«
»Mein Bruder ist gestorben und in diesem Saal wird sich amüsiert«, rechtfertigte sich Albrecht bedrückt.
Marte betrachtete ihn von der Seite und stellte fest, dass er rot geäderte Augen hatte und deutliche Schatten darunter. Richards Tod schien seinem Onkel wesentlich näher zu gehen, als ihm selbst. Marte starrte auf seinen Teller, denn die Erkenntnis, dass Albrecht litt, während er sich die Nacht mit Lukas versüßt hatte, bereitete ihm ein schlechtes Gewissen. Sein Vater war gestorben und was tat er? Seinen Halbbruder verführen. Schamvoll dachte er an das Lächeln, dass er noch zur Schau gestellt hatte, ehe er in den Saal gekommen war. Schlagartig verging ihm der Appetit.
»Entschuldigt mich. Ich muss einiges für eine angemessene Beisetzung organisieren«, erklärte Marte und erhob sich.
»Das kann ich auch tun, wenn du möchtest, Marte«, bot Albrecht an.
Er schüttelte den Kopf und verließ anschließend den großen Speiseraum.

KAPITEL 34

Marte vergrub sich im Arbeitszimmer seines Vaters, delegierte entsprechend, damit ein Sarkophag für den Verstorbenen hergerichtet wurde, und ignorierte den regen Betrieb vor der Burg. Während die Gäste über Tage verteilt angereist waren, so brachen nun alle zeitgleich ihre Zelte ab. Er verließ den Platz hinter dem großen Schreibtisch, um aus dem Fenster zu sehen. Dankbar sah er, wie Albrecht die Abreisenden verabschiedete. Auch wenn Leonhart die Aussagen von Christoff ins Lächerliche gezogen hatte, Gerüchte würde es trotzdem geben. Ihm stand wahrlich nicht der Sinn danach, jedem der heute früh im Saal Anwesenden noch einmal direkt ins Gesicht blicken zu müssen, geschweige denn neugierigen Fragen standzuhalten.

Es klopfte und Marte schloss für Sekunden die Augen, ehe er laut: »Herein«, rief. Er drehte sich um und stellte erfreut fest, dass es sein Freund Simon war, der das Zimmer betrat.

Dieser verschloss die Tür, kam zielstrebig auf ihn zu und legte die Arme um ihn. »Es tut mir leid, dass du deinen Vater verloren hast, auch wenn euer Verhältnis nicht mehr das Beste war.« Simon gab ihm einen Kuss auf das Haar. »Ich wollte dir schon gestern mein Beileid aussprechen, aber ich habe dich nicht finden können«, erklärte der Mann vorwurfsfrei und gab ihn wieder frei.

»Danke. Ich bin bei Lukas gewesen.«

»Wie geht es dir?«

Marte zuckte mit den Schultern. »Ich weiß es ehrlich gesagt nicht so recht. Hier gab es in den letzten Tagen zu viel Aufregung, von der du nichts mitbekommen hast, weil du dich auf dem Turnierplatz mit den anderen Rittern messen musstest.« Marte zwinkerte, damit Simon

wusste, dass es nicht böse gemeint war.
»Was ist alles passiert? Warum bist du nicht zu mir gekommen?«
»Es hat sich ja geregelt, zumindest in groben Zügen«, schwächte Marte ab. Er wollte die Ereignisse mit Christoff von Warin kein weiteres Mal aufrollen. »Ich werde die Nichte des Königs heiraten«, setzte er seinen besten Freund vor vollendete Tatsachen.
Simon keuchte überrascht. »Du bekommst die Möglichkeit in die Familie des Regenten einzuheiraten? Marte, ich gratuliere dir!«
Er lächelte lediglich schwach, denn Freude kam bei ihm wahrlich nicht auf, auch wenn das Arrangement zu seinen Gunsten ausgefallen war.
»Ich kann verstehen, dass die Trauer im Moment keinen Anlass bietet, sich darüber zu freuen, aber das wird sich schon richten. Wann ist die Hochzeit geplant?«
»Ich weiß es nicht, jedoch wird Leonhart mir, durch Vaters Tod bedingt, bestimmt Zeit einräumen.«
»Jetzt müssen nur noch Lukas und ich unter die Haube gebracht werden«, stellte Simon verschmitzt lächelnd fest. »Wobei ich das Felix gegenüber lieber nicht erwähnen sollte«, gestand er dann zerknirscht.
Marte nickte, was ihn selbst überraschte, doch er verstand diese Aussage. Der Gedanke, dass Lukas womöglich heiraten würde, behagte ihm ganz und gar nicht. Aber hatte der Schmied nicht vor einer Weile noch erklärt, dass er sich eine Frau suchen müsste, um im Alter abgesichert zu sein? Marte strich sich kurz über das Gesicht.
»Alles in Ordnung?«
»Ja, es war in den letzten Tagen wirklich ein wenig viel. Zwischen dir und Felix läuft es gut?«
Simon bekam ein Funkeln in den Augen, dass Martes Mundwinkel zu einem Zucken verleitete. Diesen Gesichtsausdruck hatte er bei seinem Freund noch nie ge-

sehen, ein Umstand, der eindeutig dafür sprach, dass Simon verliebt war.
»Hast du schon jemanden gefunden, der dir nun Gesellschaft leistet oder womöglich dir und Lukas?«
Marte senkte den Blick und schaute einen Moment verlegen auf seine Hände. Simon war von klein auf sein Freund, ob er mit ihm über seine Gefühle zu Lukas sprechen konnte?
»Dich bedrückt doch etwas«, stellte Simon sofort fest.
Ertappt blickte er seinem Gegenüber in die Augen. Er überprüfte sein in Simon vorhandenes Vertrauen und kam zu dem Entschluss sich zu offenbaren. »Ich empfinde für Lukas weitaus mehr, als es gestattet ist.«
Simons Stirn legte sich in Falten, dann hoben sich die Brauen des Mannes überrascht. »Du meinst ...«
»Ja.«
»Empfindet Lukas das Gleiche für dich?«
»Ich hoffe, es geht ihm ebenso, zumindest habe ich den Eindruck gewonnen.«
Simon legte ihm überraschend zärtlich eine Hand an die Wange und strich mit dem Daumen über seine Haut. »Manche Dinge lassen sich nicht steuern und sich dagegen wehren stürzt einen nur ins Unglück. Lasst nur niemanden dahinter kommen.«
»Es hat uns bereits jemand gesehen, allerdings sind die Beschuldigungen durch König Leonhart zunichtegemacht worden«, erklärte Marte verzweifelt.
Sein Freund keuchte überrascht.
Marte gestand: »Ich habe gestern Abend vergessen die Tür zu verriegeln. Christoff von Warin hat sich anscheinend Zutritt verschafft, ohne dass wir es bemerkten. Heute früh versuchte er, mich bei Leonhart in Missgunst zu bringen, aber der hat es abgeschmettert.«
»Ahnt der König etwas?«
»Ich hoffe nicht.«

»Ihr zwei müsst mehr achtgeben, Marte. Nicht, dass Leonhart womöglich die Hochzeit absagt oder, noch schlimmer, dich wegen Blutschande richten lässt, auch wenn Lukas nur dein Halbbruder ist.«
Die Verzweiflung schien Marte ins Gesicht geschrieben zu stehen, denn Simon schlang ein weiteres Mal die Arme um ihn. »Ich wünsche mir nur, dass du glücklich wirst, Marte. Mit wem auch immer. Du weißt hoffentlich, dass ich jederzeit für dich da bin, falls du reden möchtest, oder etwas ist?«
»Danke«, nuschelte er leise. Es fühlte sich tatsächlich an, als wäre ihm ein Stein von seinem Herzen gefallen. Sein bester Freund verachtete ihn nicht, sondern stärkte ihm den Rücken, so wie er es von ihm kannte.
In diesem Moment öffnete sich die Tür, ohne dass es zuvor geklopft hätte. Simon löste sich überrascht von Marte. Es war Leonhart, der ungebeten eintrat und sie erstaunt ansah. Dann jedoch änderte sich dessen Gesichtsausdruck. »Lukas ist schwer verletzt.«
»Was ist passiert?«, fragte Simon, bevor Marte die Worte realisiert hatte.
»Von Warin hat vorgetäuscht, dass die Eisen seines Pferdes überprüft werden müssen. Ansgar hat aus der Ferne beobachtet, wie er mit dem Tier zur Schmiede gegangen ist. Dann sah es so aus, als wolle Christoff mit Lukas einen Streit vom Zaun brechen, sodass Ansgar hinzugestoßen ist, jedoch kam er zu spät. Von Warin hatte bereits ein Messer gezückt. Lukas hat schnell reagiert. Der Graf konnte ihn nur an der Schulter treffen, doch es ist viel Blut geflossen.«
Marte begann am ganzen Körper zu zittern. »Wo ist er?«
»Er ist in sein Haus gebracht worden.«
»Und dieser Graf von Warin?«, mischte Simon sich ein.
»Ist nicht mehr am Leben. Ansgar hat dafür gesorgt, dass dieser Mann keinen weiteren Schaden anrichten kann.«

Marte setzte sich in Bewegung und schenkte weder dem König noch Simon Aufmerksamkeit. Er wollte nur zu Lukas und sich davon überzeugen, dass er nicht einen weiteren Menschen verlor, einen, der ihm wichtiger geworden war, als der eigene Vater.

Sein Herz klopfte hektisch, als er zügig über den Hof ging. Er ignorierte die ganzen Menschen, die dort unterwegs waren. Immer wieder erklärte er sich selbst, dass Lukas nur an der Schulter verletzt worden war, dennoch schoss ihm der Satz des Königs dazwischen, dass Lukas stark blutete. Er eilte an der Schmiede vorbei und bemerkte die Spuren auf dem Boden. Marte war froh, dass man von Warin augenscheinlich schon fortgeschafft hatte. Er erreichte das kleine Haus seines Halbbruders. Die Tür war weit geöffnet. Er betrat das Heim des Schmieds. Lukas lag mit nacktem Oberkörper auf seinem Bett, Arvid saß auf der Kante und presste Tücher auf die Schulter. Gabriel stand neben ihm und riss ein Stück Stoff in lange Bahnen. Marte ging zielstrebig auf das Bett zu und betrachtete den Verletzten. Lukas war blass und hatte die Augen geschlossen.
»Wie schlimm ist es?«
»Er hat Glück gehabt, die Klinge hat ihn nicht auf der Seite erwischt, auf der sein Herz schlägt. Doch wir müssen abwarten«, antwortete ihm Arvid.
»Soll ich einen Heiler rufen lassen?«
Der Däne schüttelte den Kopf, während Gabriel erklärte: »Arvid hat in Schlachten schon mehr Männer zusammengeflickt, als wir je verletzt zu Gesicht bekommen haben, Marte. Ein Medikus wird womöglich Schaden an-

richten, weil er sich und sein Wissen für unfehlbar hält.«
Marte nickte und warf einen Blick auf Arvid. Er hatte keine andere Wahl, als den beiden Glauben zu schenken, oder? Jedoch hätte er für Lukas gerade das ganze Land auf den Kopf gestellt, um ihm zu helfen. »Kann ich irgendetwas tun?«
»Nein«, gab Arvid leise zurück.
Marte fühlte sich hilflos, wie nie zuvor. Er setzte sich ans Fußende, sodass er die zwei Männer nicht behinderte. Sein Blick fiel auf einen kleinen Haufen blutgetränkten Stoff, der am Boden lag. Er schaute wieder zu Lukas und bemerkte, dass er diesen nicht mehr klar erkennen konnte, Tränen begannen ihm die Sicht zu nehmen. Seine Hand bewegte sich zu einem von Lukas Beinen und er legte sie darauf ab, als würde es ihm Halt geben können. Er sah erneut in Lukas' Gesicht und verspürte einen Schmerz in der Brust, der ihm die Luft zum Atmen rauben wollte. Es durfte nicht zu Ende sein, was gerade erst begonnen hatte.
Er spürte eine Hand auf seiner Schulter, die ihn sanft drückte. Marte erwachte aus seiner Starre und hob den Kopf, um zu sehen, wer sich ihm unbemerkt genähert hatte. Es waren Leonhart und Albrecht, die sich zu ihnen gesellt hatten. Albrecht sah nicht weniger mitgenommen aus, als er sich fühlte. Es war die Berührung des Königs, die ihm Trost zusprach.
»Wir können nur abwarten«, erklärte Arvid den Hinzugekommenen.
»Straft Gott uns für unsere Sünden?«, flüsterte Albrecht bedrückt.
Marte sah seinen Onkel überrascht an. Verzweiflung spiegelte sich in dessen Miene. Auch wenn die Kirche inzwischen einen recht wichtigen Stand erlangt hatte, die von Berlens waren immer ihren eigenen Weg gegangen und hatten den redeschwingenden Kuttenträgern kaum

Aufmerksamkeit geschenkt.
»Von Sünden ist erst die Rede, seit die Kirche sich ausbreitet, Albrecht«, erwiderte überraschenderweise Arvid. »Ich habe die großen Worte oft mitbekommen und messe ihnen keine Bedeutung bei. Die Priester halten nur die Hand auf, versprechen, die Reinheit der Seele schenken zu können, aber treiben es selbst wilder, als meine Vorfahren es getan haben. Gäbe es die Sünde und Gott würde über die Menschen richten, wäre niemand mehr am Leben.«
Marte wusste nicht wieso, doch die Sätze des Dänen beruhigten ihn ungemein. Albrecht schien es gleichfalls so zu ergehen. Leonhart schenkte seinem Onkel einen mitfühlenden Blick, dann landete dieser auf ihm. Marte las ebenso Trost heraus, dennoch machten die Augen des Königs einen nachdenklichen Eindruck auf ihn. Sah der Mann ihm womöglich an, wie viel er für Lukas empfand und würde Christoffs Worten im Nachhinein noch Glauben schenken? Nervös sah er wieder zu seinem Halbbruder und konzentrierte sich auf das Heben und Senken der breiten Brust.
»Wir sollten ihn, wenn möglich, auf die Burg bringen. Die Räume sind größer und bieten mehr Platz, außerdem kann die Dienerschaft behilflich sein«, schlug Leonhart vor.
Marte reagierte nicht, er sah nur, dass Arvid durch ein Nicken seine Zustimmung zeigte.
Geraume Zeit später saß Marte am Ende eines wesentlich ausladenderen Bettes und betrachtete noch immer verzweifelt den leblosen Körper seines Bruders. Lukas hatte während des Transports auf einer improvisierten Trage nur kurz gestöhnt, aber ansonsten nicht einmal die Augen geöffnet. Nun schien er wieder in einem tiefen Schlaf zu sein, so hoffte Marte zumindest. Er schenkte seiner Umgebung keine Beachtung. Lediglich als Arvid

und Gabriel einen festen Verband angelegt hatten, war er aus seiner Starre erwacht, jedoch fühlte er sich nur ein weiteres Mal nutzlos.

»Marte?«
Er schreckte auf und sah sich um. Der König sah ihn besorgt an. »Du hast heute nicht einmal gefrühstückt. Komm, leiste mir und Albrecht einen Moment Gesellschaft und iss etwas.«
»Ich habe keinen Hunger, danke.«
»Sei nicht unvernünftig, es reicht, dass Lukas in einem Bett liegt und schwach ist. Du hilfst ihm nicht, wenn du trinken und essen verweigerst, mein Junge.«
Leonharts Blick war sanft und verständnisvoll, ebenso wie sein Tonfall.
»Ich bin schuld. Hätte ich doch nur einen Bogen um Christoff gemacht«, flüsterte Marte mit glasigen Augen. »Wegen mir ist all das hier passiert.« Er kämpfte gegen Tränen an, von denen er dachte, sie bereits geweint zu haben.
»Dir liegt viel an ihm, nicht wahr?«
Marte fragte sich, wie er leugnen sollte, wenn sein Gesicht deutlich offenbarte, was er empfand. Er nickte nur zaghaft und blickte auf den Boden, um den König nicht ansehen zu müssen.
Überrascht bemerkte er, wie Leonhart sich vor ihn hockte und sein Kinn anhob. »Wir können nichts ungeschehen machen, Marte. Christoff von Warin ist tot. Er wird dir nicht mehr schaden und Lukas wird gewiss bald wieder auf den Beinen sein. Dein Schmied ist kräftig und zäh.«
Marte stutze über die Wortwahl. Sagte ihm der König durch die Blume, dass er wusste, wie das Verhältnis zu Lukas war?
»Ich schicke Arvid her. Er wird solange auf Lukas aufpassen, während du etwas mit uns isst.«

Marte wollte schon Widerworte leisten, doch Leonhart erhob sich bereits und verließ dann zügigen Schrittes das Zimmer.

Arvid verabschiedete sich, als er das Zimmer wieder betrat und erklärte, dass er später erneut reinschauen würde. Kaum hatte der Däne die Tür hinter sich zugezogen, ging Marte langsam auf das Bett zu. Lukas lag noch immer so regungslos da, wie er ihn verlassen hatte. Das Essen mit Leonhart und Albrecht war recht schweigsam verlaufen. Jeder hing seinen eigenen Gedanken nach und er selbst war zu unruhig, um länger als notwendig sitzen zu bleiben.

»Wenn ich dir doch nur irgendwie helfen könnte«, flüsterte er verzweifelt und setzte sich auf die Bettkante. Dann legte er sich kurzerhand neben Lukas und betrachtete ihn voller Sorge. »Da hast du schon deine eigene Familie verloren, kommst zu uns und hier wird dir nach dem Leben getrachtet. Verlass mich nur nicht, Lukas. Das verkrafte ich nicht.«
»Habe ich auch nicht vor«, krächzte es leise zurück.
Marte richtete sich schlagartig auf. »Du bist wieder wach!«, stieß er erfreut aus.
Lukas brummte nur.
»Kann ich irgendetwas für dich tun? Brauchst du etwas?«, fragte Marte hektisch.
»Durst.«
So flink hatte Marte noch nie ein Getränk eingegossen. Er musste Lukas jedoch erst behilflich sein, in eine aufrechtere Position zu kommen. Anschließend hielt er ihm

den gefüllten Becher an die Lippen, den der Schmied dankbar leer trank.
»Der Mann, der mich ...«, begann Lukas mit schwacher Stimme.
»Das war Christoff von Warin. Er ist tot.«
Lukas schloss die Augen und flüsterte bedrückt: »Er hat uns nachts in deinem Zimmer gesehen.«
»Ich weiß. Als ich in den Speiseraum gegangen bin, hat er gerade dem König davon berichtet.«
Lukas öffnete sofort die Lider und starrte ihn entsetzt an.
»Es ist alles in Ordnung«, beruhigte er ihn. »Leonhart hat ihm nicht geglaubt, sondern ihn vor den Anwesenden der Lüge bezichtigt. Anschließend hat er ihn aufgefordert abzureisen. Stattdessen ist er jedoch bei dir aufgetaucht.«
»Wir bringen uns damit in Gefahr, Marte«, kam es schwach zurück.
Lukas Worte klangen hoffnungslos und bedrückt. Er wusste nicht, ob es nun an dem Gesundheitszustand seines Bruders oder an den Gefühlen lag, die Lukas eingenommen hatten.
»Ich hatte vergessen, die Tür abzuriegeln. So etwas wird mir nie wieder passieren.«
»Früher oder später werden es auch andere bemerken.«
»Nicht, wenn wir aufpassen.«
Lukas schenkte ihm einen zweifelnden Blick, erwiderte jedoch nichts. Marte strich ihm behutsam ein paar blonde Strähnen aus dem Gesicht und lächelte ihn an. »Ich bin froh, dass du wieder da bist. Arvid sagte, dass du viel Blut verloren hast.«
Lukas schaute nachdenklich auf den Verband. Er versuchte vorsichtig die Schulter zu bewegen, unterließ es allerdings mit einem überraschten Zischen. »Die Seite, mit der ich den Hammer hebe.«
»Mach dir darüber im Moment keine Sorgen, Lukas.«
»Ich muss doch aber ...«

»Du musst nichts, außer erst einmal gesund werden«, unterbrach Marte ihn. »Alles andere wird schon.«
Lukas schloss die Augen und es sah so aus, als wolle er nochmals Widerworte leisten.
»Ich weiß, dass es dir schwerfällt, Lukas. Es ist mein Verschulden, dass du verletzt in diesem Bett liegst, also lass mich auch für dich sorgen, bis du wieder ganz gesund bist, ja?«
»Das hat der Graf verschuldet, nicht du«, knurrte der Schmied leise.
Marte ignorierte die Worte. »Sieh mich einfach als deine Familie, Lukas. In einer Familie sorgt einer für den anderen.«
Lukas schien sich diese Aussage durch den Kopf gehen zu lassen und nickte zu Martes Erleichterung zaghaft. »Ich bin müde. Legst du dich einen Moment zu mir?«
Marte kam der Aufforderung nur zu gern nach. Während Lukas unter der Decke lag, legte er sich seitlich auf sie und blickte ihn lächelnd an. Seine Mimik musste ansteckend sein, denn auch die Mundwinkel des Schmiedes hoben sich leicht, ehe er wieder einschlief. Marte legte zögernd seine Hand auf Lukas', dann schloss er ebenso die Augen.

KAPITEL 35

Marte und Lukas liefen schweigend nebeneinander. Der Schmied hatte eine Schlinge um, in der sein Arm ruhte, um die Schulter zu schonen. Vor ihnen gingen Albrecht und Leonhart. Richards Beisetzung in der Familiengruft war im kleinen Rahmen verlaufen. Ein paar angesehene Pächter hatten sich eingefunden, jedoch hatten Albrecht und Marte davon abgesehen, eine große Zeremonie stattfinden zu lassen. Der Trubel auf der Berlenburg war knapp vierzehn Tage her, da stand niemandem der Sinn nach erneuten Gästen.

Lukas hatte sich recht gut erholt, auch wenn er die Schulter und den Arm nach wie vor nicht gut belasten konnte. Ein Umstand, der den Schmied ab und an unleidlich werden ließ.

Marte warf einen sehnsuchtsvollen Blick auf den Mann neben sich. Seit Lukas seiner Verletzung wegen auf der Burg untergebracht war, hatten sie nur selten Momente für sich und wenn, so waren diese von kurzer Dauer. Dienerschaft ging in dem Zimmer ein und aus, wechselte Wäsche und Wasser, brachte Speisen und stand stets zu Diensten. Arvid kam mindestens zwei Mal täglich, um nach der Wunde zu sehen und auch Leonhart und Albrecht schauten bei seinem Halbbruder rein.

Er sehnte sich inzwischen mehr nach körperlichem Kontakt, als es je zuvor der Fall gewesen war. Nicht danach, sich mit Lukas der Lust hingeben zu können, sondern neben dem Schmied einzuschlafen und aufzuwachen. Dies hatte er sich nur am ersten Abend gestattet, anschließend aus Vernunftsgründen nicht mehr.

»Ich werde übermorgen zu meinem Bruder und seiner

Familie reisen und ihn über die Hochzeit informieren. Grite natürlich ebenso.«
Marte schreckte aus seinen Gedanken empor und blickte nach vorne zum König. Er brachte nur ein Nicken zustande, denn er hatte gehofft, dass Leonhart ihm wesentlich mehr Zeit einräumen würde.
»Ich denke, in Anbetracht der ganzen Gerüchte und dem Umstand, dass von Warin ums Leben gekommen ist, wäre es günstig, euch schnell zu verheiraten.« Leonhart ließ sich etwas zurückfallen, sodass er neben ihm lief. »Zumindest sollte die Bindung erst einmal offiziell bestehen, damit Ruhe einkehrt«, erklärte er leiser. »Vielleicht ... vielleicht wäre es eine Option, dass Lukas Eleonora heiratet.«
Sowohl Marte, wie auch Lukas blieben schlagartig stehen und sahen den König verblüfft an. »Wer ist Eleonora?«, wagte sich der Schmied zu fragen.
Leonhart sah Marte an. »Hast du Lukas erklärt, warum mir die Verbindung zwischen dir und Grite am Herzen liegt.«
Marte nickte. Er hatte erst vor Kurzem ausführlich mit Lukas darüber gesprochen, dass sie dem eigenen Geschlecht zugetan war, ebenso wie er selbst. Er warf einen flüchtigen Blick auf seinen Onkel, doch dieser war weitergegangen, ohne ihnen Beachtung zu schenken.
»Eleonore ist die Frau, der Grite ihr Herz geschenkt hat. Ich glaube, das wäre eine gute Lösung für alle. Die zwei könnten hier, euer Einverständnis vorausgesetzt, auf Burg Berlen miteinander glücklich werden.« Leonhart zögerte einen Moment und erklärte noch ein wenig leiser: »Und ich denke, einem anderen Glück, das es offiziell natürlich nicht geben wird, stünde dann auch nichts im Wege, wenn nach außen hin der Schein gewahrt wird. Denkt darüber nach und teilt mir eure Entscheidung mit, ehe ich abreise.« Der König schenkte

ihnen ein Lächeln und sah zu, dass er zu Albrecht aufschloss.
Kaum war Leonhart außer Hörweite, fragte Lukas entsetzt: »Weiß er etwa von uns?«
»Ich denke, er ahnt es. Leonhart hat mitbekommen, wie sehr es mir zu schaffen gemacht hat, dass von Warin dich verletzt hat. Es sieht aber so aus, als wenn er es toleriert, zumindest als Mensch.«
Lukas sah dem König und Albrecht nachdenklich hinterher. »Kannst du dir vorstellen, ein Kind zu zeugen, Marte?«
Er war über die Frage ausgesprochen erstaunt. Schulterzuckend erwiderte er: »Vorzustellen vermag ich es mir im Moment nicht. Ich habe noch nie bei einer Frau gelegen, wie du weißt.«
»Mir gefällt der Gedanke nicht.«
»Der zu heiraten?«
»Nein, der, dass du ehelichen Pflichten nachkommen musst.«
Marte sah Lukas überrascht an, denn dieser hatte seine Gefühle nie in Worte gefasst. Er wusste, dass er ihm etwas bedeutete, doch manches Mal schienen Lukas Zweifel zu begleiten, obwohl sie bisher nur in der einen Nacht nackt das Bett geteilt hatten. Doch wenn Lukas der Gedanke nicht gefiel, dass er mit Grite ... dann lag Lukas vielleicht mehr an ihm, als er offen aussprechen würde. Er hätte gern nach der Hand seines Halbbruders gegriffen, doch der Umstand, dass sie nicht allein waren, verbot dies.
»Du deinen gleichfalls, eine Sache, die mir nicht gefällt. Ich schätze, Grite und Eleonora dürfte es ebenso ergehen, da sie einander zugetan sind«, stellte er verdrossen fest.
»Ich frage mich nur, ob Eleonora überhaupt gewillt ist, einen armen Schmied zu heiraten. Wer weiß, welchen Stand sie hat? Außerdem ... ich weiß gar nicht, wie ich ...

eine Hochzeit muss finanziert werden.«

Marte blieb stehen und runzelte die Stirn. Er war davon ausgegangen, dass Lukas inzwischen akzeptiert hatte, zur Familie zu gehören, jedoch schien er es doch noch nicht verinnerlicht zu haben.

»Wenn wir auf der Burg sind, komm mit mir ins Arbeitszimmer«, forderte Marte.

»Wieso?«

»Lass dich überraschen.«

Lukas sah ihn fragend an, erhielt aber keine weitere Antwort, sodass sie den Rest des Weges schweigend zurücklegten.

»Bist du dir ganz sicher, dass du das möchtest, Marte?«

Er nickte und schenkte dem König und seinem Onkel ein zuversichtliches Lächeln. Die beiden Männer erwiderten es.

»Dann sei es so. Gib mir einen Moment, du bekommst es schriftlich. Lukas weiß Bescheid?«

»Nein. Ich glaube, Worte allein reichen nicht, um ihn zu überzeugen, dass er zu unserer Familie gehört.«

Wenige Minuten später verließ er mit einem Schriftstück, auf dem sich das königliche Siegel befand, den Raum und eilte ins Arbeitszimmer, wo er Lukas zum Warten verdonnert hatte.

Als er das Zimmer betrat, fand er Lukas vor einem Fenster stehend. Der Schmied drehte sich um und schenkte ihm ein zaghaftes Lächeln. »Also, was mache ich hier?«

Marte grinste verschmitzt. »Komm, setz dich.« Er deutete auf einen Stuhl, der sich gegenüber des Schreibtischs be-

fand.
Lukas folgte der Aufforderung und auch Marte nahm Platz. Ihm entging der leicht angespannte Blick seines Bruders nicht. Er öffnete eine Schublade und holte ein großes Buch heraus. Anschließend schlug er die Seite auf, die durch einen schmalen Streifen Papier angezeigt wurde. Er stand auf, drehte es und legte es direkt vor Lukas' Nase auf den Tisch. »Hier sind die Vermögenswerte der von Berlens aufgeführt. Der Bestand an Talern«, er zeigte mit dem Finger auf eine Summe, »die Ländereien, die wir besitzen, Pachteinnahmen, Steuern und Zölle, die wir erheben.«
Sein Mundwinkel zuckte, als er den verblüfften Blick des Mannes sah, doch dann verfinsterte sich Lukas' Miene. »Warum zeigst du mir, wie viel Geld du besitzt, Marte?«
»Nein, Lukas. Ich zeige dir nicht, wie groß mein Reichtum ist, sondern möchte dich wissen lassen, dass wir beide sorgenfrei leben können«, erklärte Marte. Er legte das Dokument auf die geöffneten Seiten, das der König vor Kurzem besiegelt hatte.
Mit noch immer zerfurchter Stirn überflog Lukas den Text, stutzte und las ihn ein weiteres Mal stillschweigend. Marte schluckte und wurde nervös. War sein Einfall etwa doch nicht so gut gewesen, wie er gedacht hatte? »Ich dachte ... du gehörst zur Familie, Lukas, und das solltest du auch schwarz auf weiß haben. Ich ...«, stammelte er auf die Reaktionslosigkeit seines Bruders hin.
»Lukas von Berlen? Offiziell anerkannter Sohn von Richard von Berlen, Neffe von Albrecht und Bruder von Marte von Berlen?«, fragte Lukas leise nach, ohne den Blick zu heben. Seine Augen waren noch immer auf das Schriftstück geheftet.
»Ja«, erwiderte Marte mit bebender Stimme. Er wusste nach wie vor nicht, ob Lukas sich nun freute, entsetzt war oder diesen Schritt ablehnte. »Ich ... damit du weißt, dass

du dir nie wieder Sorgen machen brauchst und ... und du bist auch nicht abhängig von mir, von niemandem.« So sehr Marte die Worte schwerfielen, er sprach sie dennoch aus: »Du kannst dein Vermögen nehmen und musst nicht hier bei mir bleiben, wenn du nicht möchtest.«

Es war das erste Mal, dass Lukas den Blick hob.

Marte sah, dass er glasige Augen hatte. Er umrundete den Tisch und ging vor ihm in die Hocke. »Du bist ein Teil dieser Familie, Lukas. Du gehörst dazu und ... und du gehörst zu mir. Ich hoffe ...«, erklärte Marte nervös, dann blickte er auf Lukas Hände. »Ich ... ich weiß nicht, was du für mich empfindest. Wenn es weniger ist, werde ich mich damit abfinden, dass du nur mein Bruder bist und versuchen, dich auf andere Art und Weise zu lieben, als ich es jetzt tue.«

Lukas fasste ihm mit leicht zittrigen Fingern unter das Kinn und hob es behutsam an. Der Glanz der Augen hatte eindeutig zugenommen und der Kuss, der ihm anschließend gegeben wurde, war Antwort genug. Kurz, aber so innig, dass ihm schwindelig wurde, bekam er Lukas' Lippen und Zunge zu spüren. Dann löste der Mann sich zu seinem Bedauern.

Marte räusperte sich, da er seiner Stimme nicht traute. »Komm mit«, forderte er ihn auf. Lukas sah in verwirrt an, stand jedoch auf und folgte Marte zur Tür. »Wohin willst du?«

Er antwortete ihm nicht, sondern ging schweigend den Flur entlang, bis sie sein Zimmer erreichten. Marte öffnete die Tür, trat gemeinsam mit Lukas ein und er verriegelte diese anschließend.

Lukas schien sofort zu wissen, warum er ihn hierher ge-

führt hatte. »Ich weiß nicht, wie viel ich mit meiner verletzten Schulter zustande bringe.«
»Und wenn es vorerst nur ein langer und ungestörter Kuss ist, den ich von dir bekomme«, stellte Marte klar. Er war es leid wegen all der Berührungen achtgeben zu müssen und sehnte sich, nach dem kurzen Zwischenspiel im Arbeitszimmer, noch mehr nach Lukas. Der Hüne schenkte ihm ein schüchternes Lächeln, doch in dessen Augen loderte eindeutig das gleiche Verlangen. Marte ging langsam auf ihn zu, blieb vor ihm stehen und ergriff die Initiative, indem er seine Hand in den Nacken des Mannes legte. Er zog ihn behutsam hinab.
Marte spürte, wie Lukas' gesunder Arm sich auf seinem Rücken einfand und ihn näher an sich heranzog. Dann wurde der Wunsch erfüllt, den er geäußert hatte. Ihre Lippen trafen aufeinander. Lukas nahm seinen Mund in Beschlag und küsste ihn, bis ihnen beiden die Luft zum Atmen fehlte. Während ihr Kuss nun zärtlicher und nicht mehr so hitzig wurde, begann Marte, das Hemd seines Gegenübers aufzuknöpfen. Lukas zog sich ein Stück zurück, zog vorsichtig den Arm aus der Schlinge und ließ sich von Marte ganz aus dem Hemd helfen. Anschließend sorgte er dafür, dass Lukas Stück für Stück seine restliche Kleidung loswurde, bis dieser nackt vor ihm stand. Zufrieden stellte Marte fest, dass der Kuss und die Berührungen vollkommen gereicht hatten, um Lukas hart werden zu lassen. Ebenso, wie ihn selbst.
»Leg dich bequem auf das Bett«, bat er.

Während Lukas der Aufforderung nachkam, begann Marte ebenfalls sich aus seinen Sachen zu schälen. Es reizte ihn, dass Lukas Blick dabei beständig auf ihm ruhte. Als er sah, dass die Hand des Hünen an die eigene Erregung glitt und er anfing, sich langsam zu reiben, beeilte er sich jedoch. Er legte sich neben Lukas, fing dessen

Lippen erneut ein und streichelte behutsam über die warme Haut des Schmieds.
»Du glaubst nicht, wie sehr ich das vermisst habe.«
»Ich ebenso«, flüsterte Lukas. »Aber ich hasse es, dass ich dich nicht mit beiden Händen berühren kann.«
»Bald bist du wieder gesund und holst es nach«, versprach Marte lockend. Seine Lippen arbeiteten sich dabei zärtlich Lukas' Hals hinab, seine Zunge neckte das Schlüsselbein, dann glitt er bis zur hart gewordenen Brustwarze. Er spürte, wie Lukas erschauerte und tief Luft holte. Lächelnd küsste er sich über den Bauch, näherte sich der Zone an, nach der er sich in dieser Sekunde sehnte.
»Ich möchte dich auch schmecken«, raunte Lukas ihm verlangend zu.
Marte sah hinauf und blickte nachdenklich auf die bandagierte Schulter. Doch er musste sich keinen Plan zurechtlegen, wie er zu seinem Vergnügen kam, aber gleichzeitig Lukas Lust bescheren konnte.
»Leg dich auf die Seite, mit dem Kopf zum Bettende.«
Marte hob die Brauen, kam dem Wunsch des Mannes jedoch umgehend nach. Auch Lukas rollte sich auf seine gesunde Seite, rückte ein Stück hinab, und ehe Marte wusste, wie ihm geschah, hatte er die stattliche Erektion des anderen vor Augen. Seine Finger schlossen sich sofort darum, doch ehe er überhaupt mit dem Mund in die Nähe des Schwanzes kam, fühlte er Lukas warme Zunge über seine Eichel gleiten. Er stöhnte lustvoll. Für Sekunden war sein eigenes Vorhaben vergessen, dann drängten sich ihm Hüften auffordernd entgegen. Er beschloss, Lukas ebenso so zu verwöhnen, wie dieser es gerade mit ihm tat. Er legte die Lippen um die feuchte Spitze und saugte die ersten Tropfen fort, die sich bereits gebildet hatten. Er löste damit bei Lukas ein kehliges Brummen aus, das unmittelbar an seinen Schwanz

weitergeleitet wurde und ihn zutiefst verzückte. Gierig nahm er Lukas tiefer in den Mund und begann seinen Kopf rhythmisch zu bewegen, sein Partner tat es ihm gleich.
Er hielt dem nicht lange stand, zog seine Lippen stöhnend weg und flehte: »Ich will mehr von dir spüren, Lukas.«

Marte wartete keine Antwort ab. Er rückte ein Stück weg und drehte sich anschließend um, sodass er Lukas ins Gesicht sehen konnte. Dessen Mund war verlockend rot und geschwollen. Marte leckte zärtlich darüber, dann machte er sich an seinem Nachttisch zu schaffen und barg einen Tiegel Fett, den er dort vorsichtshalber vor einer Weile deponiert hatte.
»Leg dich wieder auf den Rücken«, bat er, während sein Finger reichlich von der Paste aufnahm. Er hörte das leise Ächzen des Schmieds und als er sich umdrehte, lag dieser, wie er es sich vorgestellt hatte. Marte kniete sich hin, spreizte die Beine leicht und verteilte vor Lukas' Augen das Gleitmittel.
»Lass mich«, forderte Lukas.
Marte hatte sich danach gesehnt und nahm das Angebot an. Er drehte sich, sodass Lukas sich nicht verrenken musste, um an ihn heranzukommen und reckte ihm seinen Hintern entgegen. Ein Stöhnen kam über seine Lippen, als der erste Finger sich behutsam in ihn schob. Lukas erkundete ihn und brachte seinen Körper zum Zittern, jedoch nicht aus Anspannung, sondern aus purer Lust, die ihn immer mehr einnahm. Den zweiten Finger hieß er ebenso laut Willkommen und spornte Lukas durch seine Geräusche an. Martes Verstand vernebelte zusehends. Marte spürte schnell, dass die Hand des Schmieds seine Erregung ins Unermessliche anstachelte, aber seine Wünsche befriedigen konnte nur die Härte des Mannes. Auch wenn es ihm schwerfiel, er entzog sich,

drehte sich um und kniete sich anschließend breitbeinig über Lukas' Hüften. Der Blick, der ihm zuteilwurde, war ebenso von Lust gezeichnet, wie sein eigener und Marte wusste, dass Lukas ihn genauso begehrte.
Er griff hinab, richtete das Ziel seiner Begierde auf und brachte es in die richtige Position. Für Sekunden wollte er nervös werden und man konnte es ihm wohl deutlich ansehen, denn Lukas sagte sanft: »Mach langsam, nimm dir so viel Zeit, wie du brauchst.«
Er bekam ein fahriges Nicken zustande, schloss die Augen und ließ die ersten Zentimeter in sich eindringen. Lukas hatte ihn gut vorbereitet, er verspürte keinerlei Schmerz. Mutig sank er weiter hinab und nicht nur sein Atem wurde schneller. Erleichtert und doch gleichzeitig maßlos erregt, hielt er still, als Lukas ganz in ihm steckte. Ehe er sich jedoch rühren konnte, wurde er abgelenkt.
Eine Hand legte sich um seinen Schwanz und begann ihn aufreizend langsam zu reiben. »Du fühlst dich so unglaublich gut an, Marte. Beweg dich nicht, ich will dich genießen.«
Er glaubte Lukas in sich Zucken zu spüren, spannte die Muskeln an und entlockte dem Hünen damit ein verzücktes Lachen. »Stillhalten, sonst ist es schneller zu Ende, als es begonnen hat«, forderte Lukas dann jedoch rau.
Marte biss sich fest auf die Unterlippe, die stete Reibung seiner Härte hatte ihn angestachelt, sodass er selbst nicht mehr lange brauchen würde, um zu kommen. Er griff nach Lukas Hand und bat ihn so, ebenfalls aufzuhören. Sie sahen sich einen Moment nur in die Augen, dann konnte Marte nicht widerstehen und kreiste langsam mit seinem Becken. Er hob die Hüften ein Stück an, doch als er sich wieder sinken lassen wollte, stieß Lukas ihm von unten entgegen. Marte schrie leise, aber lustvoll auf und verlor den Rest Beherrschung, den er bis eben noch an

den Tag gelegt hatte. Er ließ Lukas fast ganz aus sich herausgleiten, um ihn anschließend tief in sich aufzunehmen und nahm einen harten und schnellen Rhythmus auf.
Als Lukas kurz darauf laut aufstöhnte und sich in ihn pumpte, riss er Marte mit.

Ein Jahr später ...

»Ich werde ihn bestimmt fallen lassen! Er ist so winzig.« Marte schaute auf das kleine, in Tüchern eingewickelte Geschöpf.

Eleonore schüttelte jedoch nur leise lachend den Kopf und drückte ihm ohne Zögern das Kind in den Arm. Marte war so angespannt, dass er zitterte. Er betrachtete den braunen Flaum auf dem Haupt und die blauen Augen, die unter halbgeschlossenen Lidern zu sehen waren.

»Er ist wunderschön, nicht wahr?«, flüsterte Grite erschöpft vom Bett aus.

Er schaffte es nur zu nicken.

»Gib ihn mir auch mal«, forderte Albrecht und nahm ihm kurzerhand seinen Sohn ab.

Marte warf einen kurzen Seitenblick auf Lukas und schenkte ihm ein glückliches Lächeln. Anschließend ging er zu Grite, beugte sich hinab und gab ihr einen sanften Kuss auf die Wange. »Danke.«

Er setzte sich auf die Bettkante und betrachtete die Anwesenden, die sich um Albrecht und seinen Sohn, Sebastian von Berlen, geschart hatten.

Leonhart grinste unverschämt zufrieden, Albrecht war stolz, als wäre es sein eigener Sohn, Eleonore saß inzwischen auf der gegenüberliegenden Seite des Bettes und strich ihrer liebsten sanft über die Stirn. Dann war da noch Lukas, der Mann, der ihm wichtiger war als alles andere, außer vielleicht seinem Sohn, der nun auch einen besonderen Stellenwert bekommen hatte. Lukas blickte ihn direkt an und seine Augen zeigten, dass er ebenso für ihn empfand.

Marte warf einen kurzen Blick auf das Baby und schmunzelte, als er an die Nacht dachte, in der es gezeugt

wurde. Keiner von ihnen war noch nüchtern gewesen, sie alle hatten sich Mut angetrunken, um eine Zeugung zu vollbringen, die ihren Neigungen so gar nicht entgegenkam.
Marte war dankbar, dass er Grite als Ehefrau bekommen hatte. Eine durchaus attraktive, aber vor allem unkomplizierte und pragmatische Frau, die damals dafür sorgte, dass sie zu viert im Zimmer landeten. Marte ahnte, dass er ohne Lukas niemals in der Lage gewesen wäre, ein Kind zu zeugen. Sein Geliebter war der einzige Grund, warum er in dieser Nacht zum Orgasmus gekommen war. Es war ein Glückstreffer und seither verweilten sie in getrennten Schlafzimmern, wobei weder Grite, noch er alleine schliefen.
Eleonore, eine burschikose Frau, die stets resolut ihre Standpunkte vertrat, willigte in die Heirat mit Lukas nur ungern ein. Jedoch war ihr bewusst, dass es die Möglichkeit mit sich brachte, an Grites Seite zu bleiben. Allerdings kinderlos, darauf bestand sie. Marte wusste nicht recht, ob Lukas diese Entscheidung bedauerte, er sagte nur einmal halb scherzhaft, dass man mit Drachen auch keine Kinder zeugen sollte.

- Ende -

3939787R00136

Printed in Germany
by Amazon Distribution
GmbH, Leipzig